내가 처음 읽는 페미니즘 소설

인쇄일 2002년 12월 17일 1판 1쇄 인쇄
발행일 2002년 12월 23일 1판 1쇄 발행

지은이 강경애 외
엮은이 윤송아

펴낸이 임은주
펴낸곳 도서출판 청동거울
출판등록 1998년 5월 14일 제13-532호
주소 (137-070) 서울 서초구 서초동 1360-28 익산빌딩 203호
전화 (02)584-9886~7 / 팩스 (02)584-9882
전자우편 cheong21@freechal.com

편집장 조태림
편집 조은정 김용진 / 북디자인 이미선 / 영업관리 정재훈

값 7,000원

ISBN 89-88286-88-X
ISBN 89-88286-47-2(세트)

청동거울 |텐|텐 문고 ⑩

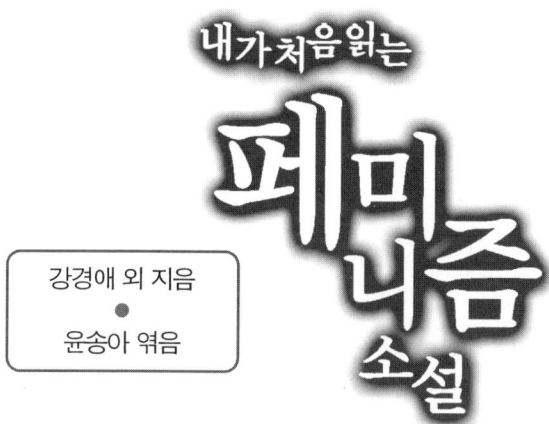

내가 처음 읽는

페미니즘 소설

강경애 외 지음
●
윤송아 엮음

청동거울

이 책을 내면서

이 책에 실린 페미니즘 소설은 두 가지 측면에서 살펴볼 수 있다. 하나는 '여성' 작가들이 쓴 소설이라는 것, 또 하나는 이 소설들이 여성들의 체험적 삶의 진정성과 숨겨진 여성들의 목소리를 복원하려는 작업의 연장선상에 있다는 것이다.

풀어서 말하자면, 그 동안 문학사 속에서 소외되어 왔던 여성작가들을 발굴해내고, 그들의 작품 세계를 진지하게 조명해 봄과 동시에, 그들이 소설 속에서 그려내고 있는 여성 인물들의 척박한 삶의 현장을 돌아봄으로써 여성차별적 인식 아래 존속되어 왔던 우리 사회, 역사, 현실을 곰곰이 따져 보자는 것, 즉 '페미니즘 소설 읽기'라는 다소 선언적 독서 경험을 통해 새로운 인식의 전환점을 마련해 보자는 데 이 책의 의의가 있다.

어느 시기에나 여성들의 삶은 불안하며, 유동적이다. 현재도 예외는 아니다. IMF 이후 많은 여성들이 가정으로 되돌려 보내졌으며, 취업 원서조차 얻을 수 없었던 여대생들은 행복한 결혼으로 취업의 방향을 바꿨다. 심지어 새삼스러운 모유의 권장으로 아이를 가진 여성들은 집 밖으로 나가는 일조차 소원해졌다. 가장 힘든 시기, 자신의 몫을 가장 먼저 내놓아야 하는 이들은 바로 여성이다. 희생, 인내, 사랑, 돌봄이라는 명제는 '고귀한', '거룩한' 등의 수식어를 동반하면서 마치 여성적 가치의 대명사처럼 군림해 왔다. 하지만, 과연 그런가? 과연 여성들만이 양보의

미덕으로 자신의 삶을 유예할 '의무'가 있는가? 이 책에 실린 7편의 소설들은 이러한 낡고 낡았으나 아직 해결되지 않은 질문들에 몇 가지 화두를 던져 줄 수 있을 것이다.

'페미니즘'이라는 것은 지금까지 여성들에게 일률적으로 강요되어 왔던 이러한 '아름다운' 가치들을 한순간에 내동댕이치겠다는 것이 아니다. 역설적이게도 페미니즘은 이러한 가치들을 남성들에게도 함께 나누자고 정겹게 손 내미는 일종의 프로포즈와도 같은 것이다. 온 인류가 이러한 여성적 가치들을 함께 실천하고 공유한다면 이 세상은 얼마나 평화롭고 아름다워지겠는가!

이제 막 여성으로서, 남성으로서 꽃피어나는 어린 친구들에게, 혹은 한창 피어난 젊음의 향기를 만끽하고 있는 청춘들에게, 더불어 사는 세상을 꿈꾸기를 바라는 노파심으로 이 책을 엮었다. 남성과 여성이, 사람과 사람이, 그리고 사람과 우주가 긴밀한 유대감을 회복하고, 살림의 세상을 일구어 가는 데 이 책이 작은 벽돌 한 장의 쓰임이라도 되었으면 하는 거창한 소망도 마저 얹어 본다.

2002년 끝자락
윤송아

차 례

그는 입맛을 다시며 침을 두어 번 삼킬 때 '소금이란 맛을 나게 한다. 아무리 좋은 음식이나 소금이 들지 않으면 맛이 없다. 그렇다!' 하였다. 그때 그는 문득 남편과 아들딸이 생각케 되며 그들이 있으면 이 소금으로 장을 담가서 반찬해 먹으면 얼마나 맛이 있을까! 그러나 그들을 잃은 오늘에 와서 장을 담글 생각인들 할 수가 있으랴! 그저 죽지 못해 먹는 것이다. 그는 한숨을 푹 쉬었다. 생각하니 자신은 소금 들지 않은 음식과 같이 심심한 생활을 한다. 아니 괴로운 생활을 한다. 이렇게 괴로운……

소금

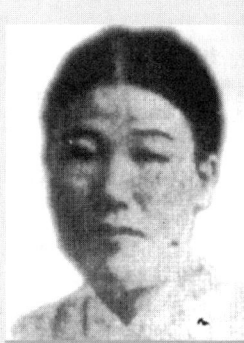

강경애(姜敬愛, 1906~1943)

황해도 송화에서 태어나 평양 숭의여학교를 중퇴하였다. 1931년 조선일보에 「파금」을 발표하며 작품 활동을 시작했다. 대표작으로 단편 「원고료 이백 원」 「지하촌」, 장편 『인간문제』 등이 있다.

소금

농가

용정서 팡둥(中國人地主)이 왔다고 기별이 옴으로 남편은 벽에 걸어 두고 아끼던 수목* 두루마기를 꺼내 입고 문 밖을 나갔다. 봉식 어머니는 어쩐지 불만을 금치 못하여 문을 열고 바쁘게 가는 남편의 뒷모양을 물끄러미 바라보았다. 참말 팡둥이 왔을까? 혹은 자위단(自衛團)들이 또 돈을 달래려고 거짓 팡둥이 왔다고 하여 남편을 데려가지 않는가? 하며 그는 울고 싶었다. 동시에 그들의 성화를 날마다 받으면서도 불평 한마디 토하지 못하고 터덜터덜 애쓰는 남편이 끝없이 불쌍하고 가엾어 보였다. 지금도 저렇게 가고 있지 않은가! 그는 한숨을 푹 쉬며 없는 사람은 내고 남이고 모두 죽어야 그 고생을 면할 게야, 별수가 있나, 그저 죽어야 해 하고 탄식하였다. 그리고 무심히 그는 벽을 긁고 있는 그의 손톱을 발견하였다. 보기 싫게 기른 그의 손톱을 한참이나 바라보는 그는 사람의 목숨이란 끊기 쉬운 반면에 역시 끊기 어려운 것이라 하였다.

그들이 바가지 몇 짝을 들고 고향서 떠날 때는 마치 끝도 없는 망망한 바다를 향하여 죽음의 길을 떠나는 듯 뭐라고 형용하여 아픈 가슴을 설명할 수 없었다. 그러나 불행 중 다행으로 이곳까지 와서 어떤 중국인의 땅을 얻어 가지고 농사를 짓게 되었으

나 중국 군대인 보위단(保衛團)들에게 날마다 위협을 당하여 죽지 못해서 그날그날을 살아가곤 하였다. 그러기에 그들은 아침 일어나는 길로 하늘을 향하여 오늘 무사히 보내기를 빌었다.

보위단들은 그들이 받는 바 월급만으로는 살 수가 없으니 농촌으로 돌아다니며 한 번 두 번 빼앗기 시작한 것이 지금에 와서는 으레히 할 것으로 알고 아무 주저없이 백주*에도 농민을 위협하여 빼앗곤 하였다. 그러니 농민들은 보위단 몫으로 언제나 돈이나 기타 쌀을 준비해 두지 않으면 목숨이 위태한 것을 깨닫고 아무것도 못 하더라도 준비해 두곤 하였다. 그 동안 이어 나타난 것이 공산당이었으니 그후로 지주와 보위단들은 무서워서 전부 도시로 몰리고 간혹 농촌으로 순회를 한다 하더라도 공산당이 있는 구역에는 감히 들어오지를 못하게 되었다. 그러나 시국*이 바뀌며 공산당이 쫓겨 들어가면서부터 자위단들이 나타나게 된 것이었다. 그는 손톱을 바라보며 몇 번이나 보위단들에게 죽을 뻔하던 것을 생각하며 그나마 오늘까지 목숨이 붙어 있는 것이 기적같이 생각되었다. 그리고 남편을 찾았을 때 벌써 남편의 모양은 보이지 않았다. 그는 멀리 토담 위에 흩날리는 깃발을 바라보며 남편이 이젠 건너 마을까지 갔는가 하였다. 그리고 잠깐 잊었던 불안이 또다시 가슴에 답답하도록 치민다. 남편의 말을 들으니 자위단들에게 무는 돈은 다 물었다는

데 참말 팡둥이 왔는지 모르지, 지금이 씨 뿌릴 때니 아마 왔을 게야, 그러면 오늘 봉식이는 팡둥을 보지 못하겠지, 농량*도 못 가져오겠구만 하며 다시금 토담*을 바라보았다. 저 토담은 남편과 기타 농민들이 거의 일 년이나 두고 쌓은 것이다. 마치 고향에서 보던 성같이 보였다. 그는 토담을 볼 때마다 지금으로부터 사오 년 전 그 어느 날 밤 일을 문득문득 생각하게 되었다. 그날 밤 한밤중에 총 소리와 함께 사면에서 아우성 소리가 요란스러이 났다. 그들은 얼핏 아궁이 앞에 비밀히 파놓은 움에 들어가서 며칠 후에야 나와 보니 팡둥은 도망가고 기타 몇몇 식구는 무참히도 죽었다. 그후로부터 팡둥은 용정에다 집을 사고 다시 장가를 들고 아들딸을 낳아서 지금은 예전과 조금도 차이가 없이 살았던 것이다.

팡둥이 용정으로 쫓겨 들어간 후에 저 집은 자위단들의 소유가 되었다. 그래서 저렇게 기를 꽂고 문에는 파수*병이 서 있었다.

그는 눈을 옮겨 저 앞을 내다보았다. 그 넓은 들에 햇빛이 가득하다. 그리고 조겨* 같은 새무리들이 그 푸른 하늘을 건너질러 펄펄 날고 있다. 우리도 언제나 저기다 땅을 가져 보나 하고 그는 무의식간에 탄식하였다. 그리고 그나마 간도 온 지 십여 년 만에 내 땅이라고 몫을 짓게 된 붉은 산을 보았다. 저것은 아

주 험악한 산이었는데 그들이 짬짬이 화전*을 일구어서 이런 밭
이 되었다. 그러나 아직도 완전한 곡식은 심어 보지 못하고 해
마다 감자를 심곤 하였다.

올해는 저기다 조를 갈아 볼까, 그리고 가녘*으로는 약간 수
수도 갈고…… 그때 그의 머리에는 뜻하지 않은 고향이 문득 떠
오른다. 무릎을 스치는 다박솔*밭 옆에 가졌던 그의 밭! 눈에 흙
들기 전에야 어찌 차마 그 밭을 잊으랴! 아무것을 심어도 잘 되
던 그 밭! 죽일 놈. 장죽*을 물고 그 밭머리에 나타나는 참봉* 영
감을 눈앞에 그리며 그는 이렇게 중얼거렸다. 그리고 가슴이 울
렁거리며 손발이 가늘게 떨리는 것을 깨달으며 그는 고향을 생
각하지 않으려고 눈을 썩썩 부비치고 정신을 바짝 차렸다. 그때
뜰 한 구석에 쌓아 둔 짚낟가리*에서 조잘대는 참새 소리를 요
란스러이 들으며 우두커니 서 있는 자신을 얼핏 발견하였다. 그
는 곧 돌아섰다. 빙 인은 이지리우며 여기 일감이 부터 손질
하시오 하는 것 같았다. 그는 분주히 비를 들고 방을 쓸어내었
다. 그리고 군데군데 뚫어진 갈자리 구멍을 손끝으로 어루만지
며, 잘 살아야 할 텐데…… 하며 그의 눈에는 눈물이 글썽글썽
해졌다. 아무리 마음만은 지독히 먹고 애를 써서 땅을 파나 웬
일인지 자기들에게는 닥치느니 불행과 궁핍*이었던 것이다. 팔
자가 무슨 놈의 팔자야? 하느님도 무심하지. 누구는 그런 복을

주고 누구는 이런 고생시키고…… 이렇게 생각하며 그는 방 안을 구석구석 쓸었다. 그리고 비 끝에 채어 데구루루 데구루루 굴러나는 감자를 주워 바가지에 담으며 시렁*을 손질하였다. 이곳 농가는 대개가 부엌과 방 안이 통해 있으며 방 안 구석에 솥을 걸었다. 그리고 그 옆에 시렁을 매곤 하였다. 그가 처음 이곳에 와서는 무엇보다도 방 안이 맘에 안 들고 돼지굴이나 소외양간같이 생각되었다. 그리고 어쩌다 손님이 오면 피해 앉을 곳도 없었다. 그러니 멍하니 낯선 손님과도 마주 앉지 않으면 안 되게 되었다. 그러나 시일이 차츰 지나니 낯선 남성 손님이 온다더라도 처음같이 그렇게 어색하지는 않았다. 그저 그렁저렁 지낼 만하였다. 그리고 반드시 부뚜막 앞에는 비밀 토굴을 파두었던 것이다. 그랬다가 어디서 총 소리가 나든지 개 소리가 요란스레 나면 온 식구가 그 움 속에 들어가서 며칠이든지 있곤 하였다. 그리고 옷이나 곡식도 이 움에다 넣고서 시재* 입는 옷이나 먹을 양식을 조금씩 꺼내 놓고 먹곤 하였다. 말할 것도 없이 보위단이며 마적단* 등이 무서워서 이렇게 하곤 하였다.

시렁을 손질한 그는 바구니에 담아 둔 팥을 고르기 시작하였다. 고요한 방 안에 팥알 소리만 제그럭 사르르 하고 났다. 팥알과 팥알로 시선이 옮겨지는 그는 눈이 피로해지며 참새 소리가 한층 더 뚜렷이 들린다. 동시에 저 참새 소리같이 여러 가지 생

각이 순서 없이 생각났다. 내일이라도 파종*을 하게 되면 아침 점심 저녁에 몇 알의 쌀을 가져야 할 것, 오늘 봉식이가 팡둥을 만나지 못해서 쌀을 못 가져올 것, 그러나 나무를 팔아서 사라고 한 찬감은 사오겠지…… . 생각이 차츰 희미해지며 졸음이 꼬박꼬박 왔다. 그는 눈을 비비고 문 밖으로 나오다가 무심히 눈에 뜨인 것은 벽에 매달아 둔 메주였다. "참, 메주를 내놓아야겠다" 하며 바구니를 밖에 내놓고서 메주를 떼어 문 밖에 가지런히 내놓았다. 그리고 그는 비를 들고 메주의 먼지를 쓸어내렸다. 그는 하나하나의 메주덩이를 들어보며 간장이나 서너 동이 때고 고추장이나 한 단지 담그고…… , 그러자면 소금이나 두어 말은 가져야지. 소금…… 하며 그는 무의식간에 한숨을 푹 쉬었다. 그리고 또다시 고향을 그리며 멍하니 앉아 있었다. 고향에서는 소금으로 이를 닦았건만…… , 달리는 데도 소금 한 줌이면 후련하게 내려갔는데 하였다. 그가 고향에 있을 때는 하도 없는 것이 많으니까 소금 같은 데는 생각이 미치지 못하였는지는 모르나 어쨌든 이곳에 온 후로부터는 그는 소금 때문에 남몰래 운 적이 한두 번이 아니었다. 소금 한 말에 이 원 이십 전! 농가에서는 단번에 한 말을 사보지 못한다. 그러니 한 근 두 근 극상* 많이 산대야 사오 근에 지나지 못한다. 그러므로 장 같은 것도 단번에 담그지를 못하고 소금 생기는 대로 담그다가도 어떤

때는 메주만 썩혀서 장이라고 먹곤 하였다. 장이 싱거우니 온갖 찬이 싱거웠다.

끼니 때가 되면 그는 남편의 얼굴부터 살피게 되고 어쩐지 맘이 송구하였다.* 남편은 입 밖에 말을 내지 않으나 번번이 얼굴을 찡그리고 밥술이 차츰 느려지다가 맥없이 술을 놓곤 하는 때가 종종 있었다. 이 모양을 바라보는 그는 입 안의 밥알이 갑자기 돌로 변하는 것을 느끼며 슬며시 술을 놓고 돌아앉았다. 그리고 해종일 들에서 일하다가 들어온 남편에게 등허리에 땀이 훈훈하게 나도록 훌훌 마시게 국물을 만들어 놓지 못한 자기! 과연 자기를 아내라고 할 것인가?

어떤 때 남편은 식욕을 충동시키고자 하여 고춧가루를 한 술씩 떠넣었다. 그리고는 매워서 눈이 뻘개지고 이맛가에는 주먹 같은 땀방울이 맺히곤 했다. "고춧가루는 왜 그리 잡수셔요?" 하고 그는 입이 벌려지다가 가슴이 무뚝*해지며 그만 입이 다물어지고 말았다. 동시에 음식을 맡아 만드는 자기, 아아 어떻게 해야 좋을까?

이러한 생각을 되풀이하는 그는 한숨을 땅이 꺼지도록 쉬며 오늘 저녁에는 무슨 찬을 만드나 하고 메주를 다시금 굽어보았다. 그때 신발 소리가 자박자박 나므로 그는 머리를 들었다. 학교에 갔던 봉염이가 책보*를 들고 이리로 온다.

"왜 책보 가지고 오니?"

"오늘 반공일*이여. 메주 내났네?"

봉염이는 생글생글 웃으며 메주를 들어 냄새를 맡아보았다.

"아버지 가신 것 보았니?"

"응, 정 팡둥이 왔더라, 어머이."

"팡둥이? 왔디?"

이때까지 그가 불안에 붙들려 있었다는 것을 느끼며 가볍게 몰아쉬었다.

"어서 봤니?"

"팡둥 집에서…… . 저, 아버지랑 자위단들이랑 함께 앉아서 뭘 하는지 모르겠더라."

약간 찌푸리는 봉염의 양미간*으로부터 옮아 오는 불안!

"팡둥도 같이 앉았디?"

봉염이는 머리를 끄덕이며 무슨 생각을 하고 또다시 생글생글 웃었다. 그리고 책보 속에서 달래를 꺼냈다.

"학교 뒷밭에가 달래가 어찌 많은지."

"한 끼 넉넉하구나."

대견한 듯이 그의 어머니는 달래를 만져 보다가 한꺼풀 벗긴 후에 먹었다. 봉염이도 달래를 먹으며,

"어머니, 나도 운동화 신으면…… ."

　무의식간에 봉염이는 이런 말을 하고도 어머니가 나무랄 것을 예상하며 어머니를 바라보던 시선을 달래 뿌리로 옮겼다. 달래 뿌리와 뿌리 사이로 달아나는 운동화, 아까 용애가 운동화를 신고 참새같이 날뛰던 그 모양!

　"쟤는 이따금 미친 수작을 잘해!"

　그의 어머니는 코끝을 두어 번 비비며 눈을 흘겼다. 봉염이는 달래가 흡사 운동화로 변하는 것을 느끼며 어머니 말에 그의 조그만 가슴이 따가워 왔다.

　"어머니는 밤낮 미친 수작밖에 몰라!"

　한참 후에 봉염이는 이렇게 중얼거렸다. 그리고 용애의 운동화를 바라보고 또 몰래 만져 보던 그 부러움이 어떤 불평으로 변하는 것을 그는 느꼈다. 그의 어머니는 봉염이를 똑바로 보았다.

　"그래, 네 말이 미친 수작이 아니냐? 공부도 겨우 시키는데 운동화, 운동화. 애, 애 너도 지금 같은 개화* 세상에 낳았기에 그나마 공부도 하는 줄 알아라. 아, 우리들 전에 자랄 때에야 뭘어딜 가? 물 긷고 베 짜고 여름에는 김매고* 그래도 짚신이나마 어디 좋은 것 신어 본다디⋯⋯. 어미 애비는 풀 속에 머리들을 밀고 애를 쓰는데 그런 줄을 모르고 운동화? 배나 곯지 않으면 다행으로 알아. 그런 수작 하려거든 학교에 가지 마라!"

"뭐, 어머니가 학교에 보내우, 뭐."

봉염이는 가볍게 공포를 느끼면서도 가슴이 오싹하도록 반항하였다. 그리고 얼굴이 갑자기 화끈하므로 눈을 깜박였다.

"그래, 너의 아버지가 보내면 난 그만두라고 못 할까? 계집애가 왜 저 모양이야? 뭘 좀 안다고 어미 대답만 톡톡 하고 애, 이놈의 계집애. 어미가 무슨 말을 하면 잠잠하고 있는 게 아니라 톡톡 무슨 아가리질이냐! 그래, 네 수작이 옳으냐? 우리는 돈 없다……. 너 운동화 사줄 돈이 있으면 봉식이 공부를 더 시키겠다야."

봉염이는 분김에 달래만 자꾸 먹고 나니 매워서 못 견딜 지경이다. 그리고 눈에는 약간의 눈물이 비쳤다.

"왜 돈 없어요? 왜 오빠 공부 못 시켜요?"

그 순간 봉염의 머리에는 선생님이 하던 말이 번개같이 떠오른다. 그리고 그의 가슴이 터질 듯이 끓어오르는 불평을 어머니에게 토할 것이 아님을 깨달았다. 그러나 아무것도 모르고 딸만 그르게 생각하고 덤비는 그의 어머니가 너무도 가여웠다. 그의 어머니는 하도 어이가 없어서 멍하니 봉염이를 바라보았다. 동시에 없으면 딴 남은 그만두고라도 제 속으로 나온 자식들한테까지라도 저런 모욕을 받나 하는 노여운 생각이 들며 이때까지 가난에 들볶이던 불평이 눈등*이 뜨겁도록 치밀어 올라온다.

"왜 돈 없는지 내가 아니? 우리 같은 거지들에게 왜 태어났니? 돈 많은 사람들에게 태어나지. 자식! 흥, 자식이 다 뭐야!"

어머니의 언짢아하는 모양을 바라보는 봉염이는 작년 가을의 타작마당이 얼핏 떠오른다. 그때 여름내 농사지은 벼를 팡둥에게 전부 빼앗긴 그때의 어머니! 아버지! 지금 어머니의 얼굴빛은 그때와 꼭 같았다. 그리고 아무 반항할 줄 모르는 어머니와 아버지! 불쌍함이 지나쳐서 비굴하게* 보이는 어머니!

"어머니, 왜 돈 없는 줄을 알아야 해요. 운동화는 왜 못 사줘요, 오빠는 왜 공부 못 시켜요!"

그는 이렇게 말해 가는 사이에 그가 운동화를 신고 싶어한 것이 잘못이 아니라는 것을 깨달았다. 그리고 무심하게 들어 두었던 선생님의 말이 한 가지 두 가지 문득문득 생각났다.

"애, 이년의 계집애, 왜 돈 없어? 밑천 없어 남의 땅 부치니 없지. 내 땅만 있으면⋯⋯."

여기까지 말했을 때 그는 가슴이 뜨끔해지며 말문이 꼭 막혔다.

그리고 또다시 솔밭 옆에 가졌던 그 밭이 떠오르며 그는 눈물이 쏵 비어졌다. 그리고 금방 그 밭을 대하는 듯 눈물 속에 그의 머리가 아롱아롱 보이는 듯 보이는 듯하였다.

그때 가볍게 귓가를 스치는 총 소리! 그들 모녀는 눈이 둥그

레서 일어났다.

짚낟가리 밑에서 졸던 검둥이가 어느덧 그들 앞에서 달아나 컹컹 짖었다.

유랑(流浪)

그들은 마적단과 공산당을 번갈아 머리에 그리며 건너 마을을 바라보았다. 이 마을 저 마을에서 개 짖는 소리가 그들로 하여금 한층 더 불안을 갖게 하였다. 그리고 아까까지도 시원하던 바람이 무서움으로 변하여 그들의 옷가를 가볍게 스친다.

"애, 네 아버지나 어서 오셨으면……. 왜 이러고 있누? 무엇이 온 것 같은데 어쩐단 말여."

봉염의 어머니는 거의 울상을 하고 가만히 서 있지를 못하였다. 총 소리는 연달아 건너왔다. 그들은 무의식간에 방 안으로 쫓겨 들어왔다. 이제야말로 긴너 마을에는 무엇이든지 온 것이 확실하였다. 그리고 몇몇의 사람까지도 총에 맞아 죽었으리라 하였다. 이렇게 생각하고 나니 봉염의 어머니는 속에서 불길이 화끈화끈 올라와서 견딜 수가 없었다. 그러면서도 감히 방문 밖에까지 나오지는 못하였다. 무엇들이 이리로 달려오는 것만 같

았던 것이다.

"어쩌누? 어쩌누? 봉식이라도 어서 오지 않구."

그는 벌벌 떨면서 이렇게 중얼거렸다. 암만해도 남편이 무사할 것 같지 않았던 것이다. 더구나 팡둥과 같이 남편이 앉았다가 아까 그 총 소리에 무슨 일을 만났을 것만 같았다.

"얘, 네 아버지가 팡둥과 함께 앉았디? 보았니?"

그는 목에 침기라고는 하나도 없고 가슴이 답답해 왔다. 봉염이도 풀풀 떨면서 말을 못 하고 눈으로 어머니에게 대답을 하였다. 그때 멀리서 신발 소리 같은 것이 들려오므로 그들은 부엌 구석의 토굴로 뛰어들어가서 감자 마대* 뒤에 꼭 붙어 앉았다. 무엇들이 자기들을 죽이려고 이리 오는 것만 같았다. 한참 후에,

"어머니……."

부르는 봉식의 음성에 그들은 겨우 정신을 차리고 마주 아우성을 치고도 얼른 밖으로 나오지를 못하였다. 그들이 움 밖에까지 나왔을 때 또다시 우뚝 섰다. 그것은 봉식이가 전신에 피투성이를 했으며, 그 옆에 금방 내려 뉘인 듯한 그의 아버지의 목에서는 선혈이 샘처럼 흘렀다. 그의 어머니는,

"아!"

소리를 지르고 그 자리에 펄썩 주저앉았다. 그 다음 순간부터

그는 바보가 되어 멍하니 바라만 볼 뿐이었다. 봉식이는 어머니를 보며 안타까운 듯이,

"어머니는 왜 그러고만 있어요? 어서 이리 와요."

봉염이가 곧 어머니의 팔을 붙들었으나 그는 일어나다가 도로 주저앉으며,

"네 아버지, 네 아버지."

하고 중얼거릴 뿐이었다.

그 밤이 거의 새어 올 때에야 봉염의 어머니는 겨우 정신을 차리고 목을 내어 어이어이 하고 울었다.

"넌 어찌 아버지를 만났니? 그때는 살았더냐? 무슨 말을 하시디?"

봉식이는 입이 쓴 듯이 입맛만 쩝쩝 다시다가,

"산 게 뭐요!"

대답을 기다리는 어머니의 모양이 난처하여 이렇게 소리치고 나서 한숨을 후 쉬었다. 그리고 항상 아버지가 팡둥과 자위단원들에게 고맙게 구는 것이 어쩐지 위태위태한 겁을 먹었더니만 결국은 저렇게 되고야 말았구나 하였다. 아버지 생전에 이 문제를 가지고 부자가 서로 언쟁*까지도 한 일이 있었으나 끝끝내 아버지는 자기의 뜻을 세웠다. 그보다도 그의 입장이 그로 하여금 그렇게 하지 않고는 견디지 못하게 했던 것이다.

　아버지 생전에는 봉식이도 아버지를 그르다고 백 번 생각했지만 막상 아버지가 총에 맞아 넘어진 것을 용애 아버지에게 듣고 현장에 달려가서 보았을 때는 어쩐지 '너무들 한다!' 하는 분노와 함께 누가 그르고 옳은 것을 분간할 수가 없이 머리가 아뜩해지곤 하였다.

　이튿날 아버지의 장례를 지낸 봉식이는 바람이나 쐬고 오겠노라고 어디로인지 가버리고 말았다. 모녀는 봉식이가 오늘이나 내일이나 하고 돌아오기를 손꼽아 기다리나 그 봄이 다 지나도 돌아오기는 고사하고 소식조차 끊어지고 말았다. 그래서 그들은 기다리다 못해서 봉식이를 찾아 떠났다. 한 달여를 두고 이리저리 찾아다니나 그들은 봉식이를 만나지 못하였다. 마침내 그들은 용정까지 왔다. 그것은 전에 봉식이가 '고학*이라도 해서 나도 공부를 좀 해야지' 하고 용정에 들어왔다 나올 때마다 투덜거리던 생각을 하여 행여나 어느 학교에나 다니지 않는가 하였던 것이다. 그러나 그들 모녀가 학교란 학교 뜰에는 다 가서 기웃거리나 봉식이 비슷한 학생조차 만나지 못하였다. 그들이 마지막으로 소학교까지 가보고 돌아설 때 봉식이가 끝없이 원망스러운 반면에 죽지나 않았는지 하는 불안에 발길이 보이지를 않았다. 더구나 이젠 어디로 갔나? 어디 가서 몸을 담고 있나? 오늘 밤이라도 어디서 자나? 이것이 걱정이요, 근심이

되었다.

해가 거의 져갈 때 그들은 팡둥을 찾아갔다. 그들이 용정에 발길을 돌려놓을 때부터 팡둥을 생각하였다. 만일에 봉식이를 찾지 못하게 되면 팡둥이라도 만나서 사정하여 봉식이를 찾아달라고 하리라 하였던 것이다. 그들이 큰 대문을 둘이나 지나서 들어가니 마침 팡둥이 나왔다.

"왔소? 언제 왔소?"

팡둥은 눈을 크게 뜨고 반가운 뜻을 보였다. 봉염의 어머니는 그의 반가워하는 눈치를 살피자 찾아온 목적을 절반삼아 성공한 듯하여 한숨을 남몰래 몰아쉬었다. 팡둥은 봉염의 머리를 내려쓸었다.

"그새 어디 갔어? 한 번 갔어. 없어 섭섭했어."

"봉식이를 찾아 떠났어요. 봉식이가 어디 갔을까요?"

봉염의 어머니는 가슴을 두근거리며 팡둥을 쳐다보았다.

"봉식이 만나지 못했어. 모르겠소."

팡둥은 알까 하여 맥없이 그의 입술을 쳐다보던 그는 머리를 숙였다. 팡둥은 그들 모녀를 데리고 방으로 들어갔다. 캉〔坑〕*에 앉아 있는 팡둥의 아내인 듯한 젊은 부인은 모녀와 팡둥을 번갈아 쳐다보며 의심스러운 눈치를 보였다. 팡둥이 한참이나 모녀를 소개하니 그제야 팡둥 부인은,

"올라 앉아요."

하고 권하였다. 팡둥은 차를 따라 권하였다. 가벼운 찻내를 맡
으며 모녀는 방 안을 슬금슬금 돌아보았다. 방 안은 시원하게
넓으며 캉이 좌우로 있었다. 캉 아래는 빛나는 돌로 깔렸으며
저편 창 앞에는 대리석으로 만든 테이블이 놓여 있고 그 위에는
검은 바탕에 오색 빛나는 화병 한 쌍을 중심으로 작고 큰 시계
며 유리 단지에 유유히 뛰노는 금붕어 등 기타 이름 모를 기구
들이 테이블이 무겁도록 실려 있다. 창 위 벽에는 팡둥의 사진
을 비롯하여 가족들의 사진이며 약간 빛을 잃은 가화*들이 어지
럽게 꽂혀 있다. 그리고 테이블을 뚝 떨어져 이편 벽에는 선 굵
은 불타의 그림이 조는 듯하고 맞은 편에는 문짝 같은 체경*이
온 벽을 차지했으며 창문 밖 저편으로는 화단이 눈가가 서늘하
도록 푸르렀다.

그들은 어떤 별천지에 들어온 듯 정신이 얼얼하였다. 그리고
그들의 초라한 모양에 새삼스럽게 더 부끄러운 생각이 들며 맘
놓고 숨쉴 수도 없었다.

팡둥은 의자에 걸터앉으며 궐련*을 붙여 물었다.

"여기 친척 있어?"

봉염의 어머니는 머리를 들었다.

"없어요."

이렇게 대답하는 그는 팡둥이 어째서 친척의 유무를 묻는 것
인가를 생각할 때 전신에 외로움이 훨씬 끼친다. 동시에 팡둥을
의지하려고 찾아온 자신이 얼마나 가엾은가를 느끼며 팡둥의
어깨 너머로 보이는 화단을 물끄러미 바라보았다. 신록*에 무르
익은 저 화단! 그는 얼핏 밭에 조싹도 이젠 픽이나 자랐겠구나!
김매기 바쁠 테지. 내가 웬일이야. 김도 안 매고, 가을에는 뭘
먹고사나 하는 걱정이 불쑥 일었다. 그리고 시선을 멀리 던졌을
때 티없이 맑게 개인 하늘이 마치 멀리 논들을 바라보는 듯 문
득 그들이 부치던 논이 떠오른다. 논귀*까지 가랑가랑하도록 올
라온 그 논물! 벼포기도 픽이나 자랐을 게다! 하며 다시 하늘을
쳐다보았을 때 그 하늘은 벼포기 사이를 헤치고 깔렸던 그 하늘
이 아니었느냐! 그 사이로 털이 푸르르한 남편의 굵은 다리가
철버덕철버덕 거닐지 않았느냐! 그는 가슴이 뜨끔해지며 다시
팡둥을 보았다. 남편을 오라고 하여 함께 앉았던 저 팡둥은 살
아서 저렇게 있는데 그는 어찌하여 죽었는가 하며 이때껏 참았
던 설움이 미리가 무겁도록 올라왔다.

"친척 없어? 어디 왔어?"

팡둥은 한참 후에 이렇게 재쳐 물었다. 목구멍까지 빠듯하게
올라온 억울함과 외로움이 팡둥의 말에 눈물로 변하여 술술 떨
어진다. 그는 맥없이 머리를 떨어트리며 치맛귀를 쥐어다 눈물

을 씻었다. 곁에 앉은 봉염이도 어머니를 보자 눈물이 글썽글썽
해졌다. 모녀를 바라보는 팡둥은 난처하였다. 지금 저들의 눈치
를 보니 자기에게 무엇을 얻으러 왔거나 그렇지 않으면 자기 집
을 바라고 온 것임을 시간이 지날수록 깨달았다. 그는 불쾌하였
다. 저들을 오늘로라도 보내려면 돈이라도 몇 푼 집어 줘야 할
것을 느끼며 당분간 집에서 일이나 시키며 두어 둬 볼까? 하는
생각이 어렴풋이 들었다. 팡둥은 약간 웃음을 띠었다.

"친척 없어. 우리 집 있어. 봉식이가 찾아왔어. 갔어, 응."

팡둥의 입에서 떨어지는 아들의 이름을 들으니 그는 원망스러
움과 그리움, 외로움이 한데 뭉쳐 견딜 수가 없었다. 그리고 팡
둥의 말과 같이 봉식이가 언제든지 나를 찾아오려나, 그렇지 않
으면 제 아버지와 같이 어디서 어떤 놈에게 죽임을 당해서 다시
는 찾지 않으려나? 하는 의문이 들며 흑흑 느껴 울었다.

그후부터 모녀는 팡둥의 집에서 일이나 해주고 그날그날을 살
아갔다. 팡둥은 날이 갈수록 그들에게 친절하게 굴었다. 그리고
어떤 때는 밤이 오래도록 그들이 있는 방에 나와서 이런 이야기
저런 이야기를 해주며, 때로는 옷감이나 먹을 것 같은 것도 사
다 주었다. 그때마다 봉염의 어머니는 감격하여 밤 오래도록 잠
들지 못하곤 하였다.

팡둥의 아내가 친정집에 다니러 간 그 이튿날 밤이다. 그는 팡

둥의 아내가 말아 놓고 간 팡둥의 속옷을 재봉틀에 하였다. 팡둥의 아내가 언제 올는지는 모르나 어쨌든 그가 오기 전에 말아 놓은 일을 다해야 그가 돌아와서 만족해 할 것이다. 그러므로 그는 밤잠을 못 자고 미싱을 돌렸다. 그는 이 집에 와서야 미싱을 배웠기 때문에 아직도 서툴렀다. 그래서 그는 바늘이 부러질세라 기계가 고장이 생길세라 여간 조심이 되지를 않았다.

저편 팡둥 방에서 피리 소리가 처량하게 들려왔다. 팡둥은 밤만 되면 저렇게 피리를 불거나 그렇지 않으면 깡깡이*를 뜯었다. 깡깡이 소리는 시끄럽고 때로는 강아지가 문짝을 할퀴며 어미를 부르는 듯하게 차마 듣지 못할 만큼 귓가가 간지러웠다. 그러나 저 피리 소리만은 그럴 듯하게 들렸다.

일감을 밟아 씩씩하게 달아오는 바늘 끝을 바라보는 그는 한숨을 후 쉬며 "봉식아, 너는 어째서 어미를 찾지 않느냐" 하고 중얼거렸다. 그는 언제나 봉식이를 생각했다. 낯선 사람이 이 집에 오는 것을 보면 행여 봉식의 소식을 전하려나 하여 그 사람이 돌아갈 때까지 주의를 게을리하지 않았다. 그러나 이렇게 기다리는 보람도 없이 그날도 그날같이 봉식의 소식은 막막하였다. 팡둥은 그들에게 고맙게 구나 팡둥의 아내는 종종 싫은 기색을 완연히* 드러내었다. 그때마다 그는 봉식을 원망하고 그리워하며 운 적이 한두 번이 아니었다. 아무래도 장래까지는 이

집을 바라지 못할 일이요, 어디로든지 가야 할 것을 그는 날이 갈수록 느꼈다. 그러나 마음만 초조할 뿐이요, 어떻게 하는 수는 없었다. 그는 이러한 생각을 되풀이하며 팡둥의 아내가 없는 사이 팡둥보고 집세나 하나 얻어 달라고 해볼까? 하며 피리를 불고 앉았을 팡둥의 뚱뚱한 얼굴을 그려 보았다. 그러나 어찌 그런 말을 해 집세를 얻는다 하더라고 무슨 그릇들이 있어야지, 아무것도 없이 살림을 어떻게 하누 하며 등불을 물끄러미 바라보았다.

어느덧 피리 소리도 그치고 사방은 고요하였다. 오직 들리느니 잠든 봉염의 그윽한 숨소리뿐이다. 그는 등불을 휩싸고 악을 쓰고 날아드는 하루살이 떼를 보며 문득 남편의 짧았던 일생을 회상하였다. 그렇게 살고 말 것을 반찬 한번 맛있게 못 해주었지. 고춧가루만 땀이 나도록 먹고 참……. 여기는 왜 소금값이 그리 비쌀까?

그래도 이 집은 소금을 흔하게 쓰두먼. 그거야 돈 많으니 자꾸 사오니까 그렇겠지. 돈? 돈만 있으면 뭐든지 다 할 수가 있구나. 그 비싼 소금도 맘대로 살 수가 있는 돈, 그 돈을 어째서 우리는 모으지 못했는가 하였다.

그때 신발 소리가 자박자박 나더니 문이 덜거덕 열린다. 그는 놀라 휘끈 돌아보았다. 검은 바지에 흰 적삼*을 입은 팡둥이 빙

그레 웃으며 들어온다. 그는 얼른 일어나며 일감을 한 손에 들었다.

"앉아서! 일만 했어?"

팡둥의 시선은 그의 얼굴로부터 일감으로 옮긴다. 그는 등불 곁으로 다가앉으며 팡둥보고 이 말을 할까 말까? 집세 하나 얻어 주시오 하고 금방 입술 사이로 흘러 나오려는 것을 참으며 팡둥의 기색을 흘끔 살폈다.

"누구 옷이야? 내 거야?"

팡둥은 일감 한 끝을 쥐어 보다가,

"내 거야……. 배고프지 않아? 우리 방에 나가 찻물도 먹고, 과자도 먹고, 응? 나갔어."

일감을 잡아당긴다. 그는 전 같으면 얼른 팡둥의 뒤를 따라갈 터이나 팡둥의 아내가 없는 것만큼 주저가 되었다.

"배고프지 않아요."

이렇게 말하는 그는 웬일인지 눈썹 끝에 부끄러움이 사르르 지나친다. 팡둥은 일감을 획 빼앗았다.

"가, 응. 자, 어서어서."

그는 일감을 바라보며 어째야 좋을지를 몰랐다. 그리고 이 기회를 봐서 집세를 얻어 달라고 할까 말까. 할까…….

"안 가?"

팡둥은 일어서며 아까와는 달리 언성을 높인다. 그는 가슴이 선뜻해서 얼른 일어났다. 그러나 비쭉비쭉 나가는 팡둥의 살찐 뒷덜미를 보았을 때 싫은 생각이 부쩍 들었다. 그리고 발길이 떨어지지를 않았다. 문 밖을 나가던 팡둥은 휘끈 돌아보았다. 그 얼굴은 무어라고 형용할 수 없는 무서움을 띠었다. 그는 맥없이 캉을 내려섰다. 그리고 잠든 봉염이를 바라보았을 때 소리쳐 울고 싶도록 가슴이 답답하였다.

해산

이듬해 늦은 봄 어느 날 석양*이다. 봉염의 어머니는 바느질을 하다가 두 눈을 비비며 방문을 바라보았다. 빨간 문 위에 처마 끝 그림자가 뚜렷하다. 오늘은 팡둥이 오려나. 대체 어딜 가서 그리 오래 있을까? 그는 또다시 생각하였다. 팡둥의 아내만 대하면 그는 묻고 싶은 것이 이 말이었다. 그러나 언제든지 새초롬해서* 있는 그의 기색을 살피다가는 그만 하려던 말을 주리치고* 말았다. 그리고 이렇게 석양이 되면 오늘이나 오려나? 하고 가슴을 졸였다. 팡둥이 온대야 그에게 그리 기쁠 것도 없건만 어쩐지 그는 팡둥이 기다려지고 그리웠다. 오면 좋으련

만……. 이번에는 꼭 말을 해야지. 무어라구? 그 다음 말은 생
각나지 않고 두 귀가 화끈 단다. 어떻게나 그도 짐작이나 할까?
하기는 뭘 해. 남정들이 그러니 그렇게 내게 하리……. 그는 팡
둥의 얼굴을 머리에 그리며 원망스러운 듯이 바라보았다.

그날 밤 후로는 팡둥의 태도가 아무리 좋게 해석해도 냉랭해
진 것만 같았다. 처음에는 점잖으신 어른이고 더구나 성미 까다
로운 아내가 곁에 있으니 저러나 보다 하였으나 시일이 지날수
록 원망스러움이 약간 머리를 들었다. 반면에 끝없는 정이 보이
지 않는 줄을 타고 팡둥에게로 자꾸 쏠리는 것을 그는 느꼈다.
그는 한숨을 후 쉬며 이마에 흐르는 땀을 씻었다. 언제나 자기
도 팡둥을 대하여 주저없이 말도 건네고 사랑을 받아 볼까? 생
각만이라도 그는 진저리가 나도록 좋았다. 그러나 자기 주위를
둘러싸고 있는 모든 환경을 깨닫자 그는 울고 싶었다. 그리고
팡둥의 아내가 끝없이 부러웠다. 그는 시름없이 머리를 숙이며
원수로 애는 왜 배었는지 하며 일감을 들었다. 바늘 끝에서 떠
오르는 그날 밤. 그날 밤의 팡둥은 성난 호랑이같이 자기에게
덤벼들지 않았던가. 자기는 너무 무섭고도 두려워서 방 안이 캄
캄하도록 드리운 비단 포장을 붙들고 죽기로써 반항하다가도
못 이겨서 애를 배게 되지 않았던가. 생각하면 자기의 죄 같지
는 않았다. 그런데 왜 자기는 선뜻 팡둥에게 이 말을 하지 못하

는가. 그리고 그렇게 먹고 싶은 냉면도 못 먹고 이때까지 참아 왔던가? 모두가 자기의 못난 탓인 것 같다. 왜 말을 못 해. 왜 주 저해. 이번에는 말할 테야. 꼭 할 테야. 그리고 냉면도 한 그릇 사다 달라지 하며 그는 눈앞에 냉면을 그리며 침을 꿀꺽 삼켰 다. 그러나 이 생각은 헛된 공상임을 깨달으며 한숨을 푸 쉬면 서도 픽 하고 웃음이 나왔다. 모든 어려운 문제가 산과 같이 자 기를 둘러싸고 있거늘 어린애같이 먹고 싶은 생각부터 하는 자 신이 우습고도 가련해* 보였던 것이다. 그러나 먹고 싶은 것은 어쩔 수 없다. 목이 가렵도록 먹고 싶다. 냉면만 생각하면 한참 씩은 안절부절할 노릇이다.

그가 뱃속에 애 든 것을 알게 되었을 때 유산시키려고 별짓을 다하여 보았다. 배를 쥐어박아도 보고 일부러 칵 넘어지기도 하 며 벽에다 배를 대고 탕탕 부딪혀도 보았다. 그리고도 유산이 되지를 않아서 나중에는 양잿물을 마시려고 캄캄한 밤중에 그 몇 번이나 일어나 앉았던가. 그러면서도 그 순간까지도 냉면은 먹고 싶었다. 누가 곁에다 감추고서 주지 않는 것만 같았다. 그 렇게 먹고 싶은 냉면을 못 먹어 보고 죽는다는 것은 너무나 애 달픈 일이다. 더구나 봉염이를 생각하고는 그만 양잿물 그릇을 쏟고 말았던 것이다.

삭수*가 차올수록 그는 어쩔 줄을 몰랐다. 우선 남의 눈에 들

키지나 않으려고 끈으로 배를 끙끙 동이고 밥도 한두 끼니는 예
사로 굶었다. 그리고 될 수 있는 대로 사람을 피하여 이렇게 혼
자 일을 하곤 하였다.

그때 찌르릉 하는 마차 소리에 그는 머리를 번쩍 들었다. 팡둥
방에서 뛰어나가는 신발 소리가 나더니 바바! 바바! 하고 팡둥
의 어린애들이 떠드는 소리가 들린다. 그는 왔구나! 하였다. 따
라서 가슴이 후닥닥 뛰어 뱃속의 애까지 빙빙 돌아간다. 그는
치맛주름이 들썩들썩하는 것을 보자 배를 꾹 눌렀다. 신발 소리
가 이리로 오므로 그는 얼른 일어났다. 그리고 팡둥이 혹시 나
를 보려 오는가 하였다.

"어머이, 팡둥 왔어. 그런데 팡둥이 어머니를 오래."

봉염이는 문을 열고 들여다본다. 그는 팡둥이 아님에 다소 실
망은 하면서도 안심되었다. 그러나 팡둥이 자기를 보겠다고 오
라는 말을 들으니 부끄러움이 확 끼치며 알 수 없는 겁이 더럭
났다. 그리고 말을 할 수 없이 입이 다물어지며 손발이 후둘후
둘 떨린다.

"어머이, 어디 아파?"

봉염이는 중국 계집애같이 앞머리카락을 보기 좋게 잘랐다.
그는 머리카락 사이로 눈을 동그랗게 뜨고 어머니를 말뚱히 쳐
다본다. 그는 딸에게 눈치를 보이지 않으려고 머리를 돌리며,

"아니."

봉염이는 한참이나 무슨 생각을 하더니,

"어머이, 팡둥이 성난 것 같애. 왜……."

"왜, 어쩌더냐?"

"아니, 글쎄 말야."

봉염이는 솜가에서 닳아져서 보기 싫게 된 그의 손톱을 들여다보면서 아까 팡둥의 얼굴을 생각했다. 그때 팡둥의 아내 소리가 빽 하고 났다.

"뭣들 하기에 그러고 있어? 어서 오라는데."

심상치 않은 그의 언성에 그들은 일시에 불길한 예감을 품으면서 팡둥 방으로 갔다. 팡둥은 어린애를 좌우로 안고서 모녀를 바라보았다. 그리고 잠깐 눈쌀을 찌푸리며 눈을 거칠게 뜬다. 팡둥의 아내는 입을 비쭉하였다.

"흥, 자식을 얼마나 잘 두었길래 애비 원수인 공산당에 들었을까? 그런 것들은 열 번 죽여도 좋아……. 우리는 공산당 친척은 안 돼. 공산당과는 우리는 원수야. 오늘부터는 우리 집에 못 있어. 나가야지."

모녀를 딱 쏘아본다. 모녀는 갑자기 무슨 말인지를 알아들을 수가 없었다. 그리고 머리가 아찔해 왔다.

"이번 쟝궤듸가 국자가 가서 네 오빠 죽는 것을 보았단다."

　모녀는 어떤 쇠방망이로 머리를 사정없이 후려치는 듯 아뜩하
였다. 한참 후에 봉염의 어머니는 팡둥을 바라보았다. 팡둥은
그의 시선을 피하여 어린애를 보면서도 그 말이 옳다는 뜻을 보
였다. 그는 한층 더 아찔하였다. 그애가 참말인가 하고 그는 속
으로 부르짖었다.

　"어서 나가! 만주국에서는 공산당을 죽이니깐."

　팡둥의 아내는 귀걸이를 흔들면서 모녀를 밀어 버린다. 모녀
는 암만 그들이 그래도 그 말이 참말 같지 않았다. 그리고 속시
원히 팡둥이 말을 해주었으면 하였다. 팡둥은 그들을 바라보자
곧 불쾌하였다. 그날 밤 그의 만족을 채운 그 순간부터 어쩐지
발길로 그의 엉덩이를 냅다 차고 싶게 미운 것을 느꼈다. 그 다
음부터 그는 봉염의 어머니와 마주 서기를 싫어하였다. 그러나
살림에 서투른 젊은 아내를 둔 그는 그들을 내보내면 아무래도
식모든지 착실한 일꾼이든지를 두어야겠으니 그러지면 먹여 주
고 또 돈을 주어야 할 터이므로 오늘내일하고 이때까지 참아 왔
던 것이다. 그보다도 내보낼 구실 얻기가 거북하였던 것이다.

　그러던 차에 이번 국자가에서 봉식이가 죽는 것을 보고서는
곧 결정하였다. 무엇보다도 공산당의 가족이니만큼 경비대원들
이 나중에라도 알면 자신에게 후환*이 미칠까 하는 생각이었고,
또 하나는 자기가 극도로 공산당을 미워하는 만큼 공산당이라

는 말만 들어도 소름이 끼쳐서 못 견디었던 것이다.

아내에게 밀려 문 밖으로 나가는 모녀를 바라보는 팡둥은 봉식의 죽던 광경이 다시 떠오른다.

친구와 교외*에 나갔다가 공산당을 죽인다는 바람에 여러 사람의 뒤를 따라가서 들여다보니 벌써 십여 명의 공산당을 죽이고 꼭 하나가 남아 있었다. 그는 좀더 빨리 왔더라면 하고 후회하면서 사람들의 틈을 뻐기고* 들어갔다. 마침 경비대에게 끌려 한가운데로 나앉은 공산당은 봉식이가 아니었느냐! 그는 자기 눈을 의심하고 몇 번이나 눈을 비빈 후에 보았으나 똑똑한 봉식이었다. 전보다 얼굴이 검어지고 거칠게 보이나 봉식이었다. 그는 기침을 칵 하며 봉식이가 들릴 만큼 욕을 하였다. 그리고 행여 봉식이가 돈을 벌어 가지고 어미를 찾아오면 자기의 생색*도 나고 다소 생각함이 있으리라고 하였던 것이 절망이 되었다.

누런 군복을 입은 경비대원 한 사람은 시퍼런 칼날에 물을 드르르 부었다. 그러니 물방울이 진주같이 흐른 후에 칼날은 무서우리만큼 빛났다. 경비대원은 칼날을 들여다보며 시뻑* 웃는다. 그리고 봉식이를 바라보았다. 봉식이는 얼굴이 새하얗게 질리고도 기운 있게 버티고 있었다. 그리고 입모습에는 비웃음을 가득히 띠우고 있다. 팡둥은 그 웃음이 여간 불쾌하지 않았다. 그리고 어느 때인가 공산당에게 위협을 당하던 그 순간을 얼핏 연

상하며 봉식이가 확실히 공산당이라는 것을 의심하지 않았다. 그러자 칼날이 번쩍할 때 봉식이는 소리를 버럭 지른다. 어느새 머리는 땅에 떨어지고 선혈이 솩 하고 공중으로 뻗힐 때 사람들은 냉수를 잔등에 느끼며 흠칫 물러섰다.

생각만이라도 팡둥은 소름이 끼쳐서 어린애를 꼭 껴안으며 어서 모녀가 눈에 보이지 않기를 바랐다. 모녀는 문 밖에까지 밀려 나오고도 팡둥이 따라나오며 말리려니 하였다. 그러나 그들이 보따리를 가지고 대문을 향할 때까지 팡둥은 가만히 있었다. 봉염의 어머니는 노여움이 치받혀 휙 돌아서서 유리창을 통하여 바라보이는 팡둥의 뒷덜미를 노려보았다. 미친 듯이 자기를 향하여 덤벼들던 저 팡둥이, 그가 무어라고 소리를 지르려고 할 때 팡둥의 아내와 웬 알지 못할 사나이가 그를 돌려세우며 그들을 밖으로 내몰았다.

그들은 정신없이 시가를 벗어나 해란강변으로 나왔다. 강물이 앞을 막으니 그들은 우뚝 섰다. 어디로 가나? 하는 생각이 분에 흩어졌던 그들의 생각을 집중시켰다. 그들은 눈을 들었다. 해는 뉘엿뉘엿 서산에 걸렸는데 저 멀리 보이는 마을 앞에 둘러선 버들숲은 흡사 그들이 살던 쌴드거우(三頭) 앞에 가로놓였던 그 숲과도 같았다. 그곳은 아직도 남편과 봉식이가 있을 것만 같았다. 그러나 다시 한 번 눈을 비비고 보았을 때 봉염의 어머니는

털썩 주저앉았다. 그리고 소리 높이 흐르는 강물을 들여다보며 그만 죽고 말까 하였다. 동시에 이때까지 거짓으로만 들리던 봉식의 죽음이 새삼스럽게 더 걱정이 되며 가슴이 쪼개지는 듯하였다. 그러나 그 말은 믿고 싶지 않았다. 봉식이는 똑똑한 아이다. 그러한 아이가 애비 원수인 공산당에 들었을 리가 없을 듯하였다.

그것은 자기 모녀를 내보내려는 거짓말이다.

"죽일 년. 그 년이 내 아들을 공산당이라구? 에이 이 연놈을 벼락맞을라. 누구를 공산당이래……. 너희 놈들이 그러고 뒈질 때가 있을라. 누구를 공산당이래."

봉염의 어머니는 시가를 돌아보며 이를 북북 갈았다. 시가에는 수없는 벽돌집이 다닥다닥 붙어앉았다.

저렇게 많은 집이 있건만 지금 그들은 몸담아 있을 곳도 없어 이리 쫓겨 나오는 생각을 하니 기가 꽉 찼다. 그리고 저자*들은 모두가 팡둥 같은 그런 무서운 인간들이 사는 것 같아 보였다. 이렇게 원망스러우면서도 이리로 나오는 사람만 보이면 행여 팡둥이가 나를 찾아 나오는가 하여 가슴이 뜨끔해지곤 하였다.

어스름* 황혼이 그들을 둘러쌀 때에 그들은 더욱 난처하였다. 봉염이는 훌쩍훌쩍 울면서,

"오늘 밤은 어디서 자누? 어머이."

하였다. 그 순간에 팡둥 집으로 달려들어가서 모조리 칼로 찔러 죽이고 자기들도 죽고 싶은 충동이 강하게 일어났다. 그래서 그는 벌떡 일어났다. 그러나 그의 앞으로 끝없이 길어 나가는 대철로를 바라보았을 때 소식 모르는 봉식이가 어미를 찾아 이 길로 터벅터벅 걸어올 때가 있지 않으려나……. 그리고 또다시 팡둥의 말과 같이 아주 죽어서 다시는 만나지 못하려나 하는 의문에 그는 소리쳐 울고 싶었다. 속시원히 국자가를 가서 봉식의 소식을 알아볼까? 그러자! 그후에 참말이라면 모조리 죽이고 나도 죽자! 이렇게 결심하고 어정어정 걸었다.

그날 밤 그들은 해란강변에 있는 중국인 집 헛간에서 자게 되었다. 그것도 모녀가 사정을 하고 내일 시장에 내다 팔 시금치나물과 파 등을 다듬어 주고서 승낙을 받았다. 봉염의 어머니는 밤이 깊어 갈수록 배가 자꾸 아팠다. 그는 애가 나오려나 하고 식삭*하면서 봉염이가 짐들기를 고대*히였다. 그러나 잠이 많던 봉염이도 오늘은 잠들지 않고 팡둥 부처를 원망하였다. 그리고 이때까지 몸 아끼지 않고 일해 준 것이 분하다고 종알종알하였다.

"용애는 잘 있는지……. 우리 학교는 학생이 많은지……."

잠꼬대 비슷이 봉염이는 지껄이다가 그만 잠이 들고 만다.

그의 어머니는 한숨을 후 쉬며 어서 봉염이가 잠든 틈을 타서 나오면 얼른 죽어서 해란강에 띄우리라 결심하였다. 그리고 배

를 꾹꾹 눌렀다.

바람 소리가 후루루 나더니 빗방울이 후두두 떨어진다.

그는 되기만은 잘되었다 하였다. 이런 비 오는 밤에 아무도 몰
래 애를 낳아서 죽이면 누가 알랴 싶었던 것이다.

그리고 그는 봉염의 몸을 어루만지며 낡은 옷으로 그의 머리
까지 푹 씌워 놓았다. 비는 출출 새기 시작하였다.

그는 봉염이가 깰세라 하여 입술을 깨물고 신음 소리를 밖에
내지 않으려고 애썼다. 그러나 신음 소리가 콧구멍을 뚫고 불길
같이 확확 내달았다. 그리고 빗방울은 그의 머리카락을 타고 목
덜미로 입술로 새어 흐른다.

"어머이!"

봉염이는 벌떡 일어나서 어머니를 더듬었다.

"에그, 척척해.*"

어머니의 몸을 만지는 그의 정신이 번쩍 들었다. 그리고 비가
오는 것을 알았다.

"비가 새네. 아이그, 어떡하나……."

딸의 말소리도 이젠 들리지 않고 딸이 들을세라 조심하던 신
음 소리도 더 참을 수가 없었다. 그는 으흥으흥 하면서 몸부림
쳤다. 머리를 벽에 쾅쾅 받다가도 시원하지 않아서 손으로 머리
를 감아쥐고 오짝오짝 뜯었다.

봉염이는 어머니를 흔들다가 흔들다가 그만 흑흑 하고 울었다.

어머니는 봉염이를 밀차며 응응 하고 힘을 썼다. 한참 후에 으악 하고 애기 울음소리가 들렸다. 봉염이는 어머니 곁으로 다가붙으며,

"애기?"

하고 부르짖었다.

어머니는 얼른 애기를 더듬어 그의 목을 꼭 쥐리라 하였다.

그 순간 두 눈이 화끈 달며 파란 불꽃이 쌍으로 내달았다. 그리고 전신을 통하여 짜르르 흐르는 모성애! 그는 자기의 숨이 턱 막히며 쥐려는 손끝에 맥이 탁 풀리는 것을 느꼈다. 그는 땀을 낙수*처럼 흘리며 비켜 누워 버렸다. 그리고 아이구 하고 소리쳐 울었다.

유모

애기를 죽이려다 죽이지 못하고 또 무서운 진통기를 벗어난 봉염의 어머니는 이제는 극도로 배고픔을 느꼈다. 지금 따끈한 미역국 한사발이면 그의 몸은 가뿐해질 것 같다. 미역국! 지난날에는 남편이 미역국과 흰 이밥*을 해가지고 들어와서 손수 떠

넣어 주던 것을…… 하며 눈을 꾹 감았다. 비에 젖고 또 비에 젖은 헛간 바닥에서는 흙내에 피비린내를 품은 역한 냄새가 물씬 물씬 올라왔다. 어떡하나? 내가 무엇이든지 먹고살아야 저것들을 키울 터인데 무엇을 먹나, 누가 지금 냉수라도 짤짤 끓여다 가만 주어도 그 물을 마시고 정신을 차릴 것 같다. 그러나 그는 흙을 쥐어 먹기 전에는 아무것도 먹을 것이 없지 않은가. 봉염이를 깨울까? 그래서 이 집 주인에게 밥이나 좀 해달랄까? 아니아니 못 할 일이야, 무슨 장한 애를 났다고 그러랴. 그러면 어떻게? 오래지 않아 날이 밝을 터이니 아침에나 주인집에서 무엇이든지 얻어먹지 하였다. 그리고 눈을 번쩍 떠서 뚫어진 헛간문을 바라보았다. 아직도 캄캄하였다. 날이 언제나 새려나, 이 집에는 닭이 없는가 있는가 하며 귀를 기울였다. 사방은 죽은 듯이 고요하다. 간혹 채마*밭에서 나는 듯한 벌레 소리가 어두운 방에 별빛 같은 그러한 느낌을 던져 주었다. 그는 애기를 그의 뛰는 가슴속에 꼭 대며 자기가 아무렇게서라도 살아야 할 것 같았다. '내가 왜 죽어, 꼭 산다. 너희들을 위하여 꼭 산다' 하고 중얼거렸다. 애를 낳기 전에는, 아니 그보다도 이 아픔을 겪기 전에는 죽는다는 말이 그의 입에서 떠나지 않았고, 또 진심으로 죽었으면 하고 생각도 많이 하였다. 그러나 마침 죽음과 삶의 경계선에서 아차아차한 고비를 넘기고 겨우 소생한 그는 어쩐

지 죽고 싶지는 않았다. 오히려 삶의 환희를 느꼈다. 그가 하필 이번뿐만이 아니라 이러한 경우를 여러 번 당하였으나 그러나 남편의 생전에는 죽음에 대하여 한 번도 생각해 보지도 않았으며 역시 죽고 싶지도 않았다. 그래서 죽음이란 아무 생각 없이 대하였을 뿐이었다.

이튿날 봉염의 어머니를 곤히 자는 봉염이를 흔들어 깨웠다. 봉염이는 벌떡 일어났다.

"너, 이거 내다가 빨아 오너라. 그저 물에 헹구면 된다."

피에 젖은 속옷이며 걸레뭉치를 뭉쳐서 그의 손에 들려주었다. 그때 봉염의 어머니는 어쩐지 딸이 어려웠다. 그리고 딸의 시선이 거북스러움을 느꼈다. 봉염이는 아직도 가슴이 울렁거리며 모두가 꿈속에 보는 듯 분명하지를 않고 수없는 거미줄 같은 의문과 공포가 그의 조그만 가슴을 꼭 채웠다. 그는 얼른 일어나 밖으로 나왔다. 그의 어머니는 딸이 나가는 것을 보고, 저것이 추울 터인데 하며 자신이 끝없이 더러워 보였다.

봉염의 신발 소리가 아직도 사라지기 전에 그는 아기의 얼굴을 자세히 들여다보았다. 볼수록 뭉치정이 푹푹 든다. 그리고 아기의 얼굴에 얼굴을 맞대지 않고는 견디지 못하였다. 그는 주인집에서 깨어 부산하게 구는 소리를 들으며 밥을 하는가, 밥을 좀 주려나, 좀 주겠지 하였다. 그리고 미역국 생각이 또 일어나

며 김이 어린 미역국이 눈앞에 자꾸 어른거려 보인다. 따라서 배는 점점 더 고파 왔다. 이제 몇 시간만 더 이 모양으로 굶었다 가는 그가 아무리 살고 싶어도 살 수가 없을 것 같았다. 그는 이러한 생각에 겁이 펄쩍 났다. 무엇을 좀 먹어야 할 터인데 그는 눈을 뜨고 사면을 휘둘러보았다. 아직도 헛간은 컴컴하다. 컴컴한 저편 구석으로 약간씩 보이는 파뿌리! 그는 어제 저녁에 주인 여편네가 오늘 장에 내다 팔 파를 헛간으로 옮겨 쌓던 생각을 하며 옳다! 아무 거라도 좀 먹으면 정신이 들겠지 하고 얼른 몸을 솟구어 파뿌리를 뽑았다. 그러나 주인이 나오는 듯하여 그는 몇 번이나 뽑은 파를 입에 대다가도 감추곤 하였다. 마침내 그는 파를 입 속에 넣었다. 그리고 우쩍 씹었다. 그때 이가 시큼하며 딱 맞질린다.* 그래서 그는 얼굴을 찡그리며 입을 쩍 벌린 채 한참이나 벌리고 있었다.

침이 턱 밑으로 흘러내릴 때에야 그는 얼른 손으로 침을 몰아넣으며 이 침이라도 목구멍으로 삼켜야 그가 살 것 같았다. 그는 다시 파를 입에 넣고 이번에는 씹지는 않고 혀끝으로 우물우물하여 넘겼다. 넘어가는 파는 왜 그리도 차며 뻣뻣한지, 그의 목구멍은 찢어지는 듯 눈물이 쑥 비어졌다. '파를 먹고도 사는가.' 그는 이렇게 생각하며 헛간문 사이로 보이는 하늘을 멍하니 쳐다보았다.

그때 신발 소리가 나며 헛간문이 홱 열린다.

"어머이, 용애 어머니를 빨래터에서 만났어. 그래서 지금 와!"

말이 채 마치기 전에 용애 어머니가 들어온다. 봉염의 어머니는 얼결에 일어나 그의 손을 붙들고 소리를 내어 울었다. 용애 어머니는 '싼더거우'서 한 집안같이 가까이 지냈던 것이다. 그래서 봉염이를 따라 이렇게 왔으나 그들의 참담한* 모양에 반가움이란 다 달아나고 내가 어째서 여기를 왔던가 하는 후회가 일었다. 그리고 뭐라고 위로할지조차 생각나지 않았다.

"아니, 봉염이 어머이. 이게 어찌된 일이오?"

한참 후에 용애 어머니는 입을 열었다. 봉염의 어머니는 울음을 그치고,

"다 팔자 사나와 그렇지요. 왜 죽지 않고 살았겠수……. 그런데 언제 내려왔수, 여기를?"

"우리? 작년에 모두 왔지. 우리 농네에서는 모두 떠났다오. 토벌난 통에 밤 도망들을 했지. 어디 농사할 수가 있어야. 그래 여기 내려오니 이리 어렵구려."

봉염의 어머니는 퍽이나 반가웠다. 그리고 용애 어머니를 놓쳐서는 안 될 것을 번개같이 깨달으며 모든 것을 숨김없이 말하고 사정하리라 하고 결심하였다.

"용애 어머니, 난 아이를 낳다우. 어젯밤에 이걸……. 어떡하

우. 사람 하나 살리는 셈치고 날 며칠 동안 집에 있게 해주. 어떡허겠수. 나 같은 년 만나기만 불찰이지……."

그는 말끝에 또다시 울었다. 용애 어머니를 만나니 남편이며 봉식이의 생각까지 겹쳐 일어나는 동시에 어째서 남은 다 저렇게 영감이며 아들딸을 데리고 다니며 잘 사는데 나만이 이런 비운*에 빠졌는가 하는 생각이 들었던 것이다. 용애 어머니는 한참이나 난처한 기색을 띠다가 한숨을 푹 쉬었다.

"그러시유. 할 수 있소."

용애 어머니는 더 머무르려고도 안 하고 안 나오는 대답을 이렇게 겨우 하였다. 뒤에서 가슴을 졸이고 있던 봉염이까지 구원받은 듯하여 한숨을 호 내쉬었다.

"고맙수. 그 은혜를 어찌 갚겠수."

봉염의 어머니는 떨리는 음성으로 이렇게 말하고 봉염에게 아기를 업혀 주었다. 용애 어머니는 '이렇게 모녀를 데리고 가나? 남편이 뭐라고 나무라지나 않으려나?' 하는 불안에 발길이 무거워졌다.

용애네 집으로 온 그들은 사흘을 무사히 지냈다. 용애 어머니는 남의 빨래삯을 맡아 날이 채 밝지도 않아서 빨랫가로 달아나고 용애 아버지는 철도공사 인부로 역시 그랬다. 그래서 근근이 살아가는 것을 보는 봉염의 어머니는 그들을 마주 바라볼 수 없

이 어려웠다. 그래서 얼른 일어나고 말았다. 그날 저녁 봉염의 어머니는 빨랫가에서 돌아오는 용애 어머니를 보고,

"나도 남의 빨래를 하겠으니 좀 알아다 주."

용애 어머니는 눈을 크게 떴다.

"어서 더 눕고 있지, 웬일이요……. 어려워 말우."

용애 어머니는 갑자기 무슨 생각이 난 듯이 눈을 껌뻑이더니 다가앉았다. 부엌에서는 용애와 봉염의 종알거리는 소리가 들렸다.

"아니 저 나 빨래 맡아다 하는 집엔 젖유모를 구하는데……. 애를 달렸다더라도 젖만 많으면 두겠다고 해. 그 대신 돈이 좀 적겠지만…… 어떠우?"

봉염의 어머니는 귀가 번쩍 뜨였다.

"참말이요? 애가 있어도 된대요?"

용애 어머니는 이 말에는 우물쭈물하고,

"하여간 말이야. 한 달에 십이삼 원을 받으면 집세 얻어서 봉염이와 아기를 따로 있게 하고, 아기에겐 봉염이 어머니가 간간히 와서 젖을 먹이고 또 우유를 곁들이지 어떡하나. 큰 애 같지 않아 갓난애니까 저게서 알면 재미는 좀 적을게요. 그러니 우선은 큰 애라고 속이고 들어가야지. 그러니 그렇게만 되면 그 벌이가 아주 좋지 않우?"

　봉염의 어머니는 벌이 자리가 난 것만 다행으로 가슴이 뛰도록 기뻤다.

　"그러면 어떻게든지 해서 들어가도록 해주우."

하였다. 그리고 돈만 그렇게 벌게 되면 이 집에 신세진 것도 꼭 갚아야겠다 하며 자는 아기를 돌아보았을 때 '저것을 떼고 남의 애에게 젖을 먹여……' 하였다.

　며칠 후에 몸이 다소 튼튼해진 봉염의 어머니는 드디어 젖유모로 채용이 되어 아기와 봉염이를 떨어뜨리고 가게 되었다. 그리고 봉염이와 아기는 조그만 방을 세 얻어 있게 하였다. 그후부터 아기는 봉염이가 맡아서 길렀다. 아기는 매일같이 밤만 되면 불이 붙는 것처럼 울고 자지 않았다. 그때마다 봉염이는 아기를 업고 잠 오는 눈을 꼬집어 다니면서 방 안을 거닐었다. 그리고 나중에는 아기와 같이 소리를 내어 울면서 어두운 문 밖을 내다보곤 하는 때가 종종 있었다.

　이렇게 지나기를 한 일 년이 되니, 아기는 우는 것도 좀 나아지고 오줌이며 똥도 누겠노라고 낑낑대었다. 봉염이는 아기를 잘 거두어 주다가도 애가 놀러 왔는데 자꾸 운다든지 제 장난감을 흐트러 놓는다든지 하면 아기를 사정없이 때렸다. 그리고 미처 오줌과 똥을 누겠노라고 못 하고 방바닥에 싸놓으면 사뭇 죽일 것같이 아기를 메치며 때리곤 하였다. 그것은 아기가 미워서

때리는 게 아니고 제 몸이 고달프고 귀찮으니 그렇게 하는 것이었다. 아기의 이름은 봉염의 이름자를 붙여서 '봉희'라고 지었다. 봉희는 이젠 우유를 안 먹고 간간히 어머니 젖과 밥을 먹였다. 그는 이제야 겨우 빨빨 기었다. 그리고 때로는 오똑 일어서고 자착자착 걸었다. 그러나 눈치는 아주 엉뚱하게 밝았다. 그러므로 어떤 때는 똥과 오줌을 방바닥에 싸놓고도 언니가 때릴 것이 무서워서 으아 하고 때리기 전부터 미리 울곤 하였다. 그리고 어떤 때는 봉염이가 동무와 놀 양으로 봉희를 보고 자라고 소리치면 봉희는 잠도 안 오는 것을 눈을 꼭 감고서 땀을 뻘뻘 흘리며 자는 체하였다. 그가 돌이 지나도록 자란 것은 뼈도 아니요, 살도 아니요, 눈치와 머리통뿐이었다. 머리통은 조그만 바가지통만은 하였다. 그리고 머리통이 몹시도 굳었다. 그러나 이 머리통을 싸고 있는 머리카락은 갓났던 그대로 노란 것이 나스스하였다.* 어쨌든 그의 전체에서 명 붙어 보이는 곳이란 이 머리통같이도 뵈고, 혹은 이 머리통이 너무 체에 맞지 않게 크므로 못 이겨서 오래 살지 못하고 죽을 것같이도 무섭게 뵈곤 하였다.

봉희는 어머니를 알아보았다. 그래서 어머니가 왔다갈 때마다 그는 번번이 울었다. 그때마다 세 모녀는 서로 붙안고 한참씩이나 울다가 헤어지곤 하였다.

어느 여름날이다. 봉염이는 열병에 걸려 밥도 못 먹고서 자리에 누워 있었다. 온몸이 불같이 뜨거워서 미처 어디가 아픈지도 알아낼 수가 없었다. 곁에서 봉희는 앵앵 하고 울었다. 봉염이는 어머니나 와주었으면 하면서 어제 먹다 남은 밥을 봉희의 앞에 놔주었다. 봉희는 울음을 그치고 밥을 퍼넣는다. 봉염이는 눈을 딱 감고 팔을 이마에 올려놓았다. 그러다 신발 소리 같아 눈을 번쩍 떠서 보면 어머니는 아니요, 곁에서 봉희가 밥그릇 쥐어 다니는 소리다. 그는 화가 버럭 났다.

"잡놈의 계집애. 한자리에서 먹지, 여기저기 다니며 버려 놓니!"

눈을 부릅떴다. 봉희는 금세 울음이 터져 나오는 것을 참으며 입을 비죽비죽하였다. 그리고 문을 돌아다보았다. 필시 봉희도 어머니를 찾는 것이라고 봉염이는 얼른 생각되었을 때 그는 "어머니!" 하고 소리치고 싶은 충동을 강하게 받았다. 그는 입술을 꼭 다물고 한참이나 울 듯 울 듯이 봉희를 바라보았다.

"봉희야, 너 엄마 보고 싶니? 우리 갈까?"

그는 누가 시켜 주는 듯이 이런 말을 쑥 뱉었다. 봉희는 물끄러미 보더니 밥술을 뎅그렁 놓고 달려온다. 봉염이는 '아차, 내가 공연한 말을 했구나!' 후회하면서 봉희를 힘껏 껴안았다. 그때 두 줄기 눈물이 그의 볼에 뜨겁게 흘러내리는 것을 그는 깨

달았다.

"어머이는 왜 안 나와? 오늘은 꼭 올 차례인데. 그렇지, 봉희야!"

봉희는 아무것도 모르고,

"응."

하고 대답할 뿐이었다.

"어서 밥 먹어. 우리 봉희는 착해."

봉염이는 봉희의 머리를 내려쓸고 내려놓았다. 봉희는 또다시 밥술을 쥐고 밥을 먹었다. 봉염이는 멍하니 천장을 바라보았다. 언제인가 어머니가 와서 깨끗이 쓸어 주고 가던 거미줄은 또다시 연기같이 슬어붙었다. '어머니는 거미줄이 슬었는데도 안 온다……' 하였다. 그후에도 어머니는 몇 번이나 왔건만 그 기억은 아득하여 이런 말을 하지 않고는 견디지 못하였다. 그는 돌아누우며 어머니가 조반을 먹고서 병수를 업고 문 밖을 나오나…… 에크, 이젠 되놈의 상점은 지났겠다. 이젠 문앞에 왔는지도 모르지 하고, 다시 문 쪽을 흘금 바라보았다. 그러나 신발 소리는 들리지 않았다. 오직 봉희가 술구는 소리뿐이다.

그는 벌떡 일어나서 문을 탁 열어제쳤다. 봉희는 어쩐 까닭을 모르고 한참이나 언니를 물끄러미 바라보다가 발발 기어왔다.

그는 코에서 단김이 확확 내뿜는 것을 깨달으며 펄썩 주저앉

았다.

밖에는 곁집 부인이 흰 빨래를 올자주에 바삭바삭 소리를 내며 널고 있었다. 바로 밖으로 넘어오는 손끝은 마치 어머니의 다정한 그 손인 듯, 그리고 금세로 젖비린내를 가득히 피우는 어머니가 바로 밖에 섰는 듯하였다. 그는 젖비린내 속에 앉아 있으면 어쩐지 맘이 푹 놓이고 평안함을 느꼈다.

그는 못 견디게 어머니 품에 자기의 다는 몸을 탁 안기고 싶었다. 그는 목이 마른 듯하여 물을 찾았다. 그래서 봉희가 밥 말아 먹던 물을 마셨지마는 어쩐지 더 답답하였다.

이렇게 자리에 못 붙고 안타까워하던 그는 어느새 잠이 들었다가 무엇에 놀라 후다닥 깨었다.

그의 얼굴에 수없이 붙었던 파리 소리만이 왱왱 하고 났다.

그는 얼른 봉희가 없는 데 정신이 바싹 들었다. 그새 어머니가 왔었나, 그래서 봉희만 데리고 어디를 나갔나 하는 생각이 들자 그만 발악을 하고 울고 싶었다.

그는 미친 듯이 달려 일어났다. 그래서 밖으로 튀어 나가니 어머니와 봉희는 보이지 않았다. 그리고 찌는 듯한 더위는 마당이 불거지도록 내려쪼인다. '어디 갔을까, 어머니가?' 하고 울 밖에까지 쫓아 나갔다가 앞집 부인을 만났다.

"우리 어머이, 못 봤수?"

"못 봤어……. 왜, 어디 아프냐? 너."

어머니 못 봤다는 말에 더 말하고 싶지 않은 그는 눈이 벌개서 찾아다니다가 방으로 들어왔다. 그때 뒤뜰에서 무슨 소리가 나므로 벌떡 일어나 뛰어나갔다.

저편 뜨물동이* 옆에는 봉희가 붙어서 그 큰 머리를 숙이고 마치 젖 빨 듯이 입을 뜨물동이에 대고 뜨물을 꼴깍꼴깍 들이마시고 있다. 그리고 머리털은 햇볕에 불을 댄 것처럼 빨갛다.

어머니의 마음

사흘 후에 봉염이는 드디어 죽고 말았다. 그의 어머니는 할 수 없이 유모를 그만두고 명수네 집에서 나오게 되었으며, 봉희 역시 몹시 앓더니 그만 죽었다. 형제가 죽는 것을 본 주인집에서는 그를 나가라고 성화치듯 하였다. 그는 참다 못해서 주인 마누라와 아우성을 치면서 싸웠다. 그리고 끌어내기 전에는 움직이지 않을 뜻을 보이고 하루 종일 방 안에 누워 있었다. 전날에 그는 미처 집세를 못 내도 주인 대하기가 거북했는데 지금은 어디서 이러한 대담함이 생겼는지 그 스스로도 놀랄 만하였다.

어제도 그는 주인 마누라와 한참이나 싸웠다. 만일 주인 마누

라가 좀더 야단을 쳤다가는 그는 칼이라도 가지고 달라붙고 싶었다. 그러나 다행히 주인 마누라는 그 눈치를 채었음인지 슬그머니 들어가고 말았다.

"흥! 누구를 나가래. 좀 안 나갈걸. 암만 그래두."

이렇게 중얼거리며 그는 문 쪽을 노려보았다. 그리고 좀더 싸우지 않고 들어가는 주인 마누라가 어쩐지 부족한 듯하였다. 그는 지금 땅이라도 몇십 길 파고야 견딜 듯한 분이 우쩍우쩍 올라왔던 것이다.

분이 내려가려니 잠깐 잊었던 봉염이, 봉희, 명수까지 선히 떠오른다. 생각하면 할수록 그들은 자기가 일부러 죽인 듯했다. 그가 곁에 있었으면 애들이 그러한 병에 안 걸렸을는지도 모르거니와 설사 병에 걸렸다더라도 죽기까지는 않았을 것 같았다. 그는 가슴을 탁탁 쳤다.

"남의 새끼 키우느라 제 새끼를 죽인단 말이냐……. 이년들, 모두 가면 난 어쩌란 말이냐. 날 마저 데려가라."

하고 소리를 내어 울었다. 그러나 음성도 이미 갈라지고 지쳐서 몇 번 나오지 못하고 콱 막힌다. 그리고는 목구멍만 찢어지는 듯했다. 그는 기침을 칵칵 하며 문 밖을 흘끔 보았을 때 며칠 전 일이 불현듯이 떠올랐다.

그날 밤 비는 좍좍 퍼부었다. 봉염의 어머니는 봉염이가 않는

것을 보고 가서 도무지 잠들 수가 없었다. 그래서 밤중에 그는 속옷바람으로 명수의 집을 벗어났다. 그가 젖유모로 처음 들어 갔을 때 밤마다 옷을 벗지 못하고 누웠다가는 명수네 식구가 잠 만 들면 봉희를 찾아와서 젖을 먹이곤 하였다. 이 눈치를 채인 그후로는 감히 옷을 입지 못하고 누웠다가 틈만 있으면 벗은 채 로 달려오는 때가 종종 있었던 것이다. 그 밤, 낮에 다녀온 것은 명수 어미가 뻔히 아는 고로 다시 가겠단 말을 못 하고 누웠다 가 그들이 잠든 틈을 타서 소리 없이 문을 열고 나온 것이다. 사 방은 지척을 분간할 수 없이 어두우며 몰아치는 바람결에 굵은 빗방울은 그의 벗은 어깨를 사정없이 내리쳤다. 그리고 눈이 뒤 집히는 듯 번갯불이 번쩍이고, 요란한 천둥 소리가 하늘을 때려 부수는 듯 아뜩아뜩하였다.*

그러나 그는 지금 아무것도 무서운 것이 없었다. 오직 그의 앞 에는 서 하늘에 빛나는 번개불같이 딸들의 신변*이 각일각*으로 걱정되었던 것이다.

그가 숨이 차서 집으로 왔을 때 문 밖에 허연 무엇이 있음에 그는 깜짝 놀랐다. 그러나 그것이 봉염인 것을 직각하자 그는 와락 달려들었다.

"이년의 계집애, 뒈지려고 예가 누웠냐?"

비에 젖은 봉염의 몸은 불 같았다. 그는 또다시 아뜩하였다.

그래서 젖유모고 무엇이고 다 치워 버리겠다는 생각이 머리가 아프도록 났다. 그러나 그들이 방까지 들어와서 가지런히 누웠을 때 그의 머리에는 또다시 불안이 불일 듯하였다. 명수가 지금 깨어서 그 큰 집이 떠나갈 듯이 우는 것 같고, 그리고 명수 어머니 아버지까지 깨어서 얼굴을 찡그리고 자기의 지금 행동을 나무라는 듯, 보다도 당장에 젖유모를 그만두고 나가라고 불호령이 떨어지는 듯, 안 떨어지는 듯 그는 두 딸의 몸을 번갈아 만지면서도 그의 손끝의 감촉을 잃도록 이런 생각만 자꾸 들었다. 그는 마침내 일어났다. 자는 줄 알았던 봉회가 젖꼭지를 쥐고 달려 일어났다. 그리고 "엄마!" 하고 울음을 내쳤다. 봉염이는 차마 어머니를 가지 말란 말은 못 하고 흑흑 느껴 울면서 어머니의 치맛길을 잡고,

"조금만 더……."

하던 그 떨리는 음성. 그는 지금도 들리는 듯하였다. 아니 영원히 잊혀지지 않을 것이다.

그는 벌떡 일어났다. 그리고 이 모든 생각을 하지 않으려고 방안을 빙빙 돌았다. 그러나 불똥 튀듯 일어나는 이 쓰라린 기억은 어쩔 수가 없다. 그리고 명수의 얼굴까지 떠올라서 핑핑 돌아간다. 빙긋빙긋 웃는 명수.

"그놈, 울지나 않는지……."

나오는 줄 모르게 이렇게 중얼거리는 그는 억지로 생각을 돌리려고 맘에 없는 딴말을 지껄였다.

"에이, 이놈의 자식. 너 때문에 우리 봉희, 봉염이는 죽었다. 물러가라!"

그러나 명수의 얼굴은 점점 다가온다. 손을 들어 만지면 만져질 듯이……. 그는 얼른 손등을 꽉 물었다. 손등이 아픈 것처럼 그렇게 명수가 그립다. 그리고 발길은 앞으로 나가려고 주춤주춤하는 것을 꾹 참으며 어제 이맘때 명수의 집까지 갔다가 명수 어머니에게 거절을 당하고 돌아오던 생각을 하며 맥없이 머리를 떨어뜨렸다.

"흥! 제 자식 죽이고 남의 새끼 보고 싶어하는 이 어리석은 년아. 왜 죽지 않고 살았어? 왜 살아. 왜 살아. 그때 죽었으면 이 고생은 하지 않지."

하며 남편의 죽은 것을 보고 따라 죽을까 하던 그때 생각을 되풀이하였다. 그리고 자신이 이러한 비운에 빠지게 된 것은 남편이 죽었기 때문이라고 단정하였다. 그리고 남편을 죽인 공산당, 그에게 있어서는 철천지원수*인 듯했다. 생각하면 팡둥도 그의 남편이 없기 때문에 그에게 그러한 일을 감행하지 않았던가. 그렇다. 모두가 공산당 때문이다. 그때 공산당이라고 경비대에게 죽었다는 봉식이가 떠오르며 팡둥의 그 얼굴이 선명하게 나타

난다.

"이놈, 내 아들이 공산당이라구······. 내쫓으려면 그냥 내쫓지, 무슨 수작이냐? 더러운 놈······. 봉식아, 살았느냐? 죽었느냐?"

그는 봉식이를 부르고 나니 어떤 실끝 같은 희망을 느꼈다. 국자가엘 가자. 그래서 봉식이를 찾자 할 때 그는 가기 전에 명수를 봐야겠다는 생각이 불쑥 일어난다. '명수, 명수야!' 하고 입 속으로 부르며 무심히 그의 젖꼭지를 꼭 쥐었다. 지금쯤은 날 부르고 울지 않는가?······ 그는 와락 뛰쳐나왔다. 그러나 명수 어머니의 그 얼굴이 사정없이 그의 앞을 꽉 가로막는 듯했다. 그는 우뚝 섰다.

"이년! 명수를 왜 못 보게 하니? 네가 낳기만 했지, 내가 입때* 키우지 않니? 죽일 년. 그애가 날 더 따르지, 널 따르겠니? 명수는 내 거다."

하고 눈을 부릅떴다. 그러나 다음 순간에 명수의 머리카락 하나 자유로 만져 보지 못할 자신인 것을 깨달을 때 그는 머리를 푹 숙였다.

고요한 밤이다. 이 밤의 고요함은 그의 활활 타는 듯한 가슴을 눌러 죽이려는 듯했다. 이러한 무거운 공기를 헤치고 물큰* 스치는 감자 삶은 내! 그는 지금이 감자철인 것을 얼핏 느끼며 누

구네가 감자를 이리도 구수하게 삶는가 하여 휘돌아보았다. 그리고 뜨끈한 감자 한 톨 먹었으면 하다가 흥! 하고 고소*를 하였다. 무엇을 먹고 살겠다는 자신이 기막히게 가련해 보였던 것이다. 그는 벽을 의지해서 하늘을 멍하니 바라보았다. 하늘에는 달이 둥실 높이 떴고 별들이 종종 반짝인다. 빛나는 별. 어떤 것은 봉염의 눈 같고 봉희의 눈 같다. 그리고 명수의 맑은 눈 같다. 젖을 주무르며 쳐다보던 명수의 그 눈.

"에이, 이놈. 저리 가라!"

그는 또다시 이렇게 중얼거렸다. 그리고 봉희, 봉염의 눈을 생각하였다. 엄마가 그리워서 통통 붓도록 울던 그 눈들. 아아, 이 세상에서야 어찌 다시 대하랴!……. 공동 묘지에나 가볼까 하고 그는 총총 걸어 나올 때 달 아래 고요히 놓인 수없는 묘지들이 획 지나친다. 그는 갑자기 싫은 생각이 냉수같이 그의 등허리를 지나친다. 여기에 툭 튀어나오는 달 같은 명수의 그 얼굴. 그는 멈칫 서며 죽음이란 참말 무서운 것이다 하며 시름없이 저편을 바라보았다. 그때 그는 무엇에 놀란 사람처럼 후다닥 달려나왔다. 앞집 처마 끝 그림자와 이 집 처마 끝 그림자 사이로 눈송이같이 깔려 나간 달빛은 지금 명수가 자지 않고 자기를 부르며 누워 있을 부드러운 흰 포단*과 같았던 것이다. 그러나 그의 볼을 사정없이 후려치는 듯한 달빛이었다. 그는 두 손으로 볼을

쥐고 그 달빛을 밟고 섰다. 그리고 "명수야!" 하고 쏟아져 나오는 것을 숨이 막히게 참으며 조금도 이지러짐*이 없는 저 달을 쳐다보았다. 그의 눈에는 어느덧 눈물이 술술 흐른다. 그리고 '정이란 치사한 것이다!'라고 생각하였다.

그는 문득 그의 그림자를 굽어보며 이제부터 자신은 살아야 하나, 죽어야 하나가 의문이 되었다. 맘대로 하면 당장이라도 죽어서 아무것도 잊으면 이 위에 더 행복은 없을 것 같다. 그러고 나니 그의 몸은 천 근인 듯, 이 무게는 죽음으로써야 해결할 것 같다. 죽으면 어떻게 죽나? 양잿물을 마시고……. 아니 아니 그것은 못할 게야. 오장육부가 다 썩어 내리고야 죽으니 그걸 어떻게. 그러면 물에 빠져……. 그의 앞에는 핑핑 도는 푸른 물결이 무섭게 나타나 보인다. 그는 흠칫하며 벽을 붙들었다. 사는 날까지 살자. 그래서 봉식이도 만나 보고 그놈들 공산당들도 잘되나 못되나 보고. 하늘이 있는데 그놈들이 무사할까 보아. 이놈들 어디 보자. 그는 치를 부르르 떨었다. 마침 신발 소리가 나므로 그는 주인 마누라가 또 싸우러 나오는가 하고 안방 쪽으로 머리를 돌렸다. 반대 방향에서,

"왜 거기 섰수?"

그는 휘끈 돌아보자 용애 어머니임에 반가웠다. 그리고 저이가 명수의 소식을 가지고 오는 듯싶었다.

"명수 봤수?"

"명수? 아까 낮에 잠깐 봤수."

"울지? 자꾸 울게유!"

용애 어머니는 그를 물끄러미 바라보며 아까 명수가 발악을 하고 울던 생각을 하였다. 그리고 봉염의 어머니 역시 얼마나 명수를 보고 싶어한다는 것을 알 수가 있었다.

"어제 갔댔수? 명수한테."

"예. 그 년이, 죽일 년이 애를 보게 해야지. 흥! 잡년 같으니."

용애 어머니는 잠깐 주저하다가,

"가지 말아요. 명수 어머니가 벌써 어디서 알았는지 봉염이, 봉희가 염병*에 죽었다고 하면서 펄펄 뜹데다. 아예 가지 말아유."

그는 용애 어머니마저 원망스러웠다.

"염병은 무슨 염병. 그애들이 없는대야 무슨 잔수작이래유? 그만두래. 내 그 자식 안 보면 죽을까 뭐. 안 가. 안 가유. 흥!"

명수 어머니가 앞에 서 있는 듯 악이 바락바락 치밀었다. 그의 기색을 살피는 용애 어머니는,

"그까짓 말은 그만둡시다, 우리. 저녁이나 해자셨수?"

치맛길을 휩싸고 쪼그려 앉는 용애 어머니에게서는 청어 비린 내가 물큰 일어난다. 그는 갑자기 자기가 배가 고파서 이렇게

더 어렵다는 것을 알았다. 그리고 용애 어머니에게 말하여 식은 밥이라도 좀 먹어야겠다 하였다.

"오늘도 또 굶었구려. 산 사람은 먹어야지유! 내 그럴 줄 알고 밥을 좀 가져오렸더니……. 잠깐 기다리우, 내 얼른 가져올게."

용애 어머니는 얼른 일어나서 나간다. 봉염의 어머니는 하반신이 끊어지는 듯 배고픔을 느끼며 겨우 방 안으로 들어가서 쾅 하고 누워 버렸다. 용애 어머니는 왔다.

"좀 떠보시유. 그리고 정신을 차려유. 그리고 살 도리를 또 해야지……. 저 참, 이 남는 장사가 있수?"

봉염의 어머니는 한참이나 정신없이 밥을 먹다가 용애 어머니를 바라보았다.

"아주 이가 많이 남아유. 저 거시기, 우리 영감도 그 벌이 하러 오늘 떠났다오."

"무슨 벌이유?"

벌이라는 말에 그의 귀는 솔깃하였다. 용애 어머니는 음성을 낮추며,

"소금 장사 말유."

"붙잡히면 어쩌유?"

봉염의 어머니는 눈을 동그랗게 떴다.

"그러기에 아주 눈치 빠르게 잘해야지. 돈벌이하려면 어느 것

이나 쉬운 것이 어디 있수, 뭐."

　그는 그렇게 말하면서 먼길을 떠난 영감의 신변이 새삼스럽게 더 걱정이 되었다. 한참이나 그들은 잠잠하고 있었다.

　"봉염의 어머니도 몸이 튼튼해지거들랑 좀 해봐유. 조선서는 소금 한 말에 삼십 전 안에 든다는데 여기 오면 이십 원 삼십 전! 얼마나 남수?"

　그의 말에 봉염의 어머니는 기운이 버쩍 나면서도 다시 얼핏 생각하니 두 딸을 잃은 자기다. 남들은 아들딸을 먹여 살리려고 소금짐까지 지지만 자신은 누구를 위하여……? 마침내 자기 일신*을 살리려는 결론을 얻었을 때 그는 너무나 적적함을 느꼈다. 그러나 아무리 자기 일신일지라도 스스로 악을 쓰고 벌지 않으면 누가 뜨물 한 술이나 거저 줄 것일까? 굶는다는 것은 차라리 죽음보다도 무엇보다 무서운 것이다. 보다도 참기 어려운 것은 그것이다. 요전까지도 그의 정신이 흐리고 온 전신이 나른하더니 지금 밥술을 입에 넣으니 확실히 다르지 않은가. 그리고 가슴을 누르는 듯하던 주위의 공기가 가뿐해 오지 않는가. 살아서는 할 수 없다. 먹어야지……. 그때 그는 문득 중국인의 헛간에서 봉희를 낳고 파뿌리를 씹던 생각이 났다. 그는 몸서리를 쳤다. 그리고 그 동안에 그는 명수네 집에서 비록 맘고통은 있었을지라도 배고픈 일은 당하지 않았다는 것을 처음으로 느꼈

다. 그는 명수의 얼굴을 또다시 머리에 그리며 명수가 못 견디
게 자꾸 울어서 명수 어머니가 할 수 없이 날 또다시 데려가지
않으려나? 하면서 밥술을 놓았다.

"왜, 더 자시지. 이젠 아무 생각도 말고 내 몸 튼튼할 생각만
해유."

"튼튼한……. 흥, 사람의 욕심이란…… 영감 죽어 아들 딸……."

그는 음성이 떨리어 목메인 소리를 하면서 문 쪽을 시름없이
바라보았다. 달빛에 무서우리만큼 파리해* 보이는 그의 얼굴을
바라보는 용애 어머니는 나가는 줄 모르게 한숨을 쉬었다. 그리
고 하늘도 무심하다 하며 달빛을 쳐다보았다.

"그럼 어쩌우. 목숨 끊지 못하구 살 바에는 튼튼해야지. 지나
간 일은 아예 생각지 말아유."

이렇게 말하는 용애 어머니는 그의 곁으로 다가앉으며 흐트러
진 그의 머리를 만져 주었다.

그는 얼핏 명수가 젖을 먹으며 그 토실토실한 손으로 그의 머
리카락을 쥐어 뜯던 생각이 나서 저윽이 가라앉았던 가슴이 다
시 후닥닥 뛴다. 그는 무의식간에 용애 어머니의 손을 덥석 쥐
었다.

"명수, 지금 잘까유?"

말을 마치며 용애 어머니 무릎에 그는 머리를 파묻고 소리를

내어 울었다. 어느덧 용애 어머니 눈에서도 눈물이 흘렀다.

"우지 마우. 그까짓 남의 새끼. 생각지 말아유. 쓸 데 있수?"

"한번만 보구는…… . 난 안 볼래유. 이제 가유, 네?"

용애 어머니 자기 혼자 가면 물론 거절할 것 같으므로 그는 용애 어머니를 데리고 가려는 심산*이었다.

용애 어머니는 아까 입에 못 담게 욕을 하던 명수 어머니를 얼핏 생각하며 난처하였다. 그래서 그는 언제까지나 잠잠하고 있었다. 봉염의 어머니는 벌떡 일어났다. 그리고 용애 어머니의 손을 잡아끌었다.

"봉염이 어머니, 좀 진정해유. 우리 내일 가봅시다."

하고 그를 꼭 붙들어 주저앉혔다. 달빛은 여전히 그들의 얼굴에 흐르고 있다.

밀수입

북국의 가을은 몹시도 스산하다. 우레 같은 바람 소리가 대지를 뒤흔드는 어느 날 밤, 봉염의 어머니는 소금 너 말을 자루에 넣어서 이고 일행의 뒤를 따랐다. 그들 일행은 모두가 여섯 사람인데 그 중에 여인은 봉염이 어머니뿐이었다. 앞에서 걷는 길

잡이는 용이하게 길을 찾아가는 것이다. 그러므로 그들은 이 길잡이에게 무조건 복종을 하였다. 그리고 며칠이든지 소금짐을 지는 기간까지는 벙어리가 되어야 하며, 그 대신 의사 표시는 전부 행동으로 하곤 하였다.

그들은 열을 지어 나란히 걸었다. 바람은 여전히 불었다. 그들은 앞에 사람의 행동을 주의하며 이 바람 소리가 그들을 다그쳐 오는 어떤 신발 소리 같고 또 어찌 들으면 순사의 고함치는 소리 같아 숨을 죽이곤 하였다. 그리고 어제도 이 근방 어디서 소금짐을 지다 총에 맞아 죽은 사람이 있다지 하며 발걸음 옮김에 따라 이러한 불안이 저 어둠과 같이 그렇게 답답하게 그들의 가슴을 캄캄하게 하였다.

남들은 솜옷을 입었는데 봉염의 어머니는 겹옷*을 입고 발가락이 나오는 고무신을 신었다. 그러나 추운 것은 모르겠고, 시간이 지날수록 머리에 인 소금자루가 무거워서 견딜 수 없다. 머리 복판을 쇠뭉치로 사정없이 뚫는 것 같고 때로는 불덩이를 이고 가는 것처럼 자꾸 따가웠다. 그가 처음에 소금자루를 일 때 사내들과 같이 엿 말을 이려 했으나 사내들이 극력* 말리므로 애수한* 것을 참고 너 말을 이게 된 것이다. 그런 것이 소금자루를 이고 단 십 리도 오기 전에 이렇게 머리가 아팠다. 그는 얼굴을 잔뜩 찡그리고 두 손으로 소금자루를 조금씩 쳐들어 아

픈 것을 진정하려 했으나 아무 쓸 데도 없고 팔까지 떨어지는 듯이 아프다. 그는 맘대로 하면 이 소금자루를 힘껏 치워 버리고 그 자리에서 자신도 그만 넌쩍 죽고 싶었다. 그러나 그것은 공연한 맘뿐이었다. 발길은 여전히 사내들의 뒤를 따라간다. 사내들과 같이 저렇게 나도 등에 져보더라면……. 이제라도 질 수가 없을까. 그러려면 끈이 있어야지. 끈이……. 좀 쉬어 가지 않으려나. 쉬어 갑시다. 금세로 이러한 말이 입 밖에까지 나오다가는 칵 막히고 만다. 그리고 여전히 손길은 소금자루를 들어 아픈 것을 진정하려 하였다.

이마와 등허리에서는 땀이 낙수처럼 흘러서 발밑까지 내려왔다. 땀에 젖은 고무신은 왜 그리도 미끄러운지 걸핏하면 그는 쓰러지려 하였다. 그래서 정신을 바짝 차리면 벌써 앞의 신발소리는 퍽이나 멀어졌다. 그는 기가 나서 따라오면 숨이 칵칵 믹히고 옆구리까지 결린다. 두 밀이나 일 것을……. 그만 쏟아 버릴까? 어쩌누? 소금자루를 어루만지면서도 그는 차마 그리하지는 못하였다.

어느덧 강물 소리가 어렴풋이 들린다. 그들은 이 강물 소리만 들어도 한결 답답한 속이 좀 풀리는 듯하였다. 강가에 가면 이 소금짐을 벗어 놓고 잠시라도 쉴 것이며, 물이라도 실컷 마실 것 등을 생각하였던 것이다. 그러면서도 강 저편에 무엇들이 숨

어 있지나 않을까? 하는 불안이 강물 소리를 따라 높아 간다. 봉염의 어머니는 시원한 강물 소리조차도 아픔으로 변하여 그의 고막을 바늘 끝으로 꼭꼭 찌르는 듯 이 모양대로 조금만 더 가면 기진하여 죽을 것 같았다. 마침 앞의 사내가 우뚝 서므로 그도 따라 섰다. 바람이 무섭게 지나친 후에 어디선가 벌레 울음 소리가 물결을 따라 들렸다. 낑 하고 앞의 사내가 앉는 모양이다. 그도 털석 하고 소금자루를 내려놓으며 쓰러졌다. 그리고 얼른 머리를 두 손으로 움켜쥐며 바늘로 버텨 있는 듯한 눈을 억지로 감았다. 그러면서도 앞의 사내들이 참말로 다들 앉았는가, 나만이 이렇게 쓰러졌는가 하여 주의를 게을리하지 않았다.

아픈 것이 진정되니 온몸이 후들후들 떨린다. 그는 몸을 웅크릴 때 앞의 사내가 그를 꾹 찌른다. 그는 후닥닥 일어났다. 사내들의 옷 벗는 소리에 그는 한층 더 정신이 바짝 들었다. 그는 잠깐 주저하다가 옷을 훌훌 벗어 돌돌 뭉쳐서 목에 달아 매었다. 그때 그는 놀랄 수 없이 아픈 목을 어루만지며 용정까지 이 목이 자리에 붙어 있을까? 하는 의문이 들었다. 그리고 사내가 이어 주는 소금자루를 이고 다시 걷기 시작하였다.

벌써 철버덕철버덕 하는 물 소리가 나는 것을 보아 앞의 사람은 강물에 들어선 모양이다. 벌써 그의 발끝이 모래사장을 거쳐 물속에 들어간다. 그는 으스스 추우며 알 수 없이 겁이 버쩍 들

어서 물결을 굽어보았다. 시커멓게 보이는 그 속으로 물결 소리
만이 요란하였다. 그리고 뭉클뭉클 내려밀치는 물결이 그의 몸
을 울려 주었다. 그때마다 머리끝이 쭈뼛해지며 오한*을 느꼈
다. 그리고 흑 하고 숨을 들이마셨다.

　물이 깊어 갈수록 발밑에 깔린 돌이 굵어지며 걷기도 몹시 힘
들었다. 그것은 돌이 께느른한* 해감탕* 속에 묻혀 있기 때문이
다. 그래서 걸핏하면 미끈하고 발끝이 줄달음을 치는 바람에 정
신이 아득해지곤 하였다. 봉염의 어머니는 몇 번이나 발이 미끄
러지고 또 곱디덨다.* 물은 젖가슴을 확실히 지나쳤다. 그때 그
의 발끝은 어떤 바위를 디디다가 미끈하여 달음질쳐 내려간다.
그 순간 온몸이 화끈해지도록 그는 소금자루를 버티고 서서 넘
어지려는 몸을 바로잡으려 하였다. 그러나 벌어지는 다리와 다
리를 모둘* 수가 없었다. 그리고 소리를 쳐서 앞의 사내들에게
구원을 청하려 하나 웬일인지 숨이 막히고 답답해지며 임민 소
리를 질러도 나오지도 않거니와 약간 나오는 목소리도 물결과
바람결에 묻혀 버리곤 하였다. 그는 죽을 힘을 다하여 왼발에
힘을 들이고 섰다. 그때 그는 죽는 것도 무서운 것도 아뜩하고
다만 소금자루가 물에 젖으면 녹아 버린다는 생각만이 미끄러
져 내리는 발끝으로부터 머리끝까지 뻗쳤다.

　앞서 가는 사내들은 거의 강가까지 와서야 봉염의 어머니가

따르지 않는 것을 눈치채고 근방을 찾아보다가 하는 수 없이 길잡이가 오던 길로 와보았다. 길잡이는 용이하게* 그를 만났다. 그리고 자기가 조금만 더 지체*하였더라면 봉염의 어머니는 죽었으리라 직각되었다. 그는 봉염의 어머니의 손을 잡아 일으키며 일변 소금자루를 내려 자기의 어깨에 메었다. 그리고 그의 발끝에 밟히는 바위를 직각하자 봉염의 어머니가 어떻게 된 원인이 여기 있는 것을 곧 알렸다. 그리고 자기는 이 바위 옆을 훨씬 지나쳐 길을 인도하였는데 어쩐 일인가 하며 봉염의 어머니의 손을 꼭 쥐고 걸었다.

봉염의 어머니는 정신이 흐릿해졌다가 이렇게 걷는 사이에 정신이 조금 들었다. 그러나 몸을 건사하기 어렵게 어지러우며 입안에서 군물이 실실 돌아 헛구역질이 자꾸 나온다. 그러면서도 머리에는 아직도 소금자루가 있거니 하고 마음대로 머리를 움직이지 못하였다. 그들이 강가까지 왔을 때 맘을 졸이고 있던 나머지 사람들은 욱쓸어 일어났다. 그리고 저만큼 두 사람을 어루만지며 어떤 사람은 눈물까지 흘렸다. 자기들의 신세도 신세려니와 이 부인의 신세가 한층 더 불쌍한 맘이 들었다. 동시에 잠 한 잠 못 자고 오롯이* 굶어 왔다. 자기들을 기다리고 있을 아내와 어린 것들이며 부모까지 생각하고는 뜨거운 한숨을 푸우 쉬었다.

그 순간이 지나가니 또다시 맘이 졸이고 무서워서 잠시나마 가만히 앉아 있을 수가 없었다. 그래서 그들은 이번에는 봉염의 어머니를 가운데 세우고 여전히 걸었다. 이번에는 밭고랑으로 가는 셈인지 봉염의 어머니는 발끝에 조 벤 자국과 수수 벤 자국에 찔려서 견딜 수 없이 아팠다. 그는 몇 번이나 고무신을 벗어 버리려 했으나 그나마 버리지는 못하였다. 그는 언제나 이렇게 맘을 내고도 한 번도 그의 속이 흡족하게 실행하지는 못하였다. 그저 망설였다. 나중에는 고무신이 찢어져 조뿌리나 수수뿌리에 턱턱 걸려 한참씩이나 진땀을 뽑으면서도 여전히 버리지는 못하였다.

그들이 어떤 산마루턱에 올라왔을 때,

"누구냐! 손 들고 꼼짝 말고 서라. 그렇지 않으면 쏠 테다!"

이러한 고함 소리와 함께 눈이 부시게 파란 불빛이 쏵 하고 그들의 얼굴에 비친다. 그들은 이 불빛이 마치 어떤 에리한 칼날 같고 또 그들을 향하고 날아오는 총알 같아서 무의식간에 두 손을 번쩍 들었다. 그리고 '이젠 소금을 빼앗겼구나!' 하고 그들은 저만큼 속으로 생각하였다. 이렇게 단정은 하면서도 웬일인지 저들이 공산당이나 아닌가 혹은 마적단인가 하며 진심으로 그리 되었으면 하고 바랐다. 공산당이나 마적단들에게는 잘 빌면 소금짐 같은 것은 빼앗기지 않기 때문이었다.

길잡이로부터 시작하여 깡그리 몸뒤짐을 하고 난 저편은 꺼듯하고 불을 끄고 한참이나 중얼중얼하였다. 그들이 불을 끄니 전신이 소름이 오싹 끼치며 저 놈들이 칼을 빼어 들었는가 혹은 총부리를 겨누었는가 하여 견딜 수 없이 안타까웠다. 그때 어둠 속에서는,

"여러분! 당신네들이 왜 이 밤중에 단잠을 못 자고 이 소금짐을 지게 되었는지 아십니까?"

쇳소리 같은 웅장한 음성이 바람결을 타고 높았다 떨어진다. 그들은 '옳다! 공산당이구나! 소금은 빼앗기지 않겠구나. 저들에게 뭐라고 사정하여 될까' 하고 두루 생각하였다. 저편의 음성은 여전히 흘러나왔다. 그들은 말하는 시간이 지날수록 어서 말을 그치고 놓아 보냈으면 하였다. 그리고 이 산 아래나 혹은 이 산 저편에 경비대가 숨어 있어 우리들이 공산당의 연설을 듣고 있는 것을 들으면 어쩌나 하는 불안이 자꾸 일어난다. 봉염의 어머니는 저편의 연설을 듣는 사이에 '싼드꺼우' 있을 때 봉염이를 따라 학교에 가서 선생의 연설 듣던 것이 얼핏 생각케되며 흡사히도 그 선생의 음성 같았다. 그는 머리를 번쩍 들며 저편을 주의해 보았다. 다만 칠흑 같은 어둠만이 가로막힌 그 속으로 음성만 들릴 뿐이다. 그는 얼른 우리 봉식이도 저 가운데나 섞이지 않았는가 하였으나 그는 곧 부인하였다. 그리고 봉

식이가 보통 아이와 달라 똑똑한 아이니 절대로 그런 축에는 끼지 않았을 것이라고 단정되었다. 이렇게 생각하고 나니 봉식이에 대한 불안은 적어지나 저들의 말하는 것이 어쩐지 이 소금자루를 빼앗으려는 수단 같기도 하고 저 말을 그치고 나면 우리를 죽이려는가 하는 의문이 자꾸 들었다.

어둠 속에서 연설이 끝난 후에 원로*에 잘 다녀가라는 인사까지 받았다. 그들은 얼결에 또다시 걸었다. 그러면서도 저들이 우리를 돌려 보내는 것처럼 하고 뒤로 따라오며 총질이나 하지 않으려나 하여 발길이 허둥거렸다. 그러나 그들이 산을 넘어 밭머리로 들어설 때 비로소 안심하고 한숨 끝에 탄식하였다.

봉염의 어머니는 조금만 맘을 진정할수록 저들이 의심할 수 없는 공산당들이었구나! 하였다. 그리고 아까 그들의 앞에서 꼼짝하지 못하고 섰던 자신을 비웃으며 세상에 제일 못난 것은 자기라 하였다. 남편을 죽이고 자기를 이와 같은 구렁이에 빠트린 저들 원수를 마주 서고도 말 한마디 못 하고 떨고 섰던 자신! 보다도 평상시에 저주하고 미워하던 그 맘조차도 그들 앞에서는 감히 생각도 못한 자기. 아아! 이러한 자기는 지금 살겠노라고 소금자루를 지고 두 다리를 움직인다. 그는 기가 막혀서 웃음이 나올 지경이었다. 그리고 못난 바보일수록 살겠다는 욕망은 더 크다고 깨달았다. 동시에 한 가지 의문되는 것은 저들이 어째서

우리들의 소금짐을 빼앗지 않고 그냥 보내었을까가 의문이었
다. 그렇게 사람 죽이기를 파리 죽이듯 하고 돈과 쌀을 잘 빼앗
는 그놈들이…… 하며 그는 이제야 저주하기 시작하였다.

　그들은 낮에는 산 속에서 혹은 풀숲에서 숨어 지내고 밤에는
걸어서 사흘 만에야 겨우 용정까지 왔다. 집까지 온 봉염의 어
머니는 소금자루를 어디다가 감추어야 좋을지 몰라 한참이나
망설이다가 낡은 상자 안에 넣어서 방 한 구석에 놓고야 되는
대로 주저앉았다. 방 안에는 찬바람이 실실 돌고 방바닥은 얼음
덩이같이 차다. 그는 머리와 발가락을 어루만지며 목이 메어서
울었다. 집에 오니 또다시 봉염이며 봉희며 명수까지 선하게 보
이는 듯하였던 것이다. 그들이 곁에 있으면 이렇게 쓰리고 아픈
것도 한결 나을 것 같다. 그는 한참이나 울고 난 뒤에 사흘 동안이
나 지난 생각을 하며 무의식간에 몸서리를 쳤다. 그리고 으흠
하고 신음을 하며 누울 때 소금 처치할 것이 문득 생각케 된다.
남들은 벌써 다 팔았을 터인데 누가 소금 사러 오지 않는가 하
여 문 쪽을 흘끔 바라보다가 그만 내가 일어나서 앞집이며 뒷집
을 깨워서 물어볼까? 그러다가 참말 순사를 만나면 어떻게? 하
며 그는 부시시 일어나려 하였다. 아! 소리를 지르도록 다리 뼈
마디가 맞질려 그는 한참이나 진정해 가지고야 상자 곁으로 왔
다.

그는 잠깐 귀를 기울여 밖을 주의한 후에 가만히 손을 넣어 소금자루를 쓸어만졌다. '이것을 팔면 얼만가……. 팔 원하고 팔십 전! 그러면 밀린 집세나 마저 물고…… 한 달 살까? 이것을 밑천으로 무슨 장사라도 해야지. 무슨 장사?……' 하며 그는 무심히 만져지는 소금덩이를 입에 넣으니 어느덧 입 안에는 군물이 시르르 돌며 밥이라도 한술 먹었으면 싶게 입맛이 버쩍 당긴다. 그는 입맛을 다시며 침을 두어 번 삼킬 때 '소금이란 맛을 나게 한다. 아무리 좋은 음식이나 소금이 들지 않으면 맛이 없다. 그렇다!' 하였다. 그때 그는 문득 남편과 아들딸이 생각케 되며 그들이 있으면 이 소금으로 장을 담가서 반찬해 먹으면 얼마나 맛이 있을까! 그러나 그들을 잃은 오늘에 와서 장을 담글 생각인들 할 수가 있으랴! 그저 죽지 못해 먹는 것이다. 그는 한숨을 푹 쉬었다. 생각하니 자신은 소금 들지 않은 음식과 같이 심심한 생활을 한다. 아니 괴로운 생활을 한다. 이렇게 괴로운…… 하며 그는 머리를 슬슬 어루만졌다. 머리는 얼마나 이그러지고 부어올랐는지 만질 수도 없이 아프고 쓰렸다. 그는 얼굴을 상자에 대며,

"봉식아, 살았느냐? 죽었느냐? 이 어미를 찾으렴……. 난 더 살 수 없다!"

어느 때인가 되어 무엇에 놀라 그는 벌떡 일어났다. 벌써 날은

환하게 밝았는데 어떤 양복쟁이 두 명이 소금자루를 내놓고 그를 노려보고 있다. 그는 그들이 순사라는 것을 번개같이 깨닫자 풀풀 떨었다.

"소금표 내놔!"

관염(官鹽)*은 꼭 표를 써주는 것이다. 그때 그는 숨이 콱 막히며 앞이 캄캄해 왔다. 그리고 얼른 두만강에서 소금자루를 빠트리지 않으려고 죽을 힘을 다하여 섰던 그때와 흡사하게도 그의 신경이 날카로워지는 것을 느꼈다. 그때는 길잡이가 와서 그의 손을 잡아 살아났지만 아아! 지금에 단포*와 칼을 찬 저들을 누가 감히 물리치고 자기를 구원할까?

"이년! 너 사염(私鹽)* 팔러 다니는 년이구나. 당장 일어나라!"

순사는 그의 눈치를 채고 이것이 관염이 아닌 것을 곧 알았다. 그래서 그는 이렇게 소리치며 그의 손을 잡아 나꿔챘다. 별안간 그의 몸은 화끈 달며 어젯밤(이하 10여 줄 삭제됨).

경아의 월사금 2원. 댕기 대님 모두 하여 3원 가량이다. 땅세가 4원 50전. 내일은 다시 좁쌀과 싸래기를 팔아야 할 것이다. 또, 명일(明日)이라고 고기는 못 헤드리나마 백미 한 되는 팔아야 할 터인데 1원만 있으면 될 것이다. 그러면 얼마냐? 11원이다. 11원만 있으면 우선 발등의 불을 끄겠다. 11원!

추석전야

박화성(朴花城, 1904~1988)

전남 목포에서 태어나 숙명여고보를 졸업했다. 1925년 「추석전야」를 이광수의 추천으로 『조선문단』에 발표하며 작품 활동을 시작했다. 1926년 도일하여 니혼(日本)여대 영문학부를 수료하였다. 대표작으로 단편 「활화산」 「홍수전야」 등과 장편 『내일의 태양』 『타오르는 별』 등이 있다.

추석전야

1

방적*공장의 오후 여섯 시 기적*이 뛰이 하고 울자 벤또* 싼 흰 보(褓)를 옆에 낀 여공들이 우르르 몰려 나온다. 수건 쓴 십오륙 세의 처녀들로부터 얼굴 누르스름한 삼십 미만의 젊은 부인들이 별세계에나 온 듯이 숨을 내쉬며 좌우를 돌아다보면서 참았던 이야기를 지껄인다. 오전 일곱 시부터 종일 기계와 싸움하기에 고달픈 그들의 기계의 노예가 되었던 연한 그 몸들이 이제 그 자리를 떠나 자유의 몸이 된 것이다.

해풍(海風)으로도 유명하거니와 풍경으로도 굴지*하는 목포의 석양은 면화* 가루에 붉어진 그들의 눈을 위로해 주며 해안의 냉풍(冷風)은 땀에 절은 그들의 얼굴을 곱게 씻어 준다. 그러므로 종일토록 귀가 뜨끈거리는 기계의 소리와 머릿골이 터질 듯이 심한 기름 냄새, 숨이 턱턱 막히는 먼지 속에서 눈을 부비며 땀을 흘리면서 무의식으로 기계의 종이 되어 나를 잊었던 그들도 오후 여섯 시가 되어 공장문을 나서서 바다 저편 월출산에 붉게 타는 저녁 구름을 바라보며 포구로 돌아오는 흰 돛대의 움직이는 긴 그림자를 돌아보면서 냉풍이 머리카락을 흩날리는 해안을 걸을 때는 잊었던 나를 다시 찾은 듯이 정신을 차려 시원함을 느끼며 자유의 몸이 된 것을 기뻐한다. 그러나 그 기쁨

은 잠깐이요, 돌아온 어선에서 우물거리며 소리치는 사람의 소리와 선두(船頭)*가에 쌓아 놓은 수박, 생선, 건물(乾物)*에서 개미 떼같이 덤비며 눈이 벌개서 날뛰는 사람들 틈을 걸어올 때는 가슴이 뻐근해지고 머리가 무거워지면서 집에서 기다릴 주린* 식구들이 눈에 보이자 한숨을 쉬면서 고개를 쑥 뻗히고 젊은 여자들의 마음을 사려는 듯이 거리거리에 벌려 놓은 모든 것, 보기만 해도 침이 흐르는 먹을 것들이 벌려 있는 것을 안 보려는 듯이 바쁘게 발을 옮긴다. 그들은 오전 일곱 시에 나온 자기의 집에 들어갈 때까지 이러한 일과를 매일매일 계속한다. 그러나 집에 들어만 가면 각각 일어나는 풍파*는 날마다가 다르다.

2

제일 뒤떨어져 나온 영신의 두 눈은 붉어지고 그의 왼쪽 팔뚝 적삼*에는 피가 드문드문 묻어 있다. 그는 벤또보를 든 채로 왼쪽 팔뚝 어깨 아래를 꽉 붙잡으며 얼굴을 찌푸린다.

"아이고 아야, 이렇게 몹시 다쳤을까? 아이고 이 팔자야."

하고 한숨과 함께 손을 뗀다. 눌렸던 낭저(唐苧)* 적삼이 피에 착 달라붙었다. 그의 매일 위로(慰勞)거리인 석양은 의구히* 붉

고 바람은 여전히 서늘하건만, 흰 돛대는 더욱 한가이 돌아오건만 오늘은 그것도 눈에 띄지 않고 다만 비분*과 원한에 숨을 씨근거리며 발만 재게* 놀린다.

"인제야 오지요. 나는 벌써 나온 줄 알고 암만 찾아도 있어야지."

"이때까지 기다렸습니까? 늦은데 먼저 가실 것이지."

하며 영신은 팔을 붙잡는다.

"참, 실없이 많이 다쳤소. 아이고 저 피……. 어쩔까, 발가니 묻은 것이 참 보기 싫은데! 끌끌. 이놈의 목구멍이 무엇이라고 그저 허대다가 별꼴을 다 당한단 말이오."

하며 영신의 얼굴을 쳐다보더니,

"울었소? 눈까지 벌개요. 어머니가 또 깜짝 놀래시겠소. 어서 나아야 쓸 것인데……."

"글쎄 말이오. 어머니가 놀래실 것이 딱하지. 이왕 이런 몸이야 팔이 부러지거나 말거나……."

말을 마치지 않고 입술을 꽉 문다. 눈에서는 눈물이 한 방울 뚝 떨어진다.

"기어코 그놈이 일을 저지르고 만다니께. 하필 요새사 말고 팔을 다쳤으니, 아 이 원수의 자식."

하고 옥례 어머니도 눈을 씻는다.

　영신은 아까 공장에서 당하던 일이 문득 눈에 보인다. 곧 조금 전 일이다. 공장 감독이 와서 돌아다니다가 양금이라는 처녀의 긴 머리를 쭉 잡아당겼다. 양금이는 깜짝 놀라 돌아보다가 감독인 줄 알고 다시 고개를 돌렸다. 이리한 짓이 한두 번 아닌 까닭이다. 그 자는 다시 양금의 머리를 쓰다듬으며,

　"예쁜 사람이 머리가 좋소."

하고는 또 한 번 잡아당기고는 뺨을 만지려 하였다. 참았던 양금이도 두 번째는 못 견디겠던지 머리를 툭 채여 잡아 빼며,

　"왜 이래? 그것 미친 놈이네."

하며 영신에게로 피해 왔다. 양금이는 여공 중 제일 어여쁘고 귀여운 처녀인 데다가 영신을 따르는고로 영신 역시 사랑하는 까닭이다. 징그럽게 빙긋이 웃고 섰던 감독은 무안한 얼굴에 두 눈이 벌개지며,

　"무어, 내가 미친 놈이? 이놈의 가시내가 나쁜 말이 했소지바리."

하며 양금이를 때리려는 듯이 쫓아왔다. 양금이는 영신의 뒤로 돌아가며,

　"그래 어째 왜 남을 건드려?"

　벌써 감독의 검은 주먹은 양금의 붉고 연한 뺨을 휘갈겼다.

　"요놈의 가시내, 또 말이 해봐라. 내가 어째 미친 놈이냐 말

이다."

하며 또 한 번 주먹이 올 차례다. 영신은 빨리 주먹을 어깨로 받아 휙 뿌리치고 몸을 돌릴 때 기계를 건드리자 북*이 튀어나와 적삼을 뚫고 왼팔을 찔렀다. 양금은 얼른 두 손으로 팔을 꽉 잡으며,

"아이고머니, 경아 어머니가 다쳤네."

하며 엉엉 울고 있다. 다른 여공들도 고개를 돌리고 혀를 끌끌 차나 감히 가까이 오지는 못한다. 감독은 놀란 눈으로 분(憤)*이 찬 영신을 내려다보면서,

"당신이 왜 참견했소?"

하며 미안한 듯이 적삼에 묻은 피를 바라본다. 영신은 전일부터 빈부와 계급에 대한 반항심을 잔뜩 가지고 있었으며 더구나 감독의 평일행위(平日行爲)*를 몹시 미워하던 터라 떨리는 입술로,

"그러면 당신이 왜 먼저 그따위 짓을 하느냐 말이야. 감독이면 점잖게 감독이나 하지, 어린애들 머리를 잡아당기며, 부인들을 건들며 그따위 못된 짓을 하니 누가 좋다 하겠소? 그래 놓고는 당신이 도리어 따져? 응, 그게 무슨 짓이야? 왜, 우리는 개만도 못하게 보이오? 우리도 사람이야, 사람. 기계에 몸이 매였을 지언정 이러한 당신과 꼭 같은 사람이란 말이야. 우리는 당신같이 나쁜 짓은 하지 않는 좋은 사람이란 말이야."

　그는 독이 가득 찬 눈으로 감독을 쳐다보며 소리를 버럭버럭 지른다.

　"저 주인에게 갑시다. 내가 당신이 하던 짓을 다 말하고 결단 낼 터이니……."

　감독은 어이없는 듯이 서 있다. 다른 여공에게 같으면 오히려 뺨을 갈기며 '나가거라. 너 안 와도 좋다' 하겠지만 여공 중 제일 나이 많은(많아야 스물아홉) 사람이요, 평소에 어렵게 보고 꺼리던 사람이며, 주인도 신용하던 터이므로 영신에게는 어쩔 수가 없다는 듯이 지갑을 꺼내더니 1원짜리를 내어,

　"여보, 이것 가지고 고약 사서 바르면 곧 낫소."

하고 영신의 어깨를 건드린다. 영신은 더욱 분이 나서 목까지 막힐 지경이다. 1원을 받아서 감독에게로 다시 던지며,

　"이것 왜 이래? 돈귀신 당신이나 잘 처먹우. 1원 주고 내 어깨를 산단 말이요? 돈만 보면 아무것도 다 잊어버리는 줄 아오? 이게 무슨 개 같은 짓이야? 자, 갑시다. 주인에게든지 파출소에든지 니만 건드러만 보오. 돈 있는 당신이 이기나 죄 없는 내가 이기나 해봅시다."

하며 숨을 시근거린다. 여공들은 나 같으면 받겠다는 듯한 눈으로 땅에 떨어진 종잇돈을 아까운 듯이 바라본다. 감독은 머리를 슬슬 만지고 입맛을 다시며,

　"여보, 내가 잘못했소. 다시는 안 그러지. 참말이오, 오늘은 내가 잘못했소."
하며 돈을 집는다.
　"그래 잘못이지. 천 번 만 번 잘못했어. 그러니 가잔 말이야!"
하고 나선다. 감독은 웃으며,
　"여보, 가도 소용없소. 당신 잘이 했다고 안 해. 내가 잘못했다고 하니 그만두시오."
하고 저쪽으로 가버린다. 영신은 더 억지를 쓰려고 했으나 그놈 말같이 나를 잘했다고도 안 할 것이요, 그리 도척이* 같은 감독 녀석이 오늘은 잘못했다고 쩔쩔매는 것을 보고 '에라, 내버려 두어라. 부득부득 억지 쓴다고 별 좋은 일 있겠나' 하고 수건으로 상처를 동이며* 양금이를 찾느라고 돌아볼 때 여섯 시 기적이 뛰 하고 운다. 눈이 부은 양금이는 빨리 제자리로 가더니 조금 있다가 영신을 돌아보고는 휙 나갔다. 다른 여공들도 일을 끝마치고 나 먼저 나 먼저 나가 버렸다. 영신은 나가는 그들의 뒷모습을 보자 참았던 설움이 북받쳐 그대로 서서 우느라고 조금 늦었던 것이다. 여기까지 생각한 영신의 눈에서는 다시 눈물이 뚝뚝 떨어지며 한숨이 길게 나왔다. 뒤에서 자동차가 뿌뿌 소리친다.
　"왜 자꾸 이러시오? 그만 울고 치나시오."

하는 옥례 어머니 말에 다시 정신을 차려 길을 비키며 돌아보니
벌써 사거리에 왔다. 앞으로 사흘밖에 남지 않은 추석 대목*을
그저 넘기지 않으려고 송방*마다 걸어 놓은 댕기와 대님*이 영
신의 젖은 눈을 깜짝 놀래킨다.

"아! 저 댕기 좀 보시오. 대님도 많고……."

이때까지의 설움은 댕기와 바꾸었다.

"올해는 흉년이라고 해도 호사치레*들은 더 사는갑디다마는
우리 같은 것들이야……."

하며 옥례 어머니도 맞장구를 친다. 영신의 눈은 거리 양편에
수없이 걸어 놓은 댕기에서 떠날 수 없다.

"우리 경아 하나만 사주었으면……. 영이도 밤낮 고운 허리끈
대님 그 노래만 부르는데……."

아픈 것도 잊어버리고 추석 지낼 궁리에 가슴은 잔뜩 부풀어
오른다.

3

"아이고 저것이 웬일이냐, 응? 피가 웬일이고, 응? 무슨 일이
냐?"

　좁쌀에 안남미(安南米)* 싸래기를 섞어 바가지에 씻고 있던 영
신의 늙은 시어머니가 들어오는 영신을 보자 부르짖는다. 칠십
이나 되어 보이는 노인은 허리를 구부리고 영신에게로 오더니
영신의 눈과 적삼의 피를 번갈아 보며 대답을 기다리느라고 입
술만 바라보고 섰다.

　"아니올시다. 조금 다쳤습니다. 북이 튀어나와서……."
하며 빨리 방으로 들어갔다. 어머니는 다시 구부리고 가서 바가
지를 들며,

　"그저 이런 팔자는 죽어야지. 이 꼴 저 꼴 다 못 보겠다. 응
응."

　입술이 실룩실룩하자 기침이 쿨럭쿨럭 나온다. 조금 있다가
헌 적삼을 갈아입고 나온 영신은 양철에 불을 지피며,

　"왜 저 계집애는 누웠답니까?"

　어머니는 그 말대답도 않고 급히 오더니 영신을 떠밀며,

　"오라, 저리 가거라. 얼른 봐도 어깨가 많이 다쳤는데 왜 이러
냐? 저리 가거라. 저리 가."
하며 자기가 불 앞에 앉아서 나무를 찍는다.

　"어머니, 경아가 왜 누웠어요?"
하며 재차 물었다.

　"아침에 학교에 가니까 월사금* 안 갖고 온 사람은 못 온다고

그러더라나 어쩌더라나. 그래서 부끄러워서 그냥 왔다고 이때
까지 방에서 뒹굴고 울고만 있더니 아마 자는가 보다."

영신은 툇마루에 벌떡 주저앉았다. 다시 더 말할 기운이 없음
이다. 어깨가 몹시 저린다. 뛰는 발소리가 나며 여섯 살 된 영이
가 막대기를 끌고 들어와 영신의 무릎에 가 턱 안기며,

"어머니, 내 허리끈 대님 사 가지고 왔어요? 응? 어디 보아.
어무니, 누님은 울었어. 어서 내 허리끈 내놔아 —."

하며 엄마의 팔을 비틀려고 한다.

"아이고, 가만 있거라. 엄마가 팔을 다쳐서 아프다. 허리끈은
내일 모레 사다 주마."

하고 달래는 말도 영이의 귀에는 쓸데없다는 듯이,

"안 해, 거짓말쟁이. 오늘 꼭 사다 주마고 하더니, 막 때릴란
다."

하며 막대기를 들어 때리려다가 하하 웃고 방으로 뛰어들어가
더니,

"누님! 이이, 어무니 왔네. 어서 댕기랑 월사금 달라고 하소.
어이, 일어나야, 일어나."

하며 깨우는 모양이다.

"아이고 아야."

끙끙거리는 경아의 소리가 들리자 남매는 방에서 나왔다.

"왜 낮잠은 자느냐? 할머니 혼자 하시게 내버려 두고 왜 그 모
양이야?"
하며 영신은 퉁퉁 부은 딸의 얼굴을 흘겨본다. 밥이 부글부글
넘으며 좁쌀알이 솥에서 흘러내린다. 영신과 경아는 부엌으로
들어갔다. 이웃집에서 다듬이하는 소리가 듣기 좋게 장단을 맞
춘다.

4

음력 팔월 열사흘, 달이 동천(東天)에 훨씬 나왔다. 전등이 빛
나는 시가(市街)는 거듭 달의 빛을 받아 기와집과 초가 지붕이
아슬아슬하게 보인다. 유달산은 별을 뿌린 듯 붉은 눈들이 깜박
인다. 하늘에 별, 시가에 전등, 산 밑에 불 세 가지 구슬들이 밤
빛 속에서 각기 제멋대로 반짝이고 있다.
목포의 낮은 참 보기에 애처롭다. 남편으로는 늘비한* 일인
(日人)의 기와집이요, 중앙으로는 초가(草家)에 부자들의 옛 기
와집이 섞여 있고, 동북으로는 수림*중(樹林中)에 서양인의 집
과 남녀 학교와 예배당에 솟아 있는 외에 몇 기와집을 빼놓고는
땅에 붙은 초가뿐이다. 다시 건너편 유달산 밑을 보자. 집은 돌

틈에 구멍만 빠히 뚫어진 돼지 막간 같은 초막(草幕)들이 산을 덮어 완연한* 빈민굴*이다. 그러나 차별이 심한 이 도회(都會)*를 안고 있는 자연의 풍경은 극히 아름답다.

동북으로 비스듬히 높은 성당산 숲 속에서 십자가를 머리에 꽂고 아련히 내다보는 성당은 멀리 서해에 떨어지는 낙조(落照)*를 바라보며 느린 종소리를 검어가는 시가에 고요히 울린다. 앞산 달성사의 새벽 종소리에 눈뜬 목포는 뒷산 성당의 저문 종소리에 눈을 감는 것이다. 네 절의 새벽 종소리, 사원의 만종*은 목포가 홀로 가진 자랑거리이며 성당 이북으로는 밭 가는 소의 굉경 소리가 한가하고 논두렁길로 풀을 지고 오는 농부와 밭 매는 아낙네들의 홍글타령이 흐르는 농촌이요, 북편 바닷가에 자리를 잡고 앉은 기와가마(마을 이름)는 어촌이다. 감자배, 수박배, 나무배, 고깃배, 돛대가 늘어선 해변에서 김칫거리를 씻고 있는 부인은 어부의 아내인 듯, 유달산 북편은 구멍만 뚫어진 돌틈 초막이요, 남편의 유달산은 푸른 밭뿐이므로 산 밑은 산촌을 보는 감이 있다. 하루에 두 번씩 나가고 들어오는 기차를 보내며 맞는 정차장을 중심으로 선인(鮮人)과 일인(日人)의 상점이 즐비한 중앙은 조선의 몇째 안 가는 도회로 부끄럽지 않으며 크고 작은 섬이 둘러 있는 푸른 바다에 점잖은 기선(汽船)*과 어여쁜 흰 돛대, 방정스러운 발동선*들이 들고 나는 항구의 특색은 남

편 해안에 있다. 주위의 풍경은 그림 같고 농촌과 어촌, 산촌과 도회와 항구의 각색 맛을 겸하여 가지고 있는 목포는 매일 움직이고 시시각각으로 자라 가건만 그 이면*에 잠겨 있는 빈민의 생활은 다른 곳에서 볼 수 없을 만한 비참한 살림이 숨어 있는 것이다. 그러므로 낮에 높은 곳에서 이 저자를 내려다볼 때에는 그렇듯 여러 가지의 느낌이 일어나거니와 밤의 도회는 다만 아름다울 뿐이다. 제일 보기 싫은 산 밑 구멍집은 어둠에 묻히고 생기 있는 불들만 전등 밑에 안 지겠다는 듯이 황홀거리고 있어 별밤에는 하늘과 땅에 별과 불을 가릴 수 없이 붉은 구슬들만 빛나고 있을 뿐이다.

"목포의 밤은ㅡ."

이것은 뜻 있는 사람이 밤 시가를 보면서 부르짖는 어구(語句)이다.

5

여덟 시 기차가 쉰 듯한 소리를 지르며 야단스럽게 정거장에 닿을 때 달을 가리고 있던 엷은 구름은 흔적없이 스러지고 달은 전보다 더욱 깨끗한 얼굴로 울고 있다.

　해안에서부터 일어난 바람이 슬슬 여러 집을 거쳐 호남정(湖南町) 영신의 집 뒤 포플러 잎을 제멋대로 뒤척이다가 병든 잎 하나를 영신의 머리 위에 뚝 떨어뜨렸다. 오늘은 떠매어도 못 갈 것을 추석은 닥쳐 겨우 아픈 팔을 끌고 종일 일을 마치고 온 영신이 간호부인 자기 동무의 집에 가서 약을 얻어 바르고 와서 달을 쳐다보고 잠깐 서 있는 중이다. 머리에 떨어진 버들잎을 주워 나르며,

　"어머니, 벌써 나뭇잎이 떨어집니다. 가을은 아주 왔습니다그려."

하며 나뭇잎을 어머니에게 보인다. 툇마루에 걸터앉아 긴담배를 물고 앉았던 어머니는,

　"모레가 추석이 아니냐? 그런데 참, 이 애야. 아까 땅세 받으러 왔더라. 그래서 주인이 없다고 하니까 이따가 오마고 가더라. 또 어쩌잔 밀이냐? 영이 아범만 있었더리면……."

　노인은 삼 년 전에 죽은 자기의 아들을 생각하며 한숨을 쉰다. 그의 아들은 얼굴도 참말 잘났었다. 학교라고는 보통학교 졸업뿐이었지만 일본말 잘하고 똑똑하므로 어떤 일본인의 집에 있을 때에도 착실하고 부지런하다 하여 주인이 매우 사랑하였다. 그래서 과부인 어머니와 외아들이 살기에 아무 괴로움이 없었다. 아들이 열아홉 살 되던 가을이다. XX여학교 4년급(四年級)

에서 인물이나 공부로 첫손가락을 뽑는 단정한 처녀이나 다만 가세*의 형편으로 부득이 들어앉게 된 열일곱 살의 영신을 며느리로 맞아 귀한 손자 남매를 두 팔로 얼르며 얌전한 아들 부부의 효성으로 아무 일 없이 재미있게 살아왔다. 그러나 운명의 변덕은 헤아릴 수 없는 것이다. 든든하고 착실한 그의 아들은 우연히 병이 들어 폐병이라는 이름 아래에서 삼 년 전 오월에 북망산(北邙山)* 한덩이 흙무덤을 이룬 후로 여간한 저축은 약가(藥價)*로 없어지고도 집까지 빼앗겨 곁방으로 돌아다니며 홀며느리가 바느질 품을 팔아 남매의 학비를 대며 네 식구 목을 축이는 중 금년 사월부터 새로 생긴 방적공장에 들어가 월급 45전으로 겨우 목숨만 이어가는 이 집 형편이 어떠하랴. 이 집도 영신의 친정 부모가 자기의 살던 집을 가련한 딸에게 내주고 자기들은 신작로 오막살이를 얻어 가지고 죽장수를 하므로 노인은 사돈에게도 미안함을 말할 수 없다. 매일 며느리의 애쓰는 모양을 볼 때는 항상 "내 아들이 살았더라면" 하는 말만이 구제책이나같이 생각된다. 지금도 모르는 사이에 쑥 나온 것이다. 영신은 얼굴을 찌푸리며,

"어머니, 또 그런 소리를 하십니다그려. 쓸 데 있어요? 그런 말 한대야 서로 속만 상하지요. 그저 사는 대로 살지요. 설마 산 사람 목구멍에 거미줄 칠랍디까요?"

하며 여전히 달만 바라보고 있다. 말은 이렇게 대범히* 했거니
와 사실 어머니 입에서 그 말이 나올 때는 영신의 가슴이 찢어
지는 듯 터지는 듯했다. 아직도 남편 생시*에 자기를 사랑해 주
며 정답게 해주던 그 사람은 뼈에 깊이깊이 새겨 있다. 어느 때
남편을 잊으랴. 그는 죽었거니와 그의 사랑은 내가 흙이 될 때
까지는 나를 떠나지 않을 것이다. 밤이 깊어 홀로 바느질하고
있을 때는 은연히 자기 남편이 곁에 앉아서 "그만 하고 잡시다"
하며 바느질감을 빼앗는 듯하여 곁을 돌아보면, 희미한 등불만
창틈으로 새어 들어오는 바람에 춤추고 있음을 볼 때는 그냥 그
자리에 엎드려 울며 밤을 새는 것이 예사였다. 그러나 참고 견
뎌 늙으신 어머님 생전에 남편의 그 효성을 내가 대신하려니, 우
리는 못 배워서 꽃을 못 이루겠거니와 남매는 기어코 내 팔이
부러지더라도 남부럽지 않게 시켜 보려니 결심하고 경아는 XX
여학교에 입학시켰던 것이 열두 살 되는 금년에 고등과 1학년이
며, 영이는 유치원에 보내어 매일 재롱이 늘어가는고로 남매를
낙으로 삼고 기막힌 고생과 슬픔을 달게 받고 지내는 중 이번에
는 더욱 형편이 어렵게 되었다. 그리 부득부득 조르지는 않지만
경아는 동무들의 모양낸 의복이나 댕기를 몹시 부러워하는 모
양이다. 그것도 무리는 아니다. 삼 년을 되는 대로 흰 옷만 주워
입고 남보다 더 길고 검은 머리에 기름때 묻은 흰 댕기만 매고

다니던 어린것이 아니냐. 지난 오월에 복(服)을 벗자 동무들의 고사*나 갑사*의 붉고 긴 댕기를 보고 와서는 여러 번 붉은 댕기 말을 하였다. 더구나 남편의 사랑하는 경아, 높이 선 콧대와 가느스름한 눈과 귀염 있는 입모습이 자기를 닮았다고 항상 거울에 나란히 비추며 사랑하던 경아, 지금도 경아의 웃는 모습을 볼 때에는 가슴의 쓰림을 잊지 못한다. 그러나 경아의 소원인 붉은 댕기를 추석에는 꼭 해주마고 하여 왔다. 어제도 월사금 때문에 학교에서 그냥 와서 오늘도 못 가고 있으면서도 행여나 어머니가 댕기감을 사 가지고 오시나 물어보고 싶지만 그보다도 더 큰 월사금 때문에 입도 못 벌리고 눈치만 보며 처분만 기다리는 모양이 코가 시리도록 애처로우며, 철없는 영이는 유치원에서는 부잣집 도련님의 양복과 구두보다도 윗집에서 사온 고운 허리끈과 대님만 부러워서 조르니 그것도 사주어야 할 것이다. 그뿐인가? 이번에는 참으로 늙은 어머니 당목* 적삼이라도 해드려야 할 것이다. 새벽이면 다섯 시에 모르게 일어나서 밥지어 놓으시고 저녁이면 양식이 없어 못 하는 저녁 외에는 꼭 손수 지으시고 기다린다. 그러한 어머님이 떨어진 광포* 적삼만 입고 계시는 것이 얼마나 불안한지……. 그러나 제일 급한 것은 경아의 월사금이다. 영이는 처음에 5원 빚 내어 들여 놓은 뒤로 아직도 아무 말이 없으니 내버려 두더라도 또 땅세가 있다. 그

러면 돈이 얼마나 있어야 되나? 경아의 월사금이 2원, 여기까지 생각하자 밖에서 주인 찾는 소리가 들린다.

"주인 있수?"

하는 것은 영감의 소리다.

"이 애야, 왔다. 저 땅세 받으러."

하며 어머니가 은근히 소리친다. 영신은 벌떡 일어나서 나가며,

"네, 있습니다. 땅값이 얼마나 되나요?"

하고 단도직입으로 물었다.

"아, 생각해 보시구려. 한 달에 1원 50전인 데다가 석 달을 못 냈으니 4원 50전 아니오? 이번에는 꼭 받아야 하겠수다. 도무지 궁색*해서 살 수가 있어야지."

하며 늙은 서울 노인은 달빛에 더 핼쑥해 보이는 영신의 얼굴을 바라본다.

"글쎄요. 난들 좀 얼른 해드리고 싶으리까마는, 없으니까 그렇지요. 오늘도 없는데 어쩔까요?"

하며 조심스럽게 가만히 노인을 본다.

"어쩔까요가 다 무엇이오? 나도 이번은 꼭 받고 말겠소. 없으니 못 낸다고만 하면 나중에는 어쩔 테요?"

"그렇지만 없으니까 없다지, 있는 걸 없다고 합니까? 지금은 수중에 돈 한 푼도 없으니까 말이지요."

　영신의 입술은 바르르 떨린다.

　"여보, 그래 못 내겠단 말이오? 못 내겠으면 나가고 집을 팔아 버리오그려. 못 내겠으니 받지 마오? 이건 세를 부리나?"

　빚 받기에는 박사가 된 듯한 노인은 손을 벌리며 경판을 부친다.

　"아이구, 노인이 무슨 말씀을 그렇게 하십니까? 못 내는 사람이 세는 웬 세요? 돈 있는 사람이나 세 부릴 세상에 이런 가난뱅이가 세가 웬말입니까? 그만두고 가십시오. 내일은 꼭 드리리다."

　툭 내던지듯이 하고 영신은 들어와 그전 자리에 다시 앉아 달을 바라본다. 달은 여전히 평화롭게 웃고 있다.

　"그러면 내일 저녁에 올 터이니 해놓고 기다리시우."
하고는 지팡이의 소리만 점점 멀리 들린다.

　영신은 두 손을 가져다 얼굴을 가리고 몸을 두어 번 흔들었다. 어머니의 한숨 소리가 산이 무너져라는 듯이 들린다. 영신은 깜짝 놀라 고개를 들었다. 어머니 계신 것을 잊어버린 것이다. 영신은 복받치는 비(悲)와 분(憤)을 참고 천연히* 앉아 아까 생각을 계속한다. 경아의 월사금 2원, 댕기 대님 모두 하여 3원 가량이다. 땅세가 4원 50전, 내일은 다시 좁쌀과 싸래기*를 팔아야 할 것이다. 또, 명일(明日)*이라고 고기는 못 해드리나마 백미

한 되는 팔아야 할 터인데 1원만 있으면 될 것이다. 그러면 얼마냐? 11원이다. 11원만 있으면 우선 발등의 불을 끄겠다. 11원! 영신은 아까 공장 시찰*하러 왔던 당지(當地)* 부자의 아들, 감독이 눈에 보인다. 그 부자의 아들은 죽은 자기 남편과 한 동창생이다. 그러나 빈부의 차로 하나는 고생만 하다가 죽어 버리고 하나는 공부를 계속하여 마친 것이다. 그 심술궂은 감독 녀석이 굽실굽실하며 차례로 구경시킬 때 그는 아무 기색이 없이 평범하게 보기를 마치고 나갔다. 그는 부자랄망정 과히 호사*는 아니하였으나 그가 가진 야광주 시계는 분명히 고가일 것이다. 그 시계, 아니 그에게는, 아니 부자라는 놈의 주먹 속에는, 철갑(鐵匣)* 속에는 몇천 원, 몇만 원이 있으렸다. 지금도 술을 마시며 한 자리에서 몇십 원씩 기생의 웃음값 주기에 얼마나 없어질 것이다. 그 흔한 돈이 왜 이런 몸에는 이리도 귀한가? 내일은 공장에서 돈을 준다고 하였다. 10일급(給)이 5원이니 6원이 노자란다. 6원, 6원, 6원만 있으면. 무엇 팔 것이 있나? 그것도 없다. 그러면 어쩌랴? 영신은 고개를 숙이고 방침을 생각한다. 아까 순임(간호부 이름)이네 집에 갔을 때 바느질품 파는 순임의 시어머니가 바느질감이 너무 많다고 하였다. 그것은 갑사 저고리 하나와 적은 관사 서고리 두 개였다. 그렇다. 그것을 가져오자. 삯*은 세 개에 1원 10전이다. 11원이라면……. 가져오자. 그는 바쁜

듯이 벌떡 일어났다. 어깨가 다시 아프기 시작한다. 저린다. 쑤
신다. 이 어깨를 가지고 어떻게 하랴. 그러나 가져오자. 영신의
발은 무의식적으로 문을 향하여 옮겨진다.

"이 애야, 어디 갈래?"

하는 어머니의 소리에 깜짝 놀라,

"저, 저기 좀 갔다 오겠습니다."

하고 쑥 나왔다.

어쩐지 정신이 희미해지고 머리가 감감하며 아득한 것 같다.
밤 저자에는 모든 실과(實果)*가 불빛에 반짝인다. 바느질하며
전방* 지키는 부인들이 눈에 뜨인다. 어디선지 시계가 열 시를
땡땡 친다. 하늘 한가운데서 꿈으로 들어가는 도회를 애달픈 듯
이 내려다보는 달의 얼굴은 더욱 빛난 웃음에 맑아진다.

6

모레 새벽에 보내기로 한 저고리 세 개를 오늘 밤과 내일 밤으
로 해서 1원 10전을 벌겠다는 욕심으로 바쁘게 손을 놀리는 영
신은 가끔 오른손으로 왼쪽 팔을 꽉 잡고는 눈살을 찌푸린다.
이것을 해서 1원 10전을 가진대야 무엇 할 것이 생각나지도 않

는다. 그는 생각지도 않으려 하며 바늘 든 손만 바쁘게 놀린다. 어디선지 귀뚜라미가 찌찌 찌찌 하더니 그 소리조차도 뚝 그치고 닭의 소리가 처음으로 들린다. 어머니는 두어 번 일어나서 그만두라고도 하시고 이야기도 하시더니 이제는 천지를 모르고 주무신다. 두 번째 닭이 울었다. 솜씨 곱고 손 빠른 영신의 손에서 갑사 저고리는 빚어 나왔다. 관사 저고리 거죽을 붙일 때까지 닭은 세 번째 울었다. 영신은 못 참겠다는 듯이 불을 툭 끄고 쓰러졌다. 느끼는 부인을 위로하려는 듯이 희미한 달빛과 날빛이 모기장 바른 창으로 새어 들어오며 박명(薄命)*한 과부의 젖은 눈을 새벽별 하나가 들여다본다.

7

열나흘 날 밤이건만 달은 둥글 대로 둥글었다. 종일 집집에서 나던 떡방아 소리가 달 뜨기 전까지 나더니 달의 세계가 되자 달을 보며 송편을 먹는 아이들이 붙어 간다. 기름 냄새, 칼판 소리, 심지어는 병원 아래 움집에서도 맛난 냄새가 나건만 영신의 집만 비로 쓴 듯이 쓸쓸하다. 뜰에서 남매의 〈강강수월래〉를 부르며 뛰는 소리가 겨우 정적*을 깨뜨린다. 영신은 저고리를 밤

으로 보내려고 공장에서 나오자 저녁도 먹지 않고 끝마치려 한다. 그는 가끔 입에서 더운 김을 훅훅 뿜으며 손을 머리에 얹었다 팔을 잡았다 한다. 그의 팔은 부어서 적삼 위로까지 불룩하게 나타난다. 시근거려지는* 숨을 입으로 불며 9시 후에 기어코 마쳤다.

심부름 갔던 경아가 손에 1원 10전을 가지고 돌아왔다.

"이것으로 내 댕기……."

하며 어머니의 얼굴을 힐끗 보자 무안한 듯이 몸을 틀고는 다시 밖으로 쪼르르 나간다.

"이 영감님이 왜 이때까지 안 오나요?"

영신은 공장에서 받은 피값, 땀값, 눈물값 5원을 주머니에서 꺼내며 어머니를 돌아보고 물었다.

"안 오기는 왜 안 와야? 그 각정이가……. 곧 올 걸."

말을 마치자마자,

"주인 있소?"

하는 서울 영감의 소리.

"네, 있소."

하고 영신은 나가 영감과 마주친다.

"자, 되었으면 주시오."

하고 뼈만 남은 손을 내민다.

영신은 내미는 손을 탁 때리고 5원을 얼굴에다가 갈기며 하고 싶었다. 그러나 없는 놈은 유구무언이다. 에라, 참아라 하고,

"네, 되었는데 다는 못 드리겠습니다. 두 달 것이나 먼저 받으시지요."

영감은 눈귀*가 실쭉해졌다.

"아, 또 잔소리로구려. 오늘 저녁에는 다 준다고 안 했소?"

턱이 달달 떨린다.

영신은 미움과 원망과 더러움과 분함에 몸을 떨었다.

"여보시오, 좀 생각을 해보시오그려. 오늘 내가 5원 받기는 했소이다. 자, 이것이 5원 아니오? 그러나 영감님도 생각을 해보십시오. 이것이 열흘 것인데 4원 50전을 영감님께 다 드리고 보면 하루도 못 살 50전을 가지고 어쩔 것입니까? 부득부득 다 달라면 드리리다마는, 그럴 수야……."

말소리에 힘 있기로 유명한 영신이건만 지금 말소리에는 힘도 없이 떨리기만 한다. 그의 손은 다시 이마로 올라갔다.

영감은 까딱하지도 않은 기색으로,

"여보, 이 세상이 어떤 세상이라고……. 내 몸 다음에 남이야. 석 달이나 용서해 주었으면 그만이지. 인 내오. 5원."

하며 손을 내민다. 영신은 벌컥 내주었다. 영감은 지갑에서 50전 은화를 내어 영신의 손에 놓았다. 은전이 달빛을 반사하여

영신의 눈을 찌른다. 영신은 은화가 더럽다는 듯 얼른 땅에 떨어뜨렸다. 영감은 간다 보아라 하고 지팡이를 끌며 천천히 내려간다.

영신은 그만 땅에 픽 주저앉는다.

"아 세상은 이렇구나아, 사람은 이렇구나아 ―. 더러워, 이 세상."

주먹으로 땅을 치며 몸부림을 한다.

"이럴 줄이야 몰랐다. 이렇게 세상이 나에게 독하게 할 줄이야 몰랐다. 그전에도 좀 독했느냐마는 아이고, 요렇게까지 흑흑."

그는 땅에 엎드려 궁근다.* 숨이 더운 김에 턱턱 막히고 입술이 탄다. 몸이 불덩이 같고 어깨가 쑤신다. 어머니가 나왔다.

"이 애야. 그러지 마라."

하는 끝말 소리가 떨리며 붙들어 일으킨다. 영신은 정신을 잃은 듯이 다시 엎어졌다. 많은 생각을 더욱 분명히 연속코자 한다. 사흘 전부터 팔을 다친 데다가(그것도 다른 사람 같으면 별 치료를 다할 만큼 많이 다쳤다) 이틀이나 공장에를 이를 갈고 다녔다. 1원 10전을 벌려고 어깨가 붓고 머리가 어지럽고 입 안이 불 같고 속이 메식메식한 것을 참았다. 그래서 땅세를 석 달치만 주게 되면 2원 60전을 가지고 불덩이 같은 이 몸을 끌고 저자에 나가

생각하던 대로 해볼려고 하였다. 그러더니, 아 요런 일까지도 야속하게 몹시도 나를 볶는 이 세상. 영신은 생각을 마치고 죽은 듯이 엎드려 있다. 어머니의 주름 잡힌 얼굴은 흘러내리는 늙은 눈물이 달빛에 반짝인다.

"이 애야, 일어나거라. 네가 이러면 나는 어쩔 것이냐."

어머니의 울음이 툭 터졌다. 입술을 불며 혀를 마시면서 소리가 커진다. 경아가 영이를 데리고 오다가 우는 할머니의 얼굴과 엎어진 어머니를 번갈아 보다가 어머니 위에 엎드리며 으악 소리친다. 영이도 운다. 영신은 소스라치며 일어났다. 그 중에서도 부끄러운 생각이 난 것이다.

"아이고, 무슨 소리들이냐? 남부끄럽게."

말할 때마다 입에서 더운 김이 훅 끼친다. 입술이 부었다. 얼굴이 붉은 물을 들인 듯이 벌겋게 달았다. 적삼 위로 부여스름한* 불이 쌀에서 스며 나왔나. 무심한 달빛은 빛난 웃음을 영신에게 보낸다. 떨어진 은전이 말없이 희게 빛난다. 이것을 본 영이는 울음을 그치고 얼른 은전을 집으며,

"어머니, 돈 여기 있소."

하고 빨리 집어든다. 어머니에게서 더럽다고 배척*을 받아 떨어진 은전은 아들의 손에서 더욱 곱게 빛나고 있다.

"아 영아, 버려라. 내버려라. 더러운 그 은전을. 아, 버려라.

더럽다."

하고 몸서리를 치며 다시 엎어진다. 별안간 기침이 시작되었다.
그는 몸을 빙빙 틀며 괴로워한다. 어머니는 며느리를 붙들고 들
어왔다. 어머니의 눈이 둥그래지며 얼굴이 노랗게 질린다. 어린
남매의 울음소리가 다시 터졌다. 막차가 처량한* 소리를 지르고
달려온다. 영이가 내버린 은전은 마당에서 여전히 찬란하게 빛
나고 있다.

맏동서가 세상에 제일 무서워하는 것은 이 도장이다. 손가락만한 나무에 글자를 새기고 그 끝엔 빨간 인줍이 묻어 있는 이 물건이 그렇게 몹시 무서운 도장이다.

맏동서가 도장을 이처럼 무서워하는 이유는 여러 가지였다. 대체 이 도장이라는 것은 한번 잘못 찍기만 하면 공짜로 집행을 맞는 수도 있고, 때 가서 징역을 사는 수도 있고, 또 눈을 뻔히 뜨고도 가산 전부를 빼앗기는 수도 있다고 생각하는 까닭이다.

도장

이선희(李善熙, 1911~?)

함경남도 함흥에서 태어나 이화여전을 졸업했다. 1936년 『신가정』에 「오후 11시」를 발표하면서 작품 활동을 시작했다. 해방 직후 희곡작가인 남편 박영호와 월북했다. 대표작으로 「매소부」 「창」 등의 작품이 있다.

도장

터놓고 말이지, 저 집 맏동서는 이름이 좋아서 맏동서지 실상
인즉 개밥에 도토리 구르듯 이 구석 저 구석으로 판박은* 소박
데기*다.

변덕이 왜죽 끓듯 하고 준치 가시같이 껄끄러운 작은동서집에
얹혀서 부엌데기 천덕꾸러기로 동자질,* 마전질,* 온갖 궂은 일
은 모조리 치르는 신세가 그리 좋을 리도 없을 터인데 무슨 까
닭인지 저 집 맏동서는 노상* 얼굴이 활짝 펴고 입술에는 웃음
이 처덕처덕 묻어 있지 않은가.

그야 입은 삐뚤어져도 말은 바로 하랬다고 저 집 맏동서의 생
김생김이 활짝 피지 않아 세상 없으면 오죽한가. 그저 두말할
것 없이 두들겨 잡은 메주덩이랄밖에…….

광고판 같은 얼굴판이 붉기는 왜 그리 붉으며, 사철 두 입귀*가
침에 허옇게 불어 있으니 그 주먹 같은 들창코하고 어느 모로
보든지 볼품은 없이 생겨 먹었다.

허나 일색 소박은 있어도 박색 소박은 없다*고 나잇살이나 지
긋한 홀아비나 어쨌든 계집 궁한 사내한테로 시집을 갔을 말이
면 자식 새끼들하고 잘 살 것을, 워낙 짝이 찌브는* 남정네를 만
나서 말도 많고 탓도 많고 한평생 고생살이가 치마끈에 매달리
는 꼴이 하도* 딱하다.

"왔소, 왔소. 글쎄 왔구려."

"아이구, 오긴 누가 왔소?"

"아 글쎄, 저 집 맏동서 사내가 왔구려."

"아니 웬일이람. 큰여편네한테 발을 끊은 지가 벌써 칠 년인가 팔 년인가 됐다죠? 어쨌든 그 집 영태가 나서* 석 달 만에 집을 나가 버렸다는데 지금 그 애가 일곱 살 아니우? 글쎄.

그 사람도 모질어요. 바로 요 아래 나무장께서 첩석건* 자저지게* 살면서 어쩌면 여기는 한 번도 발길을 안 하는구려. 그런데 어떻게 돼서 왔을까? 잠시 다니러 왔수? 아주 살러 왔수? 원, 궁금해 죽겠네."

"이제는 아마 돌봐 주려나 보지. 아무리 못났어도 큰여편네가 큰여편네거든. 조강지처*를 어찌한담."

"그렇기만 하면야 족히나 좋겠소? 맘씨가 하 그리 착하니 후덕*도 보련만서도……."

동네 여편네들이 쑤군덕거리고 수다를 피는 품이 이만저만이 아니다.

저 집 맏동서의 남정네가 온 지도 오늘이 벌써 사흘째다.

맏동서는 처음에 남편네를 대했을 때 반가움은 둘째치고 겁부터 먼저 집어먹었다. 남편네가 대문 안으로 들어서는 것을 보고

부엌으로 뛰어들어가 후들후들 떨고 있는 것만 보아도 알 것이다. 그랬는데 한 이틀 동안 두고 눈치를 살펴보니까 전보다 한 풀 꺾인 듯싶다. 재작년에는 와서 '도장'을 내놓고 몸부림 칼부림을 해서 맏동서가 한바탕 죽었다 살았지만 이번에는 암만 보아도 '도장' 때문에 온 눈치는 아니다.

맏동서는 뱃속이 흐뭇했다. 이제는 아마 마음을 잡고 자기를 거둬 주려나 보다고 생각한 까닭이다.

'그럼 그렇지 않고. 이제 자기도 나이 서른다섯이나 되고 나도 서른셋이나 됐으니 철도 날 대로 났고, 또 하나밖에 없는 아들을 생각해서라도 모른다고는 못 하겠지.'

맏동서는 속으로 여러 가지 궁리를 했다. 남편에게 해야 할 이야기, 의논할 일이 여간 많은 게 아닌데 어느 것부터 먼저 꺼내야 할지 허두*를 잡지 못했다.

맏동서는 이런 이야기부터 먼저 하리라 맘을 먹고 혼자 벌쭉하게* 웃었다.

'첫째, 이 집에 너무 오래 얹혀 있어서 아무리 동기간일지라도 시동생이 가엾고 불쌍하니 딴살림*을 나자고 해야 할 것이고, 그리고 딴살림을 나면 나도 남과 같이 바깥 출입이 잦을 텐데 나들이 옷으로 교직* 숙고사* 저고리나 한감 바꿔 달라고 해야지. 그리고 영태 고무신도 하나 사야겠고, 속바지*도 없는데

하나 사달라고 해야지.'

맏동서는 한참 흥이 나서 또 이런 생각도 해냈다.

'이담에 내 환갑이 되거든 애들을 내 앞에 불러내어 잔을 부으라 하고…… 그리고 환갑상에는 작은여편네 환갑상보다 한 가지나 두 가지를 더 해놓아 달라고 해야지. 아무렴, 큰여편네하고 작은여편네하고 어디 같은가.'

맏동서는 이렇게 여러 가지 좋은 생각을 하며 남편 앞에서 웃음을 섞어 가며 이야기할 자기를 마음속에 그려 보았다.

그야 의좋은 내외간 같으면야 한참 세상살이에 깨가 쏟아질 때지만 이 집 맏동서네야 어디 그럴 처지인가. 맏동서는 남편에게 이야기만 좀 해봐도 원을 풀 것 같았다.

"참, 그런데 얼마나 좋으시우? 인제 쥔어른이 자리를 꽉 잡은 모양이야. 그래 하도 오래간만에 만나서 얼마나 재미있는 이야기를 많이 했소?"

"재미있는 이야기가 다 뭐유. 그 여편네 보고야 구구거리고 잘 놀겠지만 나한테는 밤낮 낙지눈을 해가지고 있지. 허기야 그 여편네가 오죽 아양을 떨어 바치겠소. 내야 그런 재간이 있어야지……."

"저것 좀 봐. 웃고 있네. 그래 샘*이 안 난단 말요? 나 같으면

그놈의 영감 수염을 잡아 끄들겠네.*"

"여편네 맘은 다 한가지지요. 그렇지만 나는 큰여편네니깐 어떻게 하우? 꾹 참는 수밖에……."

"히히히, 내 이야기 좀 들어보실라우? 어제 저녁에 말요. 맘먹고 한번 이야기해 보지 않았겠수?"

"나 돈 좀 주시유."

"돈이 어디 있어?"

"돈이 호주머니에 가득한 걸 죄다 봤는데. 내 모를 줄 알구."

"흥, 귀엽기두 하다. 은장도 같으면 모가지를 매서 옷고름에 차고 다니겠다. 못난 게 국으로* 가만히 있기나 하지."

"히히히, 나를 모가지를 매서 옷고름에 차고 다니겠대."

"좋은 소릴 들었구려. 그래 가만히 있었소?"

"가만 있긴요? 나도 막 해냈죠.* 첩의 딸들은 잘 해줍디다, 잘 해줘요."

"이년아, 네 눈깔로 봤니?"

"보지 않고. 못 봤을까? 이담에 아들 번 돈은 못 쓸 줄 아시우."

"개 같은 년. 파닥지만 보면 구역이 나서 죽겠는데 게다가 또."

이렇게 중얼거리며 일어나 나가려는 걸 내가 두 손으로 바짓

가랭이를 덥석 잡아쥐고 늘어지지 않았수?

"가긴 어딜 가시유? 날 죽이고 가시유."

그랬더니 내 손을 끊어져라 하고 냅다 갈기는구면. 이것 좀 보시유. 아직도 시퍼렇게 멍이 들었는데 손목만 부러져 보지. 가만히 앉혀 놓고 먹여 살리라지.

"아니 저런, 몹시 맞았구려. 그래, 아프지 않습디까?"

맏동서는 무엇을 생각하는지 눈을 멀거니 뜨고 한참 있더니 얼굴을 붉히며,

"별로 아픈 줄도 모르겠던데. 하도 오래간만에 그이 손길이 살에 와서 닿으니까 아픈 것보다도……."

"원, 저런 변이 있나. 아픈 것보다도 어떱디까? 남편네 손이 오죽이나 그리워야 저런 소리가 나올꼬. 세상에 사내들이란 몹쓸 것들이지. 저렇게 알뜰살뜰한 댁네 맘을 몰라 주다니. 이담에 죽거든 사내로 태어나 그 원수를 갚으소."

"원, 사내들이 여편네 속을 어떻게 알아유? 쇠털같이 많은 날에 내 속 썩는 것을 생각하면 책으로 써도 몇 책이 될지……. 그말 저 말 다해서 뭐해요."

"그래도 아들 하나를 낳아서 바쳤으니 늘그막에야 호사가 늘어질걸."

"참, 그건 그렇죠. 나도 우리 영태 하나만 잘 키워 놓으면 며

느리 보구 폐백*받구……."

"작은마누라에게는 딸 둘뿐이고 아들은 없다지? 그 마누라 몸에서 또 아들이 나면 어쩌구?"

"작은여편네가 또 아들을 낳아야 그건 내 아들이지요. 계집애들도 그렇지 죄다 내 딸이야유. 나는 큰마누라니까 민적*에 있거든요. 민적에 오른 내 이름이 김정순이라나요. 민적이 제일이죠. 그러기에 큰마누라가 좋다는 게 아니유? 그 애들도 죄다 내 앞으로 올라서 내 아이들이야유. 제 어미야 암만 낳으면 쓸데있나요? 나만 땡을 잡았지. 그 여편네도 생각하면 불쌍하죠. 백년 있으면 언제 민적에 올라 보나요?"

맏동서는 요새로 빨간 얼굴이 더 빨개지고 웃음판을 차리느라고 노상 그 커다란 입을 터트리고 있다. 그저 애들을 데리고도 종일 아버지가 과자를 사오신다는 둥 큰아버지한테 매를 좀 맞아야겠다는 둥 공연히 애들에게 빙자*해서 남편 타령뿐이다.

이러구러* 저 집 맏동서의 남편네가 온 지 엿새쯤 되던 날이다.

맏동서는 오늘도 마음이 흐뭇하고 좋아서 바느질감을 찾느라고 머릿장*을 뒤지는데 맨 밑에서 빨간 헝겊에 싼 조그마한 꾸러미가 나왔다. 그것은 별것이 아니라 맏동서의 도장이다.

맏동서는 가슴이 뜨끔했다. 요물* 같은 도장이 튀어나온 것은 무슨 불길한 일의 징조*같이 보였다.

대체 이 도장은 언제 무슨 필요로 새겨 두었는지는 모르겠으나 그 도장에는 '김정순'이라고 씌어 있다.

맏동서가 세상에 제일 무서워하는 것은 이 도장이다. 손가락만한 나무에 글자를 새기고, 그 끝엔 빨간 인줍이 묻어 있는 이 물건이 그렇게 몹시 무서운 도장이다.

맏동서가 도장을 이처럼 무서워하는 이유는 여러 가지였다. 대체 이 도장이라는 것은 한번 잘못 찍기만 하면 공짜로 집행을 맞는 수도 있고, 때가서* 징역을 사는 수도 있고, 또 눈을 뻔히 뜨고도 가산* 전부를 빼앗기는 수도 있다고 생각하는 까닭이다.

이러한 도장에 대한 지식이 언제부터 늘었는지는 모르나 어쨌든 맏동서에게 도장이 생겼을 때부터 이 지식은 충분히 준비되었다. 그런데 맏동서가 이처럼 도장을 무서워하는 까닭이란 돈을 빼앗긴다든지 하는 데 있지 않을 것은 뻔한 노릇이니, 그것은 그가 몹시도 가난한 늙은 질그릇* 장수의 딸인 까닭이다.

그러나 이 도장이 맏동서에게 참으로 무서운 연고*는 이 도장을 한번 찍으면 '이혼'한다는 것이다.

"이 도장을 한번 찍으면 이혼한다?"

얼마나 고약하고 숭악스런* 말이냐? 맏동서는 재작년 이맘때

겪었던 풍파를 생각해내지 않을 수 없었다.

재작년 이맘때도 남편이 와서 이혼 문제로 집안이 부글부글 끓었다.

맏동서는 그날 밤 잠을 놓치고 이 궁리 저 궁리 끝에 가만히 도장을 찾아 가지고 뒤껼로 나갔다. 그는 더듬더듬 굴뚝 옆에 가서 손가락으로 굴뚝 옆구리를 팠다. 그리고 도장을 그 속에 파묻고 발로 꽁꽁 다져 놓았다.

미친 사람처럼 도장을 내놓으라고 야료*를 하던 남편은 도장을 못 내놓겠거든 그냥이라도 친정으로 가라고 성화같이 졸랐다.

"날더러 어딜 가라구 그러시유? 나야 죽으나 사나 이 집 사람인데 날더러 어딜 가라구 그러시유?"

맏동서는 시집와서 십여 년에 남편의 정, 재미있는 세상살이를 모르는 대신에 꼭 알고 있는 것이 있다. 자기는 살아도 이 최씨집 사람이요, 죽어도 이 최씨집 귀신이라는 생각이다. 아마 이것은 그의 가슴에 흙이 얹힐 때까지 빨래야 뺄 수 없는 고집일 것이다.

맏동서는 벌써 칠팔 년 동안 친정에 발을 끊었다. 행여 친정에 다니러 갔다가 아주 밀려날까 겁을 내어 세상 없어도 친정엘 안 갔다. 죽어도 쫓겨가지 않고 이 자리를 지키노라고 주근깨를 뒤

집어쓴 여우 같은 작은동서의 요강까지 부서서 바쳤던 것이다.

그때도 남편이 가라고 하다 못 해 매질을 시작하여 하룻밤 하루 낮을 맞았다. 나중에는 장작으로 어디를 때렸는지 코피를 동이로 쏟고 머리채를 휘잡혀서 개새끼같이 대문 밖에 동댕이를 쳤다. 그는 아프다는 말 한마디 못 하고 남편이 볼까 봐 정신없이 다시 기어들어와서 행랑방*에 숨어 있었다.

그런데 남편이 행랑방에까지 쫓아 들어와 또 매질을 하려고 했다. 그는 구석으로 몸을 피하며 두 손을 들어 남편을 막는 것 같더니 그만 쓰러져 기절해 버리고 말았다.

일이 여기까지 미치매 이혼 문제도 자연 오므러들고 말 수밖에. 자칫하면 살인이 날 판이니 더 손을 댈 수가 있으랴. 헐벗고 상스러운 저 몸뚱이를 아주 죽여 놓기 전에야 어찌하는 도리가 없었다.

이에 신물이 돌 만큼 지긋지긋한 이 싸움에 백진노징*격인 맏동서가 명치 끝에 숨이 붙어 있어서는 이 집 밖을 나설 리가 만무한 노릇이다.

맏동서는 지난 일을 생각하며 길게 한숨을 쉬었다. 그리고 그 얄궂은 도장을 얼른 옷 속에 꼭 감춰 두었다.

맏동서는 밤이 깊숙하도록 바느질을 하면서 이 궁리 저 궁리

에 정신이 팔려 앉았다.

아직 저녁상을 받지 않은 남편의 밥그릇이 아랫목에서 눈이 말뚱말뚱해서 쳐다본다.

맏동서는 맘을 크게 먹고 먼 발로 남편에게 말을 걸어 보곤 했다. 사실상 지금까지도 남편의 코끝만 보면 쥐구멍을 찾지 못해 하는 판이다.

전 같으면야 벌써 열두 번도 더 야단이 났을 텐데 닷새 엿새가 되도록 아무런 동의가 나지 않는 걸 보니, 아마 이제는 정말 나를 거두려나 보다고 생각할 때 맏동서의 눈에는 눈물이 돌았다.

이때다. 대문 소리가 삐걱 나며 밖에 나갔던 남편이 들어온다. 맏동서는 어쩔 줄을 몰라 바느질감을 치우며 황망히* 서둘렀다.

저녁상을 물린 뒤에 남편은 처음으로 아내를 불렀다. 그리고 길고 정다운 이야기나 할 것처럼 은근스럽고 조용하게 말머리를 가다듬었다.

"여보, 내 임자에게 하나 물어볼 것이 있소. 내가 만일 감옥에 들어가서 징역을 살게 되면 임자는 어쩔 테요?"

"감옥에 가시다니, 뭘 잘못하셨기에 감옥엘 가신다구 하시유?"

"허, 그러기에 말이오. 내게 무슨 망신살이 뻗쳤는지. 글쎄 이게 무슨 꼴이오? 자칫하면 콩밥을 먹게 됐으니 이 노릇을 어쩌

면 좋소?"

"글쎄, 무슨 일이기에 그런 숭한 말씀을 하시유? 설마 점잖으신 어른을 그렇게 할라구요."

"점잖고 점잖치 않은 게 어디가 있소? 법에 들어서는 제 할애비라도 잘못하면 잡아다가 징역을 살리는 거요. 그런데 이 일에는 꼭 임자가 나서 줘야 무사할 텐데 어쩌면 좋소?"

"에그머니, 나 같은 게 뭘 안다고 나서요. 무슨 장사 끝으로 잘못된 일인가요?"

남편의 신상*에 이런 변고*가 생긴 것도 놀랍거니와 마뜩히 딱한 노릇이래야 나 같은 것 보구 저처럼 사정을 하실라구.

옛 이야기에 들으면 중한 죄를 짓고 옥에 갇힌 남편을 위해서 몸을 팔아 속량*하는 수도 있고, 대신 목숨을 바쳐 구하는 수도 있지 않은가? 하늘 같은 남편이 감옥에 가게 되면 나는 무슨 면목으로 목구멍에 쌀물을 넘기고 살아 있단 말인가?

만동서는 눈에 핏발이 뻗치고 양쪽 볼이 확확 달아올랐다.

"무슨 일인데, 말씀하세요. 나 같은 게 열 번을 죽으면 대순가요? 집안일이 바로 패이도록 해야지유. 근데 무슨 일이야유?"

"뭘 별것 아니구…… 임자 도장만 한 번 찍으면 되는 거야."

남편은 말끝을 흐렸다.

"도장을 찍어유?"

기어이 도장 이야기로구나. 그렇게 꺼리는 도장 타령이 또 나오는구나. 이제는 아주 잊어버린 줄만 알았더니. 도장은 찍어 무엇 한단 말인가.

자라 보고 놀란 가슴 솥뚜껑 보고도 놀란다고 맏동서는 말문이 막혀 멀거니 남편을 바라만 보고 앉았다.

"여보, 일이 이 지경이 됐는데 임자한테 그실 것은 무어겠소. 사실 사람마다 어려운 일을 당할 때면 제 가속*밖에 더 가까운 게 어디 있소? 내 죄다 이야기할게, 찬찬히 들어보소. 다른 게 아니라…… 말하기는 좀 거북하오마는 저게 색시 하나 있는 게 어찌어찌해서 나하고 혼인하지 않으면 안 될 형편이오. 만일 이 혼인을 못 하게 되는 날이면 망신도 망신이려니와 저쪽에서 가만히 있지 않겠지요. 어떻게든지 나를 감옥에 쓸어넣어 콩밥을 먹일 작정이라니 일이 우습게 되었잖소?"

"혼인을 하시다뇨? 그럼 나는 어떡허구 혼인을 하세요? 어떤 찢어 죽일 년이 남 여편네 자식 다 있는 당신께 온대유?"

맏동서의 우둥퉁한* 얼굴은 네모가 져서 굳어 버리고 사팔뜨기 두 눈이 한데로 모여 눈물을 흘렸다.

"그러기에 말이 아니오? 임자가 지금 눈을 딱 감고 '이혼장'에 도장을 찍어 주면 낸들 아주 모른다고 하겠소? 이런 일에 임자 덕을 보지 않으면 어찌하오? 남편 하나 살리는 셈 잡고 도장을

찍어 주오. 감옥엘 가느니 차라리 죽는 게 낫지 않소?"

"……."

모두 다 내 팔자 소관이다. 남편네가 저 지경이 되고, 최씨 집 안이 망하는 판에 아무리 무서운 도장이라도 내놓는 수밖에 더 있으랴. 남편 하나 구하려면 본처인 내가 죽으래도 죽고 살래도 살아야지.

"어쩔 테요? 못 하겠수?"

"그럼, 내 도장만 찍으면 꼭 되나요?"

"되구말구, 여부가 있소."

"도장을 찍어도 나는 늘 이 집에 있지요?"

"……."

맏동서는 장문을 열고 감춰 두었던 도장을 찾았다. 무섭게 매듭이 지고 마른 가랑잎같이 껄끄러운 손으로 도장을 남편 앞에 밀어 놓았다.

남편네를 위해서 하는 이 일이 남편네와 남이 되게 하는 노릇이라고는 생각지도 않고 도장을 내놓고 말았다.

아무도 점례의 분홍 숙고사 교직 치마와 하얀 숙고사 교직 적삼은 이야기하지 않는다. 그 치마와 적삼이 복이의 다섯 달 월급을 모은 돈 이천오백 원으로 사온 것이라는 것도 이야기하지 않고. 또 점례가 닭을 잘 길러서 팔아서 버선 같은 것은 그만두고 작년에 시집간 순이처럼 인조 관사 적삼을 해입으려 들었다는 것도 이야기하지 않는다.

점례

최정희(崔貞熙, 1912~1990)
함북 성진에서 태어나 숙명여고보를 거쳐 중앙보육학교를 졸업했다. 1931년부터 『삼천리』 기자로 활동하며 작품 활동을 시작했다. 대표작으로 「흉가」 「지맥」 등이 있다.

점례

 밤이기에 사람은 더 많은 것이었다. 온 동네와 윗마을 아랫마을에서까지 모였다.

 달도 없고 별만 약간 뜬 밤이어서 숲과 호박덩굴과 옥수수나무들이 우거져 우중충하고, 다만 이 집 바로 문턱 밑에 바다같이 내벋은 논에 물만이 후련히 넓을 뿐이었다(바로 문턱 밑에 내벋은 땅이건만 이 집의 것은 아니었다).

 방도 비좁고 마루도 마당도 온통 옹색스러운* 것이었다. 겨우 세 간짜리 집이니 그럴밖에 없었다. 부엌 반 간, 마루 반 간, 방 한 간이었다. 어디 운신*할 데가 없으므로 사내들은 더러 가기도 하고 논두렁에 나가 쭉들 앉아 있기도 하고 아낙네들은 좁은 마루와 마당에 끼어서 몸을 비비며 틀며 야단법석이었다. 어린애 업은 아낙네는 아이가 죽는다고 고함을 치면서도 돌아갈 생각은 하지 않았다.

 가뜩이나 꾀죄죄한 주제들이 비비고 끼이고 하는 통에 꼴이 안 되고, 냄새는 숨을 들이마실 적마다 골치가 지끈지끈 아플 지경이었다.

 어제 저녁에 죽은 점례가 오늘 아침 반 나절이 다 되어 아버지와 약혼자 복이에게 들려서 묻히러 가기까지 이웃 누구 한 사람 어른거리는 일이 없었는데 오늘 밤 점례가 죽어 나간 뒤 자리걷이*하는 데는 이처럼 모여들었다. 야속한* 일이었다.

　그들은 점례의 죽음이 예사로운 죽음이 아니라 하여 점례의 몸뚱어리가 벌써 땅 속에 묻혔음에도 불구하고 장님한테 찾아가서 부적*을 해 차고들 왔었다. 이것은 점례의 혼이 자기들 몸에 부접*할 수 없게 하는 방패로 한 것이었다. 옛날부터 색시 귀신에 붙들리면 발을 못 뺀다는 말을 그들은 기억하고 있기 때문이었다.

　그러면서 그들이 이처럼 모여들게 된 이유는 어디 있는 것일까?

　점례가 묻히러 나가기 전에는 이웃 사람 하나 어른거리지 않았다 하더라도 나간 뒤에는 한 사람쯤 들여다봄직한 일이건만, 그런 일도 없다가 점례 죽음의 자리걷이를 한다는 소문에는 온통 이 지경으로 밀려들었다. 이렇게 밀려든 그들 중에 점례를 위해서라든지 점례네 가족을 살펴서 온 자는 하나도 없었다. 점례가 닭의 혼이 씌어서 죽었다는 소문이 퍼졌고, 소문이 널리 어느 동네에나 퍼져서 달도 없는 별이 약간 있는 이런 밤임에도 불구하고 이처럼 밀려든 까닭의 전부는 점례의 죽음이 허승구네와 관련이 있게 된 것에 있었다. 허승구라면 일읍이 떠드는 부호*였다. 일읍뿐 아니라 서울 장안*에까지 소문난 부자였다. 어쩐 일인지 이 고장에 사는 부자 아닌 가난한 사람—즉 오늘 저녁 점례의 죽음 자리걷이를 하는 데 밀려든 축에 끼일 성싶은

자들은 부자를 추앙*하는 마음이 매우 강렬하였다. 그 도수가 너무 지나치는 경우에는 그들의 부자에게 가는 감정은 일종 그들의 신(神)을 섬기는 것 같은 것이었다. 혹 점례가 그냥 앓아서 죽었다면, 허숭구네와의 관련이 없는 죽음이었다면, 점례의 죽음은 아무 소문도 없었을 것이고, 또 자리걷이를 하는데도 집안 식구와 약혼자 복이하고 가까운 이웃 몇몇 사람이 들여다보는 정도였을지 모른다.

사람들이 점례의 죽음을 색시의 죽음이니 처녀의 죽음이니 하고 떠들지만, 점례는 결코 처녀도 못 되는 소녀였다. 그 이마에 아직 복숭아털이 가시지 않았다.

굶는 일이 무서워서 식구 중 하나라도 배를 곯리지 않으려고 겨우 열네 살밖에 못 되는 점례를 장터 술집에서 부엌일을 보고 있는 복이에게 혼인을 정해 놓은 까닭에 그를 사람들이 죽은 뒤에 색시니 처녀니 하고 불렀던 것이다.

하필 술집 부엌일 보는 복이를 찾아서 정혼*한 것은 복이가 모은 돈이 있는 것도 아니고 인물이 탐나서 그런 것도 아니었다. 다만 복이가 장가를 들면 복이의 색시되는 자도 복이와 같이 그 술집 부엌일을 맡아 보아 주게 된다는 점에서였다. 술집 부엌일을 보아 주게 되면 먹는 것만은 배불리 먹을 수가 있다는 점에서였다. 죽음보다 두려운 굶주림을 매일같이 당하고 있는

그들에겐 이것이 진리였다.

그런데 딱한 것은 약혼을 해놓고 얼른 혼인을 치를 수 없는 것
이었다. 우선 한 벌 옷이라도 해 입혀야 할 것인데 신랑 복이는
입던 대로 그냥 하더라도 색시측은 그럴 수가 없었다. 입을 것
이라기보다는 걸칠 것이 없었다.

팔십이 다 된 점례의 할아버지, 할머니, 어머니, 아버지, 동생
넷에 거기에 점례까지 아홉 식구 먹는 것만 해도 죽을 수 없어
서 살아가는 형편인데 옷을 가지고 이야기함은 옛말 같았다.
또 점례의 신랑될 자, 복이 역시 여기서 별로 벗어나지 못하였
다. 술집에서 먹고 월급이 오백 원, 오백 원으로는 인조견 치마
적삼도 사낼 수 없지 않은가. 이래서 혼인을 곧 치를 생각을 못
하는데 한 의견이 있었으니, 그것은 복이의 다섯 달 월급을 모
아 가지고 혼인을 치르는 것이 좋겠다는 것이었다.

한 달, 두 달, 석 달, 넉 달, 다섯 달. 복이의 월급 이천오백 원
이 모여졌다. 복이가 돈 이천오백 원을 손에 들고 점례네 집을
찾아왔을 때 점례 어머니는 복이더러 오늘이라도 곧 서울 가서
점례의 아래윗도리 감을 끊어 오라 일러주고, 자기는 판수*의
집으로 달려갔다. 혼인날을 받으려 함에서였다.

점례의 혼인날은 음력 사월 스무여드렛날로 났다. 복이는 서
울 가서 분홍 교직 숙고사 치마 한 감과 교직 숙고사 적삼 한 감

과 가루분 한 통과 장난감 같은 거울 한 개와, 그리고 자기의 것은 양말 한 켤레에 자동차 바퀴로 만든 신발 한 켤레를 사 가지고 왔다. 그것으로 이천오백 원이 다 달아났다.

점례 할머니와 점례 어머니는 거울이나 분은 못 사더라도 버선감으로 왜포(광목)나 한 마 바꿔 올 것을 그랬다고 걱정을 했다. 복이는 고개 너머 사는 제 외삼촌 집에 병아리가 열 마리쯤 자라는데 제가 혼인하는 때면 그 중 두 마리만 팔아서 부조*해 주마던 외삼촌댁 이야기를 하였다. 그리고 나서 그 길로 복이는 고개 너머 외삼촌 집에 가서 병아리 한 쌍을 안아다가 점례네 마당에 내려놓았다.

일이 공교로울려고 그랬는지 음력 사월 스무여드레가 양력 유월 십륙일이었다. 이날은 허승구의 딸 순행의 혼인날이었다.

순행의 혼인날은 작년 동짓달에 받은 날이라 점례네뿐 아니라 허승구네 소작인들은 죄다 알고 있었으나 그날이 바로 음력 사월 스무여드렛날인 것은 몰랐다. 혼인날을 열흘 앞두고 허승구네는 각처로부터 일가친척들이 오고 소작인들이 모여들었다. 그래서 점례네는 점례의 혼인날과 아가씨(그들은 허승구의 딸을 이렇게 불렀다)의 혼인날이 같은 것을 알아냈다.

같은 날 혼인을 지내는 일이 세상에는 수두룩하건만 허승구의 소작인으로 그 조상 대대손손이 내려오는 점례로서는 그렇게

하는 수가 없었다. 더구나 점례를 복이에게 약혼해 놓은 일도
그때까지 나리댁(허승구의 집을 이렇게 불렀다)에는 알리지 못했
던 것이 아닌가. 아무렇게 해도 알 일이지만 가끔 나리댁에 들
어가서 아가씨의 시중을 드는 점례라 시집 보낸다는 것을 알면
덜 좋아할 것 같은 마음에서 그랬고, 또 하나는 겨우 열네 살밖
에 못 되는 어린것을 시집 보낸다는 일이 부끄러워서 그랬던 것
이다.

그랬는데 혼인날을 며칠 앞두고 점례도 아가씨 시집가시는 날
시집가게 됐어요, 할 수가 없었다.

그렇지 않더라도 항상 두려운 데가 나리댁이요, 항상 두렵고
조심되는 데가 거기가 아니었던가. 아이로부터 어른까지 나리
댁 문전에만 가면 행동이 부자연해지고 말이 제대로 잘 나오지
않았던 것이다. 무슨 할 말이 있어서 벼르고 별러서 갔다가도
아무 소리도 못 하고 돌아오는 일이 한두 번이 아니었던 것도 사
실이다. 잘못한 일 없이 꾸중을 듣는 때도 마음에 먹은 바를 변
명하지 못하고 그대로 고개만 숙이고 있던 일은 몇 번이었던가.

그들은 어느 때부터 이렇게 된 것인지 알지 못하였다. 그저 할
아버지가 그러는 것을 보고 아버지가 그러고, 아버지가 그러는
것을 보고 아들이 배우고 이렇게 대대로 내려와 그렇게 되어졌
다.

　실심낙담*한 점례 어머니는 다시 판수를 찾아가서 사정 이야기를 하고 음력 사월 스무여드렛날 안으로 길(吉)한 날을 받아 달라고 하였다. 그러나 판수는 고개를 설레설레 내저으며 점례의 혼인날은 음력 사월 스무여드렛날 외엔 칠월 십오일이 길할 뿐이고, 그 밖에 다른 날은 모다* 불길하여서 점례와 복이가 장님이 되거나 절름발이가 되리라 했다. 점례 어머니는 딸과 사위를 절름발이나 장님 만들기란 말만 들어도 끔찍스러웠다. 그렇다고 나리댁 대사날 치르기는 더구나 못 하는 일이었다. 하는 수 없이 점례의 혼인날을 물려서 음력 칠월 보름날로 결정하였다. 그러니까 석 달을 연기한 셈이었다.

　점례는 잔칫날을 물린 것을 좋아하였다. 시집가는 것이 싫어서가 아니라 병아리가 석 달을 더 자라나면 큰 닭이 될 테니까 큰 닭 두 마리면 적어도 칠백 원은 될 테니까, 칠백 원으로 점례는 버선은 그만두고 인조 관사 적삼을 해입으리라 마음먹었다. 점례는 더운데 버선 같은 것은 신지 않아도 좋다고 생각하였다. 작년 여름에 시집간 순이가 관사 적삼을 입고 물분을 보얗게 바르던 것을 점례는 기억하고 있기 때문이었다. 점례 저도 복이가 물분을 사왔더라면 좋았을 걸 하고 잠깐 생각하기도 하였다. 어쨌든 허승구의 딸 순행의 치장과 화장품과 이불과, 또 그 밖에 버선만 하더라도 몇백 켤레여서 삼층장 하나에는 맨 버선만으

로 꽉 찬 것을 보고 있으면서도 점례는 놀라지도, 그런 것이 부러운 줄도 몰랐다. 나리댁 아가씨니까 그러는 거니만 생각하였다. 이왕 말이 났으니 이야기지만 허승구의 딸 순행의 옷은 저고리가 열 죽*이 넘었다. 열 죽이면 백 개였다. 치마는 다섯 죽, 단속곳*은 석 죽, 고쟁이*도 석 죽, 이불은 열 채, 놋대야는 아주 큰 것, 좀 큰 것, 그냥 큰 것, 중간 것, 그보다 좀 작은 것, 다음으로 작은 것, 또 더 작은 것, 아주 작은 것 여덟 개요, 놋요강, 유리요강, 사기요강, 도합 요강만 해도 다섯 개, 이밖에도 광목,* 옥양목,* 모시, 생모시,* 양단,* 호박단,* 뉴똥*이니, 빠레스니 새틴*이니 하는 주단* 포목*이 몇 필이든지 그 여러 개의 장롱 속에 들이찼고, 금비녀, 비취비녀와 거기에 달린 장식품, 보석반지, 금가락지, 금반지 이것만 해도 삼십여 만 원이고 겨울에 쓰는 목도리 한 개에도 삼만 원짜리라 하였다.

다른 것은 다 그만두고라도 이삼만 원이라는 목도리 한 개의 값이 복이가 다섯 달 월급을 모아서 사온 분홍 교직 숙고사 치마와 흰 교직 수고사 적삼, 가루분, 장난감 같은 거울, 복이의 양말, 자동차 바퀴 고무로 만든 신발, 이러한 것들을 사온 이천오백 원의 돈과 얼마나 차이가 생기는 돈인지 그것조차 점례는 몰랐다. 알려고도 하지 않았고 또 알 수도 없었다. 돈과 인연이 먼 그들이기 때문에…… 또 혹시 안다고 하더라도 조금도 놀랄

것이 없었다. 점례뿐 아니라 점례네 가족들도 다 그러하였다. 또 이 가족과 같은 부류…… 계급에 사는 사람들도 역시 똑같았다.

사람은 죄다 마찬가질 텐데 어떤 자는 저렇게 살고 우리는 이렇게 사는 걸까. 손톱 발톱을 한번 깎아 보지 못하고 죄다 닳아 없어지게 일을 하고도 밤낮 굶는데 저들은 곱게 입고 곱게 먹으면서도 고된 일을 하지 않고 편안히 살아가는 걸까. 그들은 그러한 생각조차 가져 본 적이 없었다. 분한 것도 억울한 것도 원통한 것도 다 몰랐다. 그저 그들은 나리댁(혹은 지주댁)은 으레 그래야 하고 자기네들은 그렇게 살아야 하는 건 줄 알았다.

이제는 그것이 그들의 습성*이 되고 전통이 되고 말았다. 이 습성과 전통은 한 해나 두 해에 생겨진 것이 아니고 십 년이나 이십 년에 지어진 것이 아니었다. 몇백 년을 지주의 노예로서만 살아 내려오는 사이에 지어진 처량한 습성이요, 슬픈 전통이었다.

참 굉장하고 풍성한 순행의 혼인은 양력 유월 십팔일이요, 음력 사월 스무여드렛날 치렀다. 신랑 편엔 부모친척이 없는 관계도 있었지만 색시 편이 워낙 부자요, 또 딸은 그 하나밖에 없고 보니 한번 굉장하고 풍성한 잔치를 베푸는 것도 좋음직하다 해서 혼인식을 색시집 마당에서 거행하였다. 천여 평이 넘는 뜰

안과 대문 밖에까지 사람의 성을 쌓았다.

굿도 볼 겸 떡도 먹을 겸이라더니, 호화찬란한 잔치 구경 색시 구경도 할 겸 얻어먹을 겸 굉장한 수를 헤아리는 사람들이 모였다. 어떤 자는 한 만 명 될 것이라고 하고, 또 어떤 자는 만 명이 뭐냐고 십만 명은 될 것이라고 장담을 하였다. 군정청에 다니는 허승구의 아들 친구도 십여 명 오고 서울 사람들도 오고, 미국 사람도 몇 있었다.

어쨌든 이처럼 굉장한 혼인 잔치를 허승구네는 치르고 났다.

그날은 잔치를 지낸 뒤 한 엿새 지났을까. 혼인을 치른 순행이 신랑과 함께 그 많고 호화찬란한 패물과 치장과 세간을 화물 자동차에 싣고 어머니와 오라버니와 자동차를 타고 서울 들어간 지 사흘째 되던 날이었다. 점례의 두 마리 닭 중에 한 마리가 허승구네 울 안 채마밭에 들어갔다가 허승구에게 붙잡혔다. 다른 때에도 인정머리 없는 짓을 살한 섯이었시란 그 동안 딸의 혼인식을 치르느라고 피곤해서 신경이 잔뜩 날카로워졌던 것인지 그렇지 않으면 딸의 혼인에 백만 원도 훨씬 넘는 거액을 소비해 버린 것이 원통해서 그랬던 것인지, 혹은 단 하나의 딸을 훌쩍 떠나 보내고 나니 서글픈 심사가 떠올라서 그랬던 것인지, 그만 점례의 닭을 붙잡아서 아주 긴 작대기로 죽지*를 달아 매어 울타리 말뚝에 그 작대기를 밧줄로 찬찬히 동여맨 후 하늘 한공중

을 찌를 듯이 높게 달아 매어 놓았다. 전에도 동네에서 닭을 칠 때 이웃 닭이 그 울 안에 들어가면 종종 다리도 부러져 나오고 돌에 맞은 채 아주 즉살*을 하는 일도 있었으나 이렇게 작대기 형벌은 보다 처음 일이었다. 이즈막엔 이 동네의 닭이라곤 점례 네밖에 없었다. 닭의 어리*를 만들고 기르기 전에는 길러낼 재주가 없는 까닭이었다. 어느 집 닭이나 모조리 허승구네 울 안에 잘 가는 탓이었다. 울 안이 천 평도 넘게 되자니까 주위에 비잉 돌아앉은 집들이 모두 허승구네 울타리를 사이에 두게 되고, 그래서 닭들은 좁은 자기네 뜰 안보다 널찍하고 먹을 것이 흔한 허승구네 울타리로 잘 들어가게 되었다.

"닭을 모조리 없애 버려라."

허승구는 명령하였다. 누구의 명령이라고 안 들을 수 있으랴. 당장 없앤 집도 있고 혹은 어리 속에 가둬 놓고 먹이다가 즉살이가 들어서 잡아먹은 집도 있고 팔아 버린 집도 있고, 허승구네 집에 선사물로 보낸 집도 있었다.

그래서 온 동네에 닭이라곤 점례네밖에 없었다. 점례도 닭을 내놓고 기르지 않았는데 두 마리 닭 중의 하나가 물그릇을 넣어 줄 때 그만 나와 버렸다. 점례는 그놈의 닭이 허승구네 집으로 들어갈까 봐서 온통 나서서 수직(守直)*을 서고 했건만 잠깐 저녁에 죽 쑬 아욱을 꺾는 사이에 그 지경을 당한 것이었다.

　구름이 매우 하얘졌다. 유월의 하늘과 숲이 몹시 푸르기 때문
에 구름이 더 하얘졌는지 모른다. 매우 하얀 구름이 왕성하게
뭉쳤다가 퍼졌다 하였다. 작대기에 매달린 점례의 닭빛도 구름
과 같이 하얗다. 하얀 닭의 비명이 구름을 꿰뚫고 하늘 저쪽으
로 흘러갔다.

　"뉘 놈의 닭이냐. 제멋대루 닭을 내놓는다, 흥."

　"이 연놈들 보자, 어디 세상이 꺼꾸로 됐다구 그래 상전두 몰
라본다. 흥 아니꼽게, 흥."

　"너희 연놈들이 개다리질*을 하구 우쭐대지만 그리 얼른 네놈
들 세상이 될 줄 알어? 흥, 더러워서 흥……."

　"내 앞에서 뒷짐을 딱 짚구 다니겠다. 이놈들 어디 보자, 고연
놈들……. 그렇게 사람의 공을 모른담. 이놈들, 네놈들이 누구
덕에 살아왔단 말이냐. 할애비쩍부터…… 할애비쩍이라니, 네
이놈, 네놈은, 너 이놈 태천이놈, 네놈의 흴애비부터 우리 덕에
살았다. 응 네 이놈, 그래 닭을 네 맘대루 내놔서 내 집 일 년치
를 다 결딴낸다 말이냐."

　아무도 없고 눈이 모자라는 마당 한가운데 서서 허승구는 이
러한 말로 호령을 하였다.

　태천이라 함은 점례의 아버지를 이름이었다. 닭이 점례네 것
이라는 것을 들어서 알고 하는 소리였다. 점례네 가족들은 점례

까지 닭의 사건을 닭이 아직 하늘 공중에 올라가기 전 작대기에 꿰매어 달리려는 도중에서 알고 있었으나, 누구 하나씩 허승구 앞에 나가서 '저희 닭이올시다. 잘못했습니다' 하고 말하지 못했다.

해방이 되면서 삼분병작의 제도가 생기게 된 이후로 허승구네는 토지를 많이 팔았다. 일이천 평 오륙백 평……, 요렇게 따로 떨어진 논들은 죄다 팔고 이제 남은 것은 한 머리에 몇천 몇만 평씩 한데 달린 것뿐인데, 그것들도 팔자고 내놓았으나 그렇게 큰 덩어리는 임자가 좀처럼 없고 해서 허승구네는 큰 덩어리는 그 작인들에게 팔려고 서두는 참이었다. 가령 만 평의 작인이 백 명이라 치면 그 백 명에게 각각 지금까지 그들이 갈아먹던 면적의 것을 각각 매수*하게 하는 것인데, 남의 땅을 부쳐 먹으려 굶기를 밥 먹기보다 더 하던 작인들에게 땅 살 돈이 어디 있던가.

돈이 없어서 땅을 못 사게 되면 결국 팔릴 것이고, 팔리면 경작권*이 떨어져 나갈 것이고, 경작권이 떨어져 나가는 날이면 온 가족이 굶어 죽는 날이 되는 것이다. 점례네도 이 부류에 속하고 있었다.

지주들측에서 보기에는 삼분병작제가 실시되면서 작인들은 큰 수나 생긴 듯이 우쭐대며 아니꼽게 구는 것 같지만 실상은

이 삼분병작제가 우매와 무지의 덩어리인 농민들을 얼마나 울리는 건지 모른다.

땅이 떨어질까 봐 집을 팔고 세간을 팔고 부리던 소를 팔고 기르던 돼지와 닭을 중도에 팔고, 그래도 모자라서 높은 변리*로 빚을 내어서 팔리는 땅을 붙잡는 농민도 있었다.

또는 고리대금업자에게서 돈을 내다가 땅을 사서 토지 소유권 문서는 고리대금업자에게 맡기는 농민도 있었다. 여기서 전에 볼 수 없던 현상이 하나 생겼는데 그것은 고리대금업자가 토지 소유권을 잡고 앉아서 한 달에 얼마라는 변리를 받는 대신 그 토지에서 나는 농작물 반분을 받아들이는 것이다. 고리대금업자는 세상이 어찌될 줄 모르는 판국에 땅을 소유하기보다 반분 배하여 근래와 같이 곡가가 고등한 때에 곡물을 파는 것이 돈이자로 일이 할이나 그보다 더한 변을 받기보다 훨씬 나은 까닭이라 하였다.

그런데 이러한 방법으로 저마다 땅을 살 수 있는 것은 아니었다. 이 조그마한 농촌에 누구에게나 돈을 줄 수 있는 그리 큰 고리대금업자는 있지 않았다. 더구나 적은 땅도 아니고 큰 덩어리일 경우에는 더 방도가 없었다. 점례네가 부치는 땅은 점례네 바로 문턱 앞에 바다같이 내뻗는 만 평 중의 이백 평이었다. 벌써 내놓은 지 오래이나 임자가 없어서 허승구는 그 땅을 갈아

먹는 작인들더러 사라고 명령을 내린 참이었다.

본래부터 그 앞에선 두렵고 조심스럽던 터인데 이런 일까지 있고 본즉, 어떻게 썩 나설 수 있을 거냐. 아무 소리 못 하고 그저 점례의 울음소리가 허승구에게 들릴까 봐서 쉬이쉬이 하기만 하였다. 소작인들이 이렇게 공포에 떠는 반면에 또 지주들은 지주들대로 매우 신경질이 되었던 것이다. 전 같으면 성이 안 날 일에도 화를 버럭 내어 곧 하는 말인즉, '그래 봐라, 땅을 떼 버릴 테니' 하는 태도와 어조로 작인을 대하는 것이었다. 말하자면 지주측에서는 삼분병작제로 인해서 작인들이 지주 앞에 공손하지 못하고, 저희들 세상을 만났다고 아니꼽게 대가리질을 하는 것 같아서 밉살스럽게 보이는 것이었다.

그러니까 자연 지주의 신경을 날카로워질 것인데 이렇게 지주의 신경이 날카로워지니까 소작인은 또 한층 더 불안과 공포에 떨게 되는 것이었다.

점례네가 점례의 약혼을 알리려 못 들고 점례의 혼인날을 미루게 된 것도 따져 본다면 분명히 이러한 관계로 해서였던 것이다. 또 한편 허승구가 닭을 그처럼 악형*에 처한 것은 딸의 혼인을 치르느라고 피곤해서 신경이 날카로워진 탓도 아니고, 딸의 혼인에 백만 원이 넘는 거액을 소비해 버린 것이 원통해서 그런 것도 아니고, 단 하나의 딸을 훌쩍 떠나 보내고 나니 하잘것 없

이 서글픈 심사가 떠올라서 그런 것도 아니다. 오히려 그는 딸의 자동차를 떠나 보내고 돌아 들어오면서 무슨 무거운 짐을 내려놓은 듯 가벼운 마음이었으며, 백만 원이 넘는 거액을 쓴 데 있어서도 그는 잘한 짓이라고 스스로 통쾌감을 느꼈다.

백만 원이 아니라 이백만 원을 써도 족한 마음이었다. '어느 때 어떻게 될지 모르는 놈의 재산.' 이것이 그의 머리를 항상 쉴 새없이 점령하는 생각이었다. 그래서 아들에게 자주 "세상이 어떻게 된다더냐?" "공산이 된다더냐, 민주가 된다더냐?" 하고 물었다. 그러면 아들은 임시정부가 서봐야 안다고 대답하였다.

그러면 허승구는 "임시정부가 서면 다시 옛날로 돌아갈 일은 없겠지" 하고 행여나 자기들이 좋던 세상이 다시 돌아오지나 않을까 하는 실낱 같은 희망에서 이렇게 물어보기도 하였다. 그러고 보면 허승구의 신경을 날카롭게 하는 조건은 다른 데 있지 않았나. 해방 이후에 변동된 삼분병작제로 해서 사기들에게 닥쳐오는 타격과 또 앞으로 참 자기 말따나 세상이 어떻게 될지 모르는 불안스런 마음으로 해서 생기는 신경의 이상이라고 볼 수밖에 없는 것이다. 이로 말미암아 많은 그의 작인들이 유형무형의 희생을 당하게 되는 일이 적지 않았다. 점례의 닭도 말하자면 그럼으로 해서 희생된 것이요, 또한 점례는 닭이 그럼으로 해서 죽음에까지 이르게 되었던 것이다.

점례는 닭의 귀신이 씌어서 죽은 것이 아니었다. 하늘 공중에 꿰매어 달린 하얀 자기의 닭을 끌어내리다가 허승구가 던지는 돌에 맞아서 죽었다.

돌에 맞아 죽었다고 이렇게 마구 말해 버리면, 누구나 거 참 악독한 놈이라고 주먹을 부르쥘 것이겠으나 점례는 돌에 맞아서 그 즉석에서 죽은 것이 아니었다. 돌은 크지 않고 이마에 맞아서 이마가 손가락 하나 잠깐 들어가리만큼 구멍이 퐁 뚫어졌었다.

달이 낮처럼 밝은 데서 구름같이 하얀 점례의 닭이 꿰매어 달린 지 사흘째 되어 마지막 비명을 '끼이욕 끼이욕' 가늘게 지르는 소리를 들을 수가 없어서, 점례는 달이 낮처럼 밝은 데서 달이 낮처럼 밝기 때문에 구름같이 하얀 닭의 모양이 너무 잘 보이고, 또 그 비명이 달이 밝아 더 처참하기 때문에 방에서 몰래 빠져나와 아직 잠기지 않는 허승구네 쪽대문*을 슬그머니 밀고 들어가 울타리 말뚝에 찬찬 얽어맨 작대기를 끌러 내리고 닭을 끌러서 가슴에 안고, 아욱과 상추와 토마토와 시금치밭을 함부로 밟으며 허둥지둥 쪽대문께로 나오려는 때에 어떤 놈이냐는 소리와 함께 이마에 부딪치는 것이 있었다. 점례는 아찔했으나 전혀 모르고 그저 달리기만 하였다. 집에 와서 안았던 닭을 내려놓으며 그 자리에 쓰러졌다. 집안 식구들은 점례가 울타리를

뚫고 들어가서 닭을 떼어 내린 것이라 짐작하고, 울타리 구멍을 뚫느라고 이마에서 피가 난 것이라고 알았다. 점례 어머니는 점례의 생채기에 된장을 뭉쳐 밀어넣었다. 파리가 쉬*를 슬어서 구더기가 득실득실하는 된장이었다. 터져서 피가 나든지 연장에 상하는 때면, 이들은 된장을 붙이든지 재를 집어넣든지 구더기가 득실거리는 새우젓을 붙이든지, 혹은 석유를 바르든지 하는데, 이들은 그렇게 해도 더 다른 탈이 없이 잘 낫곤 하였다.

그랬는데 점례는 낫지 않고 죽었다. 된장을 붙인 뒤로 몹시 헛소리를 치며 얼굴이 부어오르더니 나중엔 그 부은 것이 몸으로 내려 퍼지면서 그 이튿날 밤중에 죽은 것이다. 점례의 헛소리는 닭 소리뿐이었다. 점례의 닭은 점례보다 몇 시간 먼저 숨이 떨어졌다. 점례 어머니는 점례가 그처럼 애를 써 끌러 온 일이 가긍해서* 금보다 귀한 쌀을 닭에게 던져 주었어도 닭은 먹지 않고 눈을 감고 힐딱힐딱 숨을 이어가다가 마지막으로 한번 있는 힘을 다하여 소리를 '끼이옥' 지르곤 다리를 쭈욱 뻗으며 늘어져 버렸다.

점례는 점점 헛소리를 더하였다.

"어머니, 닭이 꼬치꼬치 말랐어" 하기도 하고, "어머니, 닭이 이렇게 예쁜 관사 적삼을 입었네" 하기도 하였다. 또 "닭이 시집가기 싫다면서 춤을 훨훨 추네" 하기도 하고, "에그머니 어쩌나,

닭이 닭이······" 하기도 하였다. 또는 "닭이 물분을 뽀얗게 발라서 저렇게 예쁘군, 아 참 예뻐······" 하기도 하고 눈을 곤추뜨고* 긴 작대기 위에 꿰매어 달린 닭을 붙잡아 내리우는 형용도 하였다.

이래서 남들이 점례를 닭의 귀신이 씌어 죽었다고 했다.

방도 비좁고 마루도 마당도 옹색스러운데 사람들은 운신할 데 없어서, 사내들은 더러 가고 더러는 논두렁 위에 쭈욱들 앉아 있고 아낙네들은 좁은 마루와 마당에서 끼어밀치며 비비며 틀며 야단법석이었다. 가뜩이나 꾀죄죄한 주제들이 더욱 꼴이 안 되고, 냄새는 숨을 들이마실 적마다 골치가 지끈지끈 아플 지경이었다.

썩어 넘어진 고목을 생각케 하는 점례의 어머니, 아버지, 할머니, 할아버지, 동생 넷과 점례의 약혼자 복이는 비좁은 방에 멀거니 앉아 있었다. 가물거리는 등잔불빛에 그래도 무당의 얼굴이 희멀끔하다.* 점례가 누웠던 자리엔 하얀 쌀이 쭈욱 한 벌로 깔려 있다. 구석엔 솔가지가 서 있다. 솔가지엔 흰 종이오라기가 너덜너덜 달려 있다. 이것이 오늘 저녁 죽은 점례와 산 그의 부모와 약혼자 복이와 동생들을 대면시키는 매개물(媒介物)인 것이다.

무당은 우선 잿물*을 바가지에 들고 방과 마루의 구석구석과 천장을 씻어내고 또 다음으로 맑은 물로 먼저 것과 마찬가지로

부서낸다.

무당은 온갖 잡신이 다 물러가고, 거리의 부정, 방 안의 부정도 물러가고, 점례를 잡아간 닭의 귀신도 물러가라고 소리질렀다. 좁은 마루와 방이라 구석과 벽과 천장이라 하지만 운신할 데가 없으니 무당은 그 자리에 그대로 서서 잿물과 물을 끼었었다. 마루는 어두워서 모르지만 방에 앉은 점례네 가족들은 가뜩이나 썩은 고목 같은 것이 잿물과 물을 맞아서 더욱 초라했다. 마루에 서 있는 자들도 불빛에 보면 더 한층 꾀죄죄할 것이리라. 무당이 고리짝을 박박 긁고 그의 조카라는 사내가 대를 잡았다.

"아이구, 어머니 아버지 할아버지 할머니 서방님 동생들아, 나는 가요. 황천길*로 나는 가요."

밤이기에 눈물을 더 자아내게 하는 것이고, 무당의 소리가 구성져서 덩달아 우는 자도 있었다.

"아이구 어머니, 아까워라. 이팔청춘 처녀의 몸으로 신랑 품에 한번 들어두 못 보구 아이구 어쩔거나."

무당의 거짓말이 시작되는 판이었다. 점례의 신랑될 자 복이가 고개를 푹 숙인다. 무당은 점례가 혼인을 정하고 죽었으니 이팔청춘이라 하는 것인데, 점례는 이팔청춘이 못 되는 열네 살의 소녀가 아니었던가. 그래서 실상 점례는 시집가는 것이 뭔지

그런 것도 몰랐다. 어머니, 동생들이랑 떨어져 산다는 것과 복이와 장터 술집에 가서 같이 일을 한다는 그것만 알고 어머니랑 동생들을 떠나기가 싫다고 생각하였다. 그러면서도 장터 술집에 가면 배불리 먹는다는 것과 또 복이가 서울 가서 사온 분홍 숙고사 교직 치마와 적삼을 입고 장난감 같은 거울을 들고 가루분을 작년에 시집간 순이 모양으로 뽀얗게 발라 볼 생각은 좋았다.

"아이구 어머니, 어쩔거나. 그놈의 닭이 공을 몰라두 분수가 있지 잘 길러 준 내 공도 모르고오 나아리댁 울타리는 왜 뚫고 들어갔던고오. 불쌍타고 꺼내다 주었더니 이 나를 잡아갔구려. 찢어 죽일 놈의 닭, 찜해 죽일 놈의 닭……."

무당은 어디서 점례가 닭의 귀신이 씌어서 죽었다는 소문을 들었던 모양이다.

"나아리댁에서니 오직 괘씸하시랴. 일 년 농사 다 쪼사났으니…… 석 달을 달아 매놔두 싸지요, 일 년을 달아 매놔두 싸지요, 찜해 쥑일 놈의 닭……."

무당도 부자 앞에는 어쩌는 수 없었던가 보다.

"어머니, 어머닐랑 어서 그놈의 한 마리 남은 닭두 없애 버리시오."

무당의 조카, 솔가지를 잡은 사내가 벌떡 일어나 부들부들 떨면서 밖으로 나온다. 마당에 마루에 비비며 끼며 하던 사람들이

또 아우성을 치며 야단법석이다.

대(솔가지) 잡은 사내는 마당에 내려가서 닭을 찾는다. 점례 어머니가 뒤를 따르며,

"점례야, 아가! 없애마, 닭을 없앨게……."

눈물이 입에 흘러들어가는지 목메인 소리다. 무당은 연신 닭을 없애라고 지절거린다.* 점례 아버지, 할아버지는 바보같이 눈을 멀뚱멀뚱하기만 하고, 할머니는 뭐라고 들리지 않는 소리로 중얼거리며 치맛자락에 눈물을 씻고, 복이는 잠잠하고 동생 넷은 입을 헤에 벌리고 이 사람 저 사람 얼굴만 보고 있고.

"아이구 어머니, 내가 입으려던 것 내가 쓰려던 것 다 없애 버리세요. 두면 뭘 합니까. 귀한 동생을 기르시면서 버리세요, 없애세요."

무당의 조카 사내가 또 벌떡 일어나며 떤다. 닭의 때보다 더 떨며 뚝뚝 뛰기까지 한다.

사내는 솔가지를 잡은 채 방 안을 두루 살피며 돈다.

솔가지에 너덜너덜 달린 종이오리가 너펄거린다. 그 바람에 등잔불이 더욱 가물거린다. 거진 꺼질 것 같기도 하다. 점례 어머니는 또 따라 일어서서,

"아가 아가, 염예 마라. 없애지 없애지. 산 것들 걱정일랑 말고 너는 황천길에 무사히 가거라."

울음에 섞인 말소리가 분명하지 못하다.

솔가지는 여전히 맹렬한 기세다. 점례 어머니는 선반에 얹은 바느질 그릇보다 더 작은 낡은 마분지 상자를 내려 연다. 솔가지는 그 상자를 이리저리 휘적거리다가 분홍 숙고사 교직 치마와 하얀 숙고사 교직 적삼을 집어낸다. 곱게 개킨 치마와 적삼이 흩어진다. 가물거리는 등잔불빛에 교직 비단의 윤채가 제법 희한하다. 점례가 입으려던 것, 쓰려던 것이 이것뿐이었다. 무당은 그래도 혼인을 하려던 색시니까 입으려던 것 쓰려던 것이 있을 줄을 알고,

"어머니, 다 없애서요, 두면 뭘 해요? 다 버리세요."

또 늘어지게 소리를 쳤으나 점례 어머니가 씰룩거리는 얼굴을 번쩍 치켜들고,

"아가, 인제 아무것도 없다. 다 내왔다."

하고 손을 합장한즉 무당은 인제 정말 아무것도 없는 것을 알아채고,

"아이구 어머니 아버지 할머니 할아버지, 잘 계셔요. 동생들아, 잘 있거라. 그리구 서방님, 잘 계셔요. 한번 품 안에 안겨 보지 못했어두 마음만은 한맘 한뜻 다 된 것 아니었소. 나는 가요, 황천으로 나는 가요."

헐떡거리던 숨결도 낮아지면서 끝막으려 든다. 암만 고리짝을

박박 긁고 앉아야 별 신통한 수가 없을 것을 알았다. 점례 어머니는 어느새 마루와 마당을 뚫고 내려가서 우리 속 한 마리의 점례 닭을 붙잡아다가 무당 앞에 놓고 또 솔가지가 휘적거려 꺼내 놓은 점례의 단 한 벌이던 치장옷, 치장옷이라기보다 혼인날 입으려던 옷을 개켜서 무당 앞에 놓는다. 점례의 신랑될 자 복이가 점례를 묻으러 가기까지 그 옷을 부디 입히자고 하는 것을, 무당을 데려다가 자리걷이를 하면서 으레 치마 저고리 단속곳 고쟁이까지 있어야 하는 것이므로 점례 어머니는 딸의 헐벗은 시체가 더욱 뼈저리고 아팠다. 하지만 그것을 입히지 못했던 것이다. 이들은 사람이 죽어 나가면 그날로 이내 이 자리걷이란 것을 해야 되는 것인 줄 알았다. 이것을 하지 않으면 집안에 큰 화가 미치는 것이라고 알았다. 더구나 점례가 시집을 못 가고 죽은 색시라는 점에서 예사로운 죽음보다 두려운 마음이 점례네 가족에게도 있었던 것이다. 무당은 점례의 옷과 닭을 받아 놓은 뒤에 점례를 뉘었던 자리에 한벌로 쭈욱 깔린 쌀을 한참 들여다본다. 점례의 가족이 모두 들여다본다. 무당이 손가락 하나를 내저으며 점례는 죽어서 꽃이 되었다고 말한다. 쌀을 펴놓은 데 꽃송이 자국이 났다는 것이다. 무당은 꽃송이 자국이 났다는 쌀도 쓸어서 조그만 자루에 넣는다. 무당이 아니고 무당의 조카가 자루 아가리를 잡고 점례 어머니가 쓸어넣는다. 무당과

그의 조카는 가질 것을 다 가지고 떠나간다. 무당이 떠나가자 사람들도 어느새 풀려 나간다. 마루에도 마당에도 아무도 없고 방에만 점례네 가족과 복이가 잠자코 있다. 등잔불이 바람에 흔들리면 그들의 그림자가 약간 움직일 뿐 모두 석상(石像)과 같다. 어른이 잠잠하기에 아이들도 잠잠하다. 막내동생이 잠들었기 때문에 더 잠잠하다. 점례네 집에서 풀려 나간 구경꾼들은 어두운 밤길을 더듬으며 점례의 죽음을 슬프다고 아무도 이야기하지 않는다. 닭의 귀신이 무섭다는 것과 색시 귀신이 무섭다는 이야기를 하고, 그리곤 아직도 그들의 비위를 돋구고 있는 허승구의 딸 순행의 호화찬란한 혼인을 이야기한다. 놋대야가 여덟이라는 둥, 저고리가 열 죽이 넘는다는 둥, 단속곳이 다섯 죽이라는 둥, 양단 모본단하며 단자 붙은 이불만 해도 몇 채라는 둥, 비녀도 네 갠가 다섯 개라는 둥 제각기 아는 대로 본 대로 소문들은 대로 이야기하기에 열중이다. 아무도 점례의 분홍 숙고사 교직 치마와 하얀 숙고사 교직 적삼은 이야기하지 않는다. 그 치마와 적삼이 복이의 다섯 달 월급을 모은 돈 이천오백 원으로 사온 것이라는 것도 이야기하지 않고, 또 점례가 닭을 잘 길러서 팔아서 버선 같은 것은 그만두고 작년에 시집간 순이처럼 인조 관사 적삼을 해입으려 들었다는 것도 이야기하지 않는다.

사십에 가까운 사나이에게 양식을 약이라고 말하는 자기가 서글프기도 하였거니와 그들에게 있어서는 양식이라는 것은 생명줄을 이어 주는 귀하고 중한 약이 아니고 무엇이냐, 밥을 약과 같이 먹어야 하는 너희들이 아니냐, 하는 생각도 났으므로 늙은 이는 다시 더 입을 떼지 않고 그 방을 나섰다.

적빈

백신애(白信愛, 1906~1939)

경북 영천에서 태어나 대구사범을 졸업했다. 1929년 「나의 어머니」가 조선일보 신춘문예에 당선되어 작품 활동을 시작했다. 대표작으로 「소독부」「혼명에서」 등이 있다.

적빈

그의 둘째아들이 매촌(梅村)이라는 산골에 장가를 간 후로는 그를 부를 때 누구든지 '매촌댁 늙은이'라고 부른다. '늙은이'라는 위에다 '매촌댁'이라고 특히 '댁'자를 붙여 부르는 것은 이 늙은이가 은진 송씨(恩津宋氏)인 고로 송우암(宋尤巖) 선생의 후예라고 그 동리에서 제법 양반 행세를 해오던 집안이 친정으로 척당*이 됨으로서의 부득이한 존칭이다. 그러나 지금에 와서는 존칭으로 댁자를 붙여 준다고는 아무도 생각지 않았다. 아무래도 '매촌댁 늙은이' 하면 으레 더럽고 불쌍하고 남의 일 해주는 거지보다 더 가난한 늙은이다 하는 멸시의 대명사로 여기는 것이었다. 그뿐 아니라 요즈음에 와서는 '매촌 늙은이'라고 '댁'자를 쑥 빼고 부르는 사람도 있어졌다. 그래도 늙은이는 그것을 노엽게 생각할 만한 양반에 대한 애착심이 낡아빠져서 아무런 생각도 느끼지 않았다.

몇 해 전 그가 늘 허드렛일*을 해주러 다니는 그 동리 면장의 집 아들이 장난말 끝에,

"늙은이의 이름이 뭐요?"

하고 물었다.

"히힝, 내가 말인가, 늙은이가 무슨 이름이 있어!"

"그래도 왜 없어요. 똥덕이었소, 개똥이었소?"

하며 놀려대는 것이었다. 그는 젊은 놈이 당돌하게* 늙은이의

이름을 묻는다는 것이 와락 분해져서,

"왜? 나도 예전에는 다 귀하게 큰 사람이요, 우리 할아버지는 송우암 선생의 자손이요, 글이 문장이라오. 내 이름도 할아버지가 귀한 딸이라고 귀남이라고 지었다오."

하며 자기도 옛 세월 같았으면 너희들은 감히 나의 집에도 만만히 못 들어올 상놈들이다 하는 뜻을 암시하여 양반 자랑을 한 것도 지금 생각하면 우스운 일이었다.

'돈 없고 가난하면 지금 세상은 이런 것.'

이라 하는 것만은 날이 갈수록 더 똑똑하게 알려질 뿐이었다.

가난하다면 이 매촌댁 늙은이보다 더 가난할 수는 없는 것이다. 그의 맏아들은 오래 전에 죽어 버린 자기 남편과 마찬가지로 '도야지'라고 별명을 듣는 멍텅이였다. 모든 일에는 도야지 같이 둔하고 욕심궂고 철딱서니 없고 소견 없는 멍텅이면서도 술 먹고 담배 피우는 데는 일등백*이다. 그래서 님의 집에서 품팔이*라도 하면 돈이 손에 들어오기 바쁘게 술집으로 쫓아가는 것이었으므로 몸에 입은 옷이라고는 자칫하면 감추는 물건이 벌름 내다보일 지경이었다. 그 동생은 스물여덟에 남의 집에서 고용살이로 모았던 몇 냥 돈으로 매촌으로 장가를 들고 얼마남은 것으로 형되는 '도야지'도 장가를 들여 주려고 했으나 눈빠진 사람이 아니고는 그에게 딸을 내줄 사람이 없었다. 그러나

이렇게 못난이 '도야지'라도 사위를 보려는 사람이 있었다. 그는 스무 살이나 먹도록 시집 못 보내고 둔 벙어리 색시의 아버지다. 도야지는 벙어리라고 험으로 생각할 인물이 못 되어 '계집 얻는다'는 것만이 좋아서 싱글벙글하며 넓적한 콧구멍을 벌름거리며 장가를 들었다.

　늙은이는 아들 둘을 다 장가 보내고 나서 이제는 걱정할 것이 없다고 생각했으나 장가를 보내고 나니 걱정은 더 많아졌었다. '도야지'는 한날 한시로 술만 찾아다니고 벙어리는 매촌의 아내와 같이 있는 늙은이에게 와서 배고프다고 우는 것이었다.

　매촌이는 장가든 후에도 고용살이를 하는 고로 그의 아내는 늙은이와 날만 새면 남의 집으로 돌아다니며 일해 주고 밥 얻어먹고 하여 살아오므로 고용살이로 받은 돈은 그대로 남겨 두게 되었다. 남겨 둔다 하더라도 일 년에 십 원 내외나 늙은이는 백만 재산같이 귀중히 여겨 몸에 걸칠 옷 한 가지 바꾸어 입을 것이 없는 것은 생각할 줄도 몰랐다. 아주 옷이 없어지면 산골로 돌아다니며 무명베 짜는 데 품팔이를 한다. 산골에서는 예전과 같이 아직까지도 제 손으로 옷감을 짜는 것이다. 한 필을 짜면 무명베 몇 척씩을 삯으로 받아 가지고 며느리 한 가지 자기 한 가지씩 옷을 해 입는 것이다. 때에는 벙어리도 데리고 다니며 일을 거들어 주어 밥을 얻어먹이기도 하는 것이었다. 밥 한

끼 얻어먹는다는 것이 무슨 큰 품삯이나 받는 것같이 그들 셋은 뼈가 부서지도록 일을 해주고 돌아다녔으나 그래도 별 걱정은 없었다.

'어서 몇백 냥 모이게 되면 그것으로 남의 논이나 밭을 대지*로 얻어서 제 농사를 해보리라.'

하는 것만이 매촌이 부부와 늙은이의 유일한 희망이었다.

매촌이가 장가든 지 사 년 만에 이럭저럭 뼈를 깎아 모은 돈이 이 원 모자라는 육십 원이나 되었다. 매촌은 그 돈 중에서 십오 원을 떼어 일간토옥* 다 허물어져 가는 것을 사 가지고 생전 처음으로 자기의 집이라는 것을 가지게 되었다. 늙은이도 기뻐했던 것이다. 그랬더니 남은 돈 사십삼 원으로 대지를 하기 전에 홀랑 날려 보내고 말았다. 동리에서도 똑똑하고 일 잘하는 신용 있는 매촌이었으나 한꺼번에 많은 돈을 쥐고 보니 가뜩이나 마음이 벙벙한 네다가 돈 냄새를 밑고 달려든 알부랑 노름꾼들에게 속아 넘어가서 하룻밤에 휘딱 날려 보내고 만 것이었다. 매촌은 두 눈에 불이 켜지고 뼈가 녹은 것같이 쓰라리게 아까워서 죄없는 담뱃대만 힘껏 두들겨 부수었다. 손에 쥔 것같이 밑고 밑었던 농사한다는 그들의 꿈은 그대로 애처롭게 물거품으로 돌아가고 말게 되었으므로 늙은이는 온 밤이 새도록 아들을 조르며 죽는다고 목을 놓고 우는 것이었다.

"죽일 놈들! 도적놈들! 내 돈 사십삼 원을 그대로는 못 먹을 것이다."

매촌은 딱 버티고 앉아 이를 갈았다. 그러나 한번 낚인 돈이 아무리 간장을 녹인들 도로 제 손 안에 들어올 리가 없는 것이었으나 그래도 매촌은 제 돈 찾으러 매일같이 노름판에 드나들었다. 그러는 중에 그는 제 자신도 모른 사이에 어느덧 동리의 알탕 노름꾼으로 변하고 말았다. 단순한 매촌이었던만큼 그의 변화는 쉽고 빠른 것이었다.

늙은이와 며느리는 태산같이 믿었던 매촌이가 그 모양이 되고, 오직 하나 희망이었던 제 농사 짓는다는 것도 꿈으로 돌아간 후 죽지도 살지도 못할 판에 끼어 한결같이 남의 집에 다니며 입만은 살아갔다. 일 년 열두 달 남의 솥에 익혀낸 밥만 얻어먹는 그들이라 비록 일은 해주고 먹는 것이라 해도 동리 사람들은 공밥을 먹이는 것같이 그들을 천대*하는 것이었다. 늙은이에게서 '매촌댁'의 댁자를 쑥 빼고 '매촌 늙은이'로 불리우게 된 것도 이때부터이다.

큰아들 도야지나마 이제는 셈을 차릴* 나이가 된 지 오래였건만 그는 술 한 잔이면 제 목이라도 베어 줄 작자였으므로 죽도록 일을 해주고도 술만 얻어먹고 그대로 오는 것이었고, 벙어리는 또 제대로 밥만 얻어먹고는 죽을 둥 살 둥 일을 해주는 것이

었다. 그러나 이중에 또 불행이 하나 더 덮쳐 도야지는 그 마을에서 쫓겨나게 되었다. 그것은 몇 날 술을 먹지 못하여 못 살 지경에 이른 도야지가 한 꾀를 생각해 가지고 술집에 가서 '술 한 잔만 주면 나무 한 짐 해다 주겠다'는 약속으로 먼저 술 한 잔을 얻어먹었다. 그리고는 갖다 줄 나무가 없어 나무 베기를 엄금하는 사방공사 해놓은 대[竹]까지 한 짐 잔뜩 베어 지고 내려오다가 일꾼 패장*에게 들켜 나뭇짐은 나뭇짐대로 다 빼앗기고 죽도록 얻어맞고 술집 마누라까지 무한 욕을 먹고 한 까닭에 그는 그 동리에서 쫓겨난 것이었다. 그 길로 매촌에게 왔으나 매촌이 역시 알부랑 노름쟁이라 하는 수가 없었다. 그래서 하는 수 없이 오 리(五里) 가량 떨어진 동리에 가서 남의 집 곁방살이*로 들어갔다. 방세는 내지 않더라도 그 집의 바쁜 일을 거들어 주겠다는 약속이었다. 그러나 당장에 입에 넣을 것이 없었으므로 벙어리를 두들기며 밥 얻어 오라고 하는 것이었으나 벙어리는 이미 당삭*이 된 커다란 배를 가리키며 섧다는 듯이 우는 것이었다. 그래도 도야지는 어떻게든지 해서 양식을 얻어 올 궁리는 하지 못하고 벙어리를 조르다가 지치면 그의 어머니인 늙은이가 무엇이나 가져다 주지나 않나 하는 턱없는 꿈을 꾸며 딩굴딩굴 구르기만 하는 것이었다. 이따금 담배 생각이 나면 몰래 나가서 쓴 냉이의 꽃을 따다가 넣어 가지고 쥐새끼 소리를 내며

빨아대는 것이었다.

벙어리는 자기 뱃속에서 꿈틀꿈틀하며 태아가 놀면 몸서리를 치며 무서워했다.

"빌어먹을 년! 어린애가 그러지 않나, 겁은 왜 내어?"

하고 벼락같이 소리를 지르나 알아듣지 못하고 끙끙 하는 소리로 울며 자기 배를 쿡 쥐어지르는 것이었다. 하루 한 끼도 얻어먹지 못하는 그들이라 벙어리의 커다란 두 눈은 쇠눈깔같이 험악하였다.

늙은이는 어느 날 밤에 큰 호랑이 두 마리가 꿈에 보이더라고 하며 그 이튿날 아침에 매촌의 아내를 보고 꿈 이야기를 하는 것이었다.

"아마도 오늘 내일 간에 너희들이 다 아들을 낳으려는가 보더라……"

하며 신기하다는 듯이 며느리를 바라보는 것이었다. 매촌의 아내도 벙어리와 같이 당삭이었던 것이다.

"한꺼번에 둘 다 다 해산을 한다면 이 일을 어쩔까. 작은며느리는 그래도 해산 후에 먹을 것이나 준비해 두었지만은 저 벙어리를 어떻게……."

늙은이는 혼자 중얼거리며 연방 체머리*를 설레설레 흔드는 것이었다. 작은며느리는 해산하면 먹는다고 쌀 다섯 되 보리 한

말을 준비해 두기라도 했거니와 벙어리는 지금 당장에 굶고 있
는 판이니 그 일이 난감하였다.

　혼자 생각다 못해 노란 것 흰 것 검은 것이 한데 섞인 몇 가락
안 되는 머리를 손가락으로 감아서 꽁쳐 매고 누덕누덕 기운 삼
에 걸레 같은 몽당치마*를 입고 빨리 집을 나섰다. 그는 그 길로
바로 단골로 다니며 일해 주는 집들을 돌아다니며 사정 이야기
를 하고 얼마 만큼만 꾸어 주면 나중에 그만큼 일을 해주리라고
애원을 해도 한 집도 시원하게 대답하지 않았다. 모두,

　"그 늙은이는 참 그런 이들을 자식이라고 걱정을 해. 먹일 것
도 없는 줄 알며 어린애를 왜 만들었어?"

하고 비웃고 핀잔 주고 놀려 주고 할 뿐이었다. 늙은이는 이지
러지고* 뿌리만 남은 몇 개 남지 않은 이빨을 드러내며,

　"히에에."

하고 고양이같이 웃어 보이는 것이었다. 웃으면 곯아 비틀어진
우엉뿌리 같은 그 얼굴에 누비질한 것같이 햇빛을 보지 못한 살
이 받고 기운 것같이 여기저기 드러나는 것이었다.

　"그러기에 말이지. 자식놈들이 몹쓸 놈이지, 그저 벙어리가
불쌍해서 그리는 거요……."

하고는 다시 한 번 '히에에' 웃어 보이고 돌아서 나오는 것이었
다.

　그는 행여나 하는 생각으로 마지막으로 또 한 집에 들렀다. 오랫동안 천대받고 학대받아 온 늙은이라 남들의 냉정한 것을 슬프게나 원망스럽게 느낄 줄 몰랐다. 그리고 낙심할 줄도 몰랐다. 마지막 들른 집에서는 쉽사리 동정을 하는 것이었다.

　"에구 불쌍해라. 아이는 하필 저런 데 가서는 잘 태이거든……."
하며 쌀 한 되, 보리 두 되, 장 한 그릇, 미역 한 쪽, 명태 한 마리를 별 말 없이 내주는 것이었다. 밥 한 그릇에 온 전신이 녹도록 고맙다고 생각하는 이 늙은이라 이렇게 과분한 적선*에는 도리어 고마운 줄 몰랐다. 그의 고마움을 느끼는 신경은 너무나 한도적이었던 까닭이라 그의 신경은 모조리 감격에 차고 이 여러 가지에 대한 감사를 일일이 다 느끼기에는 그의 신경이 모자랐던 것이다.

　늙은이는 체머리만 쩔레쩔레 흔들며 연방 혀끝으로 콧물을 잡아뜯듯이 닦았다. 아무 고맙다는 인사도 없이 그는 여러 가지를 바구니 속에 넣어 가지고 머리에 이었다.

　그 집을 나와 한참 도야지 있는 마을을 향해 걸어가다가 그는 힐끔 한 번 뒤를 돌아보고는 얼른 바구니에서 명태를 끄집어내어 품속에 감추었다.

　"이것은 작은며느리 해산하거든 주지."

　그는 벙어리만 중하게 생각하는 것 같아서 명태는 감추었다가

작은며느리를 주려는 것이었다.

도야지가 있는 방 지게문*을 덜컥 열어젖히니 방 안에서는 더운 김과 퀴퀴한 냄새가 물씬 솟았다. 도야지는 혼자 방에 누웠다가 부시시 일어나 앉았다.

"그것 뭐요? 배고파아라!"

하며 힐끔 아래서부터 옆으로 늙은이를 쳐다보는 것이었다. 그 모양이 정말 도야지 같아서 늙은이는 속으로 쓴웃음을 쳤다. 방 안 모양도 도야지 우리 같았거니와 그의 느린 동작과 조그만 눈이 슬그머니 흘겨보는 상은 병든 도야지 그대로였다. 다만 한 가지 참도야지처럼 살이 툭툭 찌지 않은 것만이 다를 뿐이었다.

늙은이는 지긋지긋하게도 못나고 망나니인 두 아들을 원망이나 미워하는 것도 이제는 그만 지쳐서 그대로 잠자코 방으로 들어갔다.

"그것 뭐요?"

입 가장자리가 뽀얗게 침이 타 붙은 것을 손등으로 슬쩍 닦으며 배고파 못 견디겠다는 듯이 재치 묻는 것이었다.

"무엇이야 아무것도 아니지. 젊은 것이 해산을 하면 무엇을 먹일려고 밤낮 이러고만 있어."

늙은이는 목에 말라붙은 것 같은 작은 소리로 노하지도 않고 곱게 타이르는 것이었다.

"일하러 갈래도 배고파서……."

"그렇다고 누웠으면 하늘에서 밥이 떨어지나, 젊은 것은 어디 갔어?"

"뒷산에 나물 캐러 갔는가……."

늙은이는 네 손가락으로 뒤통수를 덕덕 긁으며 답답해 못 견디겠다는 듯이 벌떡 일어섰다.

"이것은 해산하면 먹일 약이다. 손도 대지 말아라!"

하고는 가지고 온 바구니를 윗목에 밀어 놓고 밖에 나와 짚을 한줌 쥐어다가 그 위에 눌러 덮었다.

"정말 이것은 손을 대지 말아라. 아이를 낳으면 먹일 약이다."

늙은이는 열 번 스무 번 당부를 하는 것이었다.

"음, 그래 웬 잔소리는……."

하고 도야지는 온 몸뚱이의 껍질만 남겨 두고 모든 정신이 그 바구니 속에 쏠려 늙은이의 말은 지나가는 바람 소리로만 여기는 것이었다. 늙은이는 도야지의 속심판*을 잘 들여다볼 수 있었다. 아무리 당부해도 그 말을 실행할 도야지가 아닌 것도 잘 알았으나 조금이라도 아껴 먹도록 하라는 뜻으로 자기도 몇 번이나 부탁만은 하는 것이었다. 그러나 아무리 지혜 없는 '축신이' 도야지라 할지라도 사십에 가까운 사나이에게 양식을 약이라고 말하는 자기가 서글프기도 하였거니와 그들에게 있어서는

양식이라는 것은 생명줄을 이어 주는 귀하고 중한 약이 아니고 무엇이냐, 밥을 약과 같이 먹어야 하는 너희들이 아니냐, 하는 생각도 났으므로 늙은이는 다시 더 입을 떼지 않고 그 방을 나섰다. 집으로 돌아오는 길에 행여나 벙어리와 마주칠까 해서 명태 한 마리는 일하러 나가고 없었으므로 부엌 한 옆에 구덩이를 파고 넣어 둔 쌀항아리 뚜껑을 열고 명태는 쌀 속에 파묻어 두었다. 그리고 자기도 어디 가서 좀 일을 해주고 점심을 때우리라는 생각으로 그대로 집을 나왔다.

그는 그 길로 면장의 집으로 갔다.

"늙은이 어서 오소, 이애가 웬일이요!"

하며 면장의 마누라는 세 살 먹은 계집애를 안고 마루에서 어쩔 줄 몰라 하는 판이었다.

"왜? 어디가 아픈가?"

늙은이는 얼른 마루로 올라가서 익숙한 솜씨로 어린애의 이마와 가슴을 만져 보았다.

"지금까지 뜰에서 놀던 것이 갑자기 이 모양이야!"

어린애는 정말 열이 나고 괴로운 울음을 우는 것이었다.

"별일 없어요. 어디 봅시다."

늙은이는 어린애를 받아 안고 오므러진 입술을 더 오므려 가지고 가만가만히 가슴과 배를 만지는 것이었다. 평생에 하도 많

이 남의 집에를 돌아다닌 늙은이라 남의 앓는 것도 많이 보았거 니와 고치는 것도 많이 보고 해온 것이라 지금에 와서는 웬만한 병은 자기의 생각나는 대로 조약*도 가르쳐 주고 객귀*도 물려 주고 체증*도 내려주고 하여 신출내기 의원보다 동리에서는 믿 는 것이었다. 그러므로 면장의 마누라도 늙은이에게 안심하고 아이를 맡기는 것이었다.

과연 어린애는 으윽 하고 소화되지 않은 음식을 토하기 시작 하더니 한참만에 그대로 잠이 들었다. 늙은이는 후— 한숨을 하 고 툇마루*로 나와 앉으며,

"한쉼 포근히 자고 나거든 노글노글한 조당수*나 끓여 멕이고 저녁도 멕이지 말고 그대로 재우면 별일 없을 것이오."

하였다. 마누라도 안심한 듯이 늙은이에게 줄 밥을 참견하였다. 늙은이는 밥과 반찬 찌꺼기를 얻어 가지고 툇마루 한옆에서 씹 지도 않고 뭉떵뭉떵 삼키기 시작했다.

"에구 늙은이, 천천히 좀 먹으면 어떤가. 저렇게 막 삼켰다가 걸려 죽으면 어째……."

마누라는 늙은이의 밥 먹는 양을 바라보다가 주의를 시키는 것이었다.

"히엥—."

늙은이는 애교 있는 웃음을 웃고 간청어 꼬리를 뼈째로 모조

리 뭉떵 베어 우물우물하더니 입이 움쑥하며 꿀꺽 소리를 내고 삼키는 것이었다.

"에그머니, 뼈를 막 먹네."

"히엥! 걱정하지 마소. 죽어도 먹다가 죽는 것은 복이 아니오?"

그는 그의 버릇인 '히엥' 하는 고양이 울음 같은 소리로 한번 더 웃어 보이고 연방 주먹만큼한 밥숟갈이 오르내렸다.

"저 늙은이의 창자는 무쇠로 된 것이야!"

마누라는 자기도 침을 삼키며 찬장에서 먹던 김치 찌꺼기를 더 내주었다. 늙은이는 지금까지 먹으라고 주는 것을 사양해 본 적이 없는 판이라 주는 김치도 넙쩍 받아 국물부터 후루룩 삼켜 보는 것이었다. 그의 몸뚱이는 곯아 비틀어졌어도 오직 그의 창자만은 무쇠같이 억세고 튼튼하였던 것이었다. 지금까지 배앓이를 해본 적이 없는 그였다.

그날은 이것저것 거들어 주고 저녁까지 얻어먹고 돌아나올 때 마누라는 늙은이의 치맛자락에 보리 두어 되를 부어 주었다.

"에구, 이것은 왜?"

하면서도 사양하지 않고 그대로 집으로 돌아왔다. 그는 그 보리를 가져다가 헌 누더기 조각에 싸 가지고 며느리 몰래 부엌 나뭇단 밑에 감추었다. 벙어리의 양식이 없어지면 가져다 주려고…….

　그런 지 몇 날 만에 벙어리가 해산 기미로 누웠다는 통기*를
들고 부랴부랴 달려간 때는 오정*이 훨씬 지나서였다. 방문을
덜컥 열어젖히니 벙어리는 죽겠다고 머리를 방구석에 틀어박고
끙끙 하며 손으로 벽을 쥐어뜯고 있고, 도야지는 조급한 듯이
연기도 나지 않는 담뱃대만 쪽쪽 빨며 쥐새끼 소리를 내고 앉아
있었다.

　"언제부터 저러냐?"

　늙은이는 방에 들어가 앉으며 아들에게 묻는 것이었다.

　"몰라요. 어젯밤부터 아직까지 물도 한 모금 마시지 않네요!"

　늙은이는 벙어리의 고통을 잘 알았다. 아무것도 먹지 못해 기
운이 없어 속히 어린애를 낳지 못하는 것이다 하는 생각이 들
자,

　"접때 가져다 준 것은 어디 있어?"

하고 물었다.

　"뭐요? 그것 다 먹었지."

　"무어 어째?"

　늙은이는 기가 막혔다. 그까짓 쌀 한 되 보리 두 되를 먹는다
니 입에 붙일 것이나 있었으리요마는 미역까지 다 먹었다는 말
에 와락 속이 상했다.

　"빌어먹을 놈, 그것을 죄다 먹다니⋯⋯."

　기운이 없어 아이를 속히 낳지 못하고 끙끙 하는 벙어리를 앞
에 두고 늙은이의 가슴은 어리둥절하였다. 우선 조금 남아 있는
장으로 솥에 찬물 한 바가지를 붓고 물을 끓여 벙어리에게 두어
숟갈 먹였더니,

　"아버바!"

하는 고함 소리와 함께 방바닥에 새빨간 고깃덩어리가 떨어지
며 "으아!" 하고 힘있는 첫소리를 쳤다. 늙은이는 탯줄을 끊으
려 해도 가위도 아무것도 없어 생각하는 판에 도야지가 달려들
어 입으로 탯줄을 서걱 비였다. 방바닥이라 해도 문 앞에 다 떨
어진 싸릿자리가 손바닥만큼 깔려 있을 뿐이었으므로 어린애는
맨 흙 위에 그대로 누워 새빨간 팔과 다리를 고물락거리며 입술
이 오물락거리고 있었다. 늙은이와 도야지는 얼른 어린애의 다
리 사이를 헤치고 보았다. 조그만 무엇이 달려 사나이란 것을
뚜렷이 증명하고 있었다. 늙은이는 갑자기 두 팔을 덜덜 떨며
두리번두리번 살피다가 하는 수 없이 손빠르게 자기의 치마를
벗어 어린애를 싸 가지고 자리 위에 눕혔다. 벙어리는 죽은 것
같이 늘어져 누워 있었다. 도야지는 뜻도 없는 말소리를 혼자
분주히 중얼거리며 담뱃대를 쥐었다 놓았다 벙어리를 만져 보
았다 하는 것이었다. 늙은이는 잠시 가만히 앉아 예순셋에 처음

으로 보는 손자라 그런지 그의 가슴은 감격에 꽉 차 가지고 웬일인지 눈물이 줄줄 흘러내렸다.

연해서 안태(胎)*를 낳자 그 낳은 피를 감당할 수 없어 떨어진 가마니 쪽에다가 태를 움켜잡아 도야지를 시켜 뜰 한옆에 가서 불사르라고 시켰다.

'저것을 무엇을 먹일까.'

늙은이는 자기 집 나무 밑에 감추어 둔 보리 두 되가 생각났으나 지금 그것을 가지러 가려 하니 몸을 빼서 나갈 수 없고 도야지를 시키려니 작은며느리에게 들킬까 걱정이 되어 자기 팔이라도 베이고 싶었다. 그럴 때 집주인 마누라가 이 모양을 알아채고 쌀 한 그릇을 주는 것이었다.

늙은이는 그것으로 밥을 지어 벙어리에게 크게 한 그릇 먹이고 남은 것은 바가지에 끌어담았다.

"그년 어린애 낳고 아프지도 않나배, 밥이야 억세게 먹어댄다. 나도 배고파 죽겠는데, 제에기."

도야지는 뜰에서 태를 태우며 버럭 소리를 지르는 것이었다.

늙은이는,

"빌어먹을 놈, 축신이같이."

하며 바가지의 밥을 덜어서 도야지를 주고 자기는 손가락에 묻은 밥알만 뜯어먹었다. 어린애도 만지고 벙어리 몸도 단속하는

사이에 해는 저물어 갔다. 그는 남은 밥을 벙어리에게 먹여 놓고 차마 어린것을 덮어 준 치마를 벗기지 못해 떨어진 속옷 바람으로 어둡기를 기다려 자기 집으로 보리를 가지러 가는 것이었다.

　작은며느리가 알면,

　'보리는 뉘 것이오? 왜 숨기었다가 가져가오?'

하고 마음을 상할까 하여 그는 가만히 자기 집으로 들어갔다. 매촌이는 또 노름방을 갔는지 며느리 혼자서 까무락거리는 호롱불을 켜고 옷끈을 끌러 놓고 벼룩 잡는다고 부시럭거리고 있었다. 늙은이는 자취가 없이 부엌으로 들어가 나무 밑에 손을 넣어 살그머니 보리 꾸러미를 끌어내었다. 진작 도로 나오려다가 조금 멈칫하고 생각한 후 재주 있는 스리*와 같은 손짓으로 쌀항아리 속에 손을 넣었다. 전날은 쌀 밑에 감추어 두었던 명태가 쌀 위에 쑥 빠져나와 있었다.

　'아이구, 며느리가 보았구나.'

하는 생각이 들자 그는 얼른 항아리에서 손을 빼어 집을 빠져나왔다.

　보리 뭉치만을 옆에 끼고 번개같이 달려가서 도야지에게 갖다 주고,

　"이것으로 죽을 쑤어 너는 조금씩만 먹고 어린애 어미만 먹여

라!"

고 몇 번이나 당부하고 자기는 다시 집으로 돌아오는 것이었다.

텅 빈 뱃가죽은 등에 가 붙고 입 안과 목 안은 송진*으로 붙인 것같이 입맛을 다시면 찢어지는 것같이 따가웠다. 저까짓 보리 두 되로 몇 날을 지탱시킬까 하는 생각이 들자 그의 두 다리는 가리가리* 힘이 빠지고 도야지와 매촌이의 못난 것이 새삼스럽게 얄미웠다. 그러나 눈앞에는 조그마한 어린애의 사나이라는 표적만이 어릿어릿 나타났다 사라졌다 하는 것이었다.

그는 이윽히 걸어가는 사이에 몹시 뒤가 마려워서 잠깐 발을 멈추고 사방을 둘러본 후 속옷을 헤치려다가 무엇에 놀란 듯 재빠르게 걷기 시작했다.

'사람은 똥 힘으로 사는데⋯⋯.'

하는 것을 생각해냈던 것이다. 이제 집으로 돌아간들 밥 한술 남겨 두었을 리가 없으므로 반드시 내일 아침까지 굶고 자야 할 처지이므로 지금 똥을 누어 버리면 당장에 앞으로 거꾸러지고 말 것 같았던 까닭이었다.

그는 흘러내리는 옷을 연방 움켜잡아 올리며 코끼리 껍질 같은 몸뚱이를 벌름거리는 그대로 뒤가 마려운 것을 무시하려고 입을 다문 채 어두운 길을 줄달음치는 것이었다.

뭐가 잘못된 것일까. 나는 가슴이 답답해서 절로 한숨을 쉬었다. 그러나 후회는 아니었다. 훈이를 키우는 일을 지금부터 다시 시작할 수 있다면 이러이러하게 키우리라는 새로운 방도를 전연 알고 있지 못하니, 후회라기보다는 혼란이었다.

카메라와 워커

박완서(朴婉緒, 1931~)

경기도 개풍에서 태어났다. 서울대 문리대 재학 중 6·25를 겪고 학업을 중단했다. 1970년 『나목』으로 『여성동아』 장편소설 공모에 당선되어 작품 활동을 시작했다. 대표작으로 단편 「부끄러움을 가르칩니다」 「배반의 여름」, 장편 『미망』 『엄마의 말뚝』 등이 있다.

카메라와 워커*

　나에게는 조카가 하나 있다. 가끔 나는 내가 내 아이들보다 조
카를 더 사랑하고 있는 게 아닌가 하고 생각할 때마다 조카가
생후 사 개월, 내가 스무 살 때 겪은 6·25 사변을 생각 안 할 수
없다. 그때 며칠 건너로 오빠와 올케가 차례로 참혹한 죽음을
당하자 어머니와 나는 어린 조카를 키울 일이 도무지 막막하기
만 했다. 우유는 고사하고 밥물이라도 끓일 몇 줌의 흰쌀을 구
할 주변머리*도 경황도 없었다. 어머니는 푸성귀*하고 보리하고
끓인 멀건* 국물을 아기 입에 퍼넣었다. 설탕도 못 넣은 이런 국
물을 아기는 도리질하며 내뱉고 밤새도록 목이 쉬게 울었다. 어
머니는 쯧쯧 불쌍한 거 할미 젖이라도 빨아 보렴 하며 자기의
앞가슴을 헤쳤다. 담벼락 같은 가슴에 곧 떨어져 버릴 병든 조
그만 열매처럼 매달린 젖꼭지를 아기는 역시 도리질로 거부했
다. 아기는 젖꼭지를 물어도 보기 전에 조그만 손으로 가슴을
더듬어만 보고도 알았던 것이다. 결코 젖줄을 간직한 가슴이 아
니란 것을.

　"늙은이 젖도 자주 빨면 젖이 나온다던데……"

　어머니는 아기가 젖을 물기만 하면 자기 젖에서 당장 젖이 펑
펑 쏟아질 텐데, 아기가 안 빨아서 아기 배가 곯는 양 안타까워
하다가 드디어는 아기의 엉덩이를 두들기기 시작했다. 토실한
엉덩이에 어머니의 손가락 자국이 선명히 솟아오르고 아기는

목이 쉬어서 차마 들을 수 없는 이상한 소리를 내면서, 울음을
토했다 숨이 깔딱 막혔다 했다.

그때 나는 별안간 내 가슴에 퍼진 실핏줄들이 찌릿찌릿하면서
뿌듯해지는 걸 느꼈다. 아니, 실핏줄이 아니라 바로 젖줄이다.
나는 그렇게 확신했다.

나는 올케가 해산*하고 나서 아기에게 젖을 주려고 처음으로
사람들 앞에서 헤친 가슴의 잔뜩 분 탐스럽고 단단한 젖보다 훨
씬 더 아름답고도 풍만한 젖가슴을 갖고 있었다. 이 젖이 돌기
시작하고 있다고 나는 확신했다.

젖이 돌 때는 가슴이 찌릿찌릿하면서 뿌듯해진다는 건 올케한
테 들은 소린데 그것까지 똑같지 않나.

나는 어머니로부터 아기를 거칠게 빼앗아 안았다. 그리고 서
슴지 않고 앞가슴을 헤쳤다. 아기의 손이 내 살찐 젖무덤을 더
듬더니 이내 울음을 뚝 그치고 다급하게 "흐응, 흐응" 하며 허겁
지겁 온 얼굴로 내 가슴을 파고들었다.

그러나 내 젖꼭지가 채 아기의 마른 입술에 닿기도 전에 어머
니의 거친 손에 나는 아기를 빼앗기고 말았다. 어머니의 얼굴은
딸의 간음 현장이라도 목격한 것처럼 분노와 수치로 핏기마저
가셔 있었다.

"세상에, 망측해라. 처녀애가, 없는 일이다. 암 없는 일이고말

고."

아기는 코 언저리가 새파랗게 질려 사색이 돌 만큼 자지러지
게 울기 시작했지만 목이 잠겨 늙은이 가래 끓는 소리같이 기분
나쁜 소리가 끊겼다 이어졌다 했다.

나는 아기의 이런 울음소리를 듣자 느닷없이 가슴에서 젖줄이
넘쳐, 정말로 펑펑 넘쳐 옷섶*을 흥건히 적시고 있는 것처럼 느
끼며 이런 풍요한 젖줄과 목마른 아기를 굳이 떼어놓는 어머니
에게 격렬한 적의마저 품었다.

그런 일은 오빠와 올케의 죽음이 정리되기도 전, 그러니까 상
중의 일이었으니 상중의 일치곤 그리 대단한 일은 아닐지도 모
른다. 난리 중에 벼락맞듯 두 참사*를 한꺼번에 당한 집안 사정
이 오죽했으며, 그런 일을 당하기까지의 사연인들 오죽했을까
만, 나는 유독 조카의 목마름, 배고픔의 광경만을 딴 일과 뚝 떼
어서 밑도끝도없이 선명하게 기억한다.

설사 난리 중이 아닌 평화시라도 졸지에* 엄마를 잃은 아기는
당분간은 배고프고 내팽개쳐지는 게 스스로가 타고난 박복*이
아니겠는가. 그런데도 그때의 그 일이 차마 못할 짓의 기억으로
아직도 생생하니 아프다.

그것은 아마 젖줄이 솟은 것 같은 신기한 기억 때문일 것이다.
그때 내가 젖을 물릴 수 있었다손 치더라도 젖이 나왔을 리 없

다는 걸 그후에 나도 알긴 알게 되었다. 그렇지만 그때 가슴이 찌릿찌릿하니 뿌듯하게 옷섶을 적시며 넘치던 게 전연 아무것도 아니었다고는 도저히 생각할 수 없다. 조카에 대한 고모 이상의 것, 이를테면 모성이 아니었던가 싶다.

그후 아기는 푸성귀하고 보리하고 끓인 푸르죽죽한 국물도 잘 받아 먹게 되었다. 때로는 그것보다는 좀 나은 아기의 먹을 것을 장만할 수 있을 때도 있었다. 그러나 나는 자주자주 어쩔 줄을 몰라 했다. 딱딱한 놋숟갈을 착살맞도록* 쪽쪽 핥는 아기의 부드러운 입술에 젖을 물리고 싶다는 생각과 처녀가 젖을 빨린다는 건 아주 망측한 일이란 생각 사이에 억눌려서 어쩔 줄을 몰랐던 것이다.

그후 수복*이 되고, 나는 미군 부대 하우스 걸 같은 걸 하면서 아기에게 우유를 먹일 수 있었고 놋숟갈 대신 고무 젖꼭지를 물릴 수 있었다. 피난을 다니면서도 아기에겐 미제 우유를 먹일 수 있었다. 나는 자유를 위해 피난을 가는 게 아니라 돈만 있으면 우유를 살 수 있는 세상을 따라 남으로 움직였다.

조카는 잔병치레* 하나 안 하고 잘 컸다. 천덕꾸러기*란 다 그렇게 크게 마련이라고 어머니는 말했지만 나는 그 말이 듣기 싫었다. 어머니라고 당신 앞에 남겨진 이 집 대를 이을 단 하나의 핏줄인 손자가 소중하지 않을 리야 없겠지만 난 지 백 날 만에

애미 에비를 잡아먹은—어머니는 이런 끔찍스러운 말을 썼다—손자를 가끔가끔 불길스러운 듯 구박을 했다. 아아, 어머니는 왜 이 조그만 아기의 팔자 따위가 그 6·25 사변같이 엄청나게 큰 불길스러운 일을 일으킬 수 있다고 생각한 것일까.

조카는 말을 배우면서 아줌마 소리를 제일 먼저 했지만 아기들 말이 으레 그렇듯이 발음이 정확지 않아 "아윰마", 조금 응석을 부리면 "암마"로 들렸다. 어머니는 그걸 몹시 싫어해서 "아줌마" 대신 "고모"라는 말을 가르치기 시작했다. 잘못해서 아윰마 소리가 나오면 엉덩이를 맞아야 했다. 어머니는 "이 경을 칠 녀석, 또다시 그런 소릴 할련 안 할련" 하며 엉덩이를 모질게 찰싹찰싹 때렸다.

그리고 나한테는 조카를 너무 귀여워하는 게 아니라고 했다. 모르는 사람이 보면 꼭 모자지간같이 보인다는 거였다. 실제로 누구도 그러고 아무개도 그러는데, "따님하고 외손주하고 사시는구만, 사위는 군인 나갔수? 납치당했수?" 하더라는 거였다. 그만큼 그 시절엔 집에 장정* 남자 식구가 없는 건 조금도 이상스럽지 않았다.

그러다가 혼인길 막히는 거 아닌지 모르겠다고 어머니는 근심했다. 조카는 최초의 말 "암마" 소리를 엉덩이를 맞아 가며 부정당하고부터는 말없는 아이로 자랐다. 그리고 나는 혼인길이 트

이어 시집을 갔다. 마치 자식을 떼어놓고 개가*해 가는 과부처럼 청승맞은 기분으로 죄의식조차 느끼며 시집을 갔다. 부부만의 단출한* 살림이고 보니 친정 출입이 잦았다.

방마다 세를 들인 커다란 낡은 집 안방의 옴두꺼비* 같은 구식 세간들 사이에서 할머니하고 단둘이 살아야 하는 어린 조카가 문득 불쌍한 생각이 나면 곧장 달려가곤 했다. 새로 난 장난감도 사 가고 주전부리*할 것도 사 가지고 가서 한바탕 유쾌하게 수선을 떨다 왔다. 이런 나를 어머니는 시집을 가도 하나도 철이 안 난 주책바가지라고 나무라며 못마땅해 하고, 사위에겐 미안쩍어하기도 했지만, 나는 그게 아니었다. 나는 친정집의 곰팡내 나는 음습한* 분위기로 해서 조카의 동심*에까지 곰팡이가 슬까 봐 내가 햇빛이고자 바람이고자 그렇게 하는 거였다. 실제로 나를 맞는 조카의 얼굴은 음지가 양지로 변하는 것처럼 환하게 변했다.

나도 첫아기를 낳게 되었다. 꼭 둘째아기를 낳은 기분이었다. 둘째아기를 낳는 엄마라면 누구나 하는 근심, 아우에게 사랑을 빼앗긴 맏이의 상처받은 동심을 어떻게 위무*할 것인가 하는 근심과 똑같은 근심을 나는 내 조카 때문에 했으니 말이다.

내 첫애는 딸이었고, 나는 내 딸이 엄마 아빠 소리보다 오빠 소리를 먼저 할 만큼 따로 사는 친정 조카를 우리 식구처럼, 식

구라도 상식구처럼 키우는 데 지나칠 만큼 신경을 썼다. 남편이 딸애를 주려고 과자를 사와도 "이건 오빠 거" 하며 우선 몇 개 집어 두었고, 신발을 한 컬레 사려도 "이건 오빠 거, 이건 혜란이 거." 매사를 이런 식으로 했다.

마침내 조카가 국민학교에 들어가게 됐다. 나는 꼭 첫애를 국민학교를 보내게 된 젊은 엄마처럼 흥분해서 어쩔 줄을 몰랐다. 매일 딸을 데리고 따라가서 "혜란아, 오빠 찾아내 봐. 조오기, 조오기 있지. 우리 혜란이 오빠가 제일 잘하네. 노래도 제일 잘하고 유희*도 제일 잘하고, 그치 혜란아" 하며 수선을 떨었다.

그러나 고모는 고모지 아무려면 엄마만 할 수야 있겠는가. 나는 지금도 조카의 첫 소풍날을 잊을 수 없다. 그때도 국민학교 일 학년 첫 소풍은 창경원이었다.

어머니는 아침부터 줄창 조카를 따라다니기로 하고 나는 점심을 싸 가지고 나중에 가서 창경원 속에서 만나기로 했다. 만나는 장소는 연못가로 하여 행여 어긋나는 일이 있을까 봐 나는 용의주도*하게 남편이 결혼 전에 차던 손목 시계까지 어머니 손목에 채워 드렸다. 그러고도 나는 어머니가 못 미더워 골백 번도 더 "열한 시 정각에, 연못가" 소리를 했더랬다. 그런 내가 한 시간이나 더 늦게 가고 말았다. 도시락도 요리책을 봐 가며 좀 멋을 부려 봤지만, 내 모양을 내는 데 분수 없이 시간을 잡아먹

었다. 미장원에 가서 머리도 새로 했고, 화장도 정성들여 했고, 옷도 거울 앞에서 몇 번을 갈아입어 봤는지 모른다. 그때만 해도 내 용모에 어느 만큼은 자신이 있을 때라 나는 군계일학*처럼 딴 엄마들 사이에서 뛰어나길 바랐었다. 그래서 조카까지가 그런 우월감으로 엄마 대신 고모라는 서운함을 메울 수 있기를 바랐었다. 그러다가 그만 한 시간이나 지각을 하고 만 것이다.

어머니는 미련하게도 그 한 시간 동안을 줄창 연못가에서 나만 기다리느라 정작 아이들이 해산하는 것도 모르고 있었다. 부랴부랴 어머니를 몰아세워 아이들이 집합해서 단체 놀이를 벌이던 곳으로 갔으나 아이들은 이미 뿔뿔이 헤어져 가족들과 점심을 먹고 있었다. 거의 한 시간이나 넘어 창경원 안을 미친 듯이 헤맨 끝에 조카를 만났다. 조카는 그때까지 국민학교 일 학년생으로서의 체면상 가까스로 참았던 울음을 내 치마폭에 얼굴을 묻자마자 서럽게 터뜨렸다. 절늘고 나서 그렇게 몹시 운 것은 처음이어서 나는 당황했다. "고모가 나쁘다, 나쁜 년이다." 나는 정말 내가 나를 때리는 시늉까지 해가며 달래다 못해 같이 울어 버리고 말았다.

점심 시간은 엉망일 수밖에 없었다. 워낙 몹시 운 끝이라 울음을 그치고 나서도 흑흑 느끼느라 김밥 하나를 제대로 못 넘겼다. 내 조그만 허영이 불쌍한 조카의 일 학년 첫 소풍의 추억을

이렇게 슬프게 얼룩져 놓고 만 것이다.

　내가 그애의 엄마라면 뭣 하러 그런 허영을 부렸겠는가. 내가 내 아이들보다 조카를 더 사랑한다는 느낌에는 그런 허영과도 공통된 과장과 허위가 있음직도 하다.

　조카는 자랄수록 죽은 오빠를 닮아 갔다. 아들이 애비 닮은 것은 당연한데도 어머니와 나는 그게 못마땅하고 꺼림칙했다. 외모가 닮은 건 어쩔 수 없다손 치더라도 말이 없는 것까지 닮은 걸 보면 속까지 닮았을까 봐 제일 그게 걱정이었다.

　오빠는 늘 침울한 편이었고 너무 말이 없었다. 그래도 가끔 친구들과 어울릴 때면 도맡아 떠들어댔던 것으로 미루어, 본래의 성품이 그랬던 게 아니라 집안 식구와 공통의 화제가 없었더랬는 게 아닌가 싶다. 집안 여자들이 흥미 있어 하는 살림 걱정, 살림 재미, 친척의 소문, 계절의 변화 등에 오빠는 도무지 무관했다. 오빠는 일제 말기에 전문학교까지 나온 주제에 해방되고도 직장이라곤 가져 본 적이 없다. 나는 이런 오빠를 막연히 빨갱이라고 생각했었다. 오빠 방의 책이 맨 그런 책이었고, 친구들과 떠드는 소리를 엿들어 봐도 누가 들으면 큰일날 불온한* 소리였기 때문이다.

　나는 어머니에게 오빠가 빨갱이일 거라고 일러바쳐 어머니를 전전긍긍*하게 했다. 어머니는 서둘러서 오빠를 장가들였다. 외

아들이니 빨리 손을 봐야겠기도 했지만, 처자식이 생기면 자연히 책임이란 것을 의식하게 될 테고 그러면 위험한 짓도 삼가게 되려니와 직업도 갖게 될지도 모른다는 게 어머니의 속셈이었다.

오빠는 순순히 장가를 들어주었고, 이내 첫아기를 본 게 또 아들이어서 제법 푸짐하게 백날 잔치까지 하고 나서 며칠 만에 6·25가 터졌다. 나는 속으로 이제야말로 오빠가 활개칠 세상이 왔나 보다고 생각했다. 처음엔 내 추측이 들어맞는 것 같았다. 불안할 만큼 생기가 나서 뻔질나게 외출을 했다. 그러다가 다시 침울해지더니 바깥 출입을 끊고 들어앉았다가 친한 친구한테 반강제로 끌려나간 후 죽어서 돌아왔다. 그후 올케까지 친정으로 쌀을 얻으러 가다 폭사*를 해, 내 조카는 그만 고아가 되고 만 것이다.

그래서 우리 모녀는 지금까지도 오빠가 빨갱이였는지, 흰둥이였는지, 아예 그런 사상 문제엔 집안일에 관심이 없었던 것처럼 관심도 없었는지, 그것조차 분명히 알고 있지를 못한다. 다만 어머니는 아들 치다꺼리만 했지 한 번도 아들이 벌어 오는 밥을 못 얻어 잡숴 본 게 가슴 깊이 맺힌 한이어서 아무쪼록 오래 사셔서 하루라도 손자가 벌어 오는 밥을 얻어 잡숴 보는 게 소원이시다. 손자가 좋은 학교 나와서 착실한 직장을 가지고 결혼해서 일요일이면 처자식 데리고 카메라 메고 놀러 나가고 당신은

집을 봐주는 게 평생 소원이시다.

카메라 메고 공일*날 야외에 나갈 만큼의 출세랄까 안정이랄까 그게 어머니가 훈이(내 조카 이름)에게 바라는 전부였고, 나도 어머니가 노후에 카메라 메고 야외에 나간 손자 내외의 집을 봐주는 정도의 행복은 누리게 하고 싶었다.

훈이가 고등학교 이 학년이 되자 반을 문과 이과로 나누게 되었고, 훈이가 나한테는 아무 상의도 안 하고 문과를 택한 걸 나는 나중에야 알았다. 나는 우선 그런 문제를 나한테는 상의 한마디 안 한 게 서운했고, 어머니는 어머니대로 오빠가 전문학교에서 문과였다는 것만으로 덮어놓고 문과를 싫어했다. 그래도 나는 훈이 편이 되어 고등학교 문과가 반드시 장래 문학 지망을 의미하지는 않는다고 어머니를 설득하려 했지만 어머니는 지레 겁을 먹고 있었다. 어머니는 오빠가 평생 사회에 참여해서 돈한푼 벌어들인 일이 없는 주제에 까닭 없이 죽어야 하는 일엔 끼어들고 말았다는 사실이 문과 출신이라는 것과 반드시 무슨 상관이 있다고 믿고 있었기 때문이다.

나는 그럴 리가 없다고 어머니를 위로하면서도 속으론 어머니 생각에 동조하고 있었으므로 더 늦기 전에 일을 바로잡아 보리라 마음먹었다. 나는 학교에 쫓아가서 담임 선생님에게 애걸하다시피 해서 훈이가 문과에서 이과로 전과를 할 수 있도록 했

다. 그러고 나서 훈이를 설득하려 들었다. 나는 막연히 훈이를 두려워하면서 중언부언* 내 말을 했고, 훈이는 언제나처럼 말없이 젊은이다운 대담한 시선으로 나를 쏘아보았다.

"훈아, 너희 담임 선생님이 그러시는데 너는 인문계보다는 이 공계가 더 적성에 맞는대, 좀 좋아. 공대 같은 데 가면 요새 공장이 많이 생겨서 공대 출신이 제일 잘 팔린다더라. 넌 큰 기업체에 취직해서 착실하게 일해서 돈도 모으고 연애도 하고 결혼도 해서 살림 재미도 보고 재산도 늘리고, 그러고 살아야 돼. 문과 가서 뭐 하겠니? 그야 상대나 법대로도 풀릴 수 있지만 그게 그리 쉬우냐, 까딱하단 문학이나 철학이나 하기가 꼭 알맞지. 아서라 아서. 사람이 어떡허면 편하고 재미나게 사느냐를 생각하지 않고, 사람은 왜 사나, 뭐 이런 게지. 돈을 어떡허면 많이 벌 수 있나는 생각보다 돈은 왜 버나 뭐 이런 생각 말이야. 그리고 오늘 고깃국을 먹었으면 내일은 갈비찜을 먹을 궁리를 하는게 순선데, 내 이웃은 우거짓국도 못 먹었는데 나만 고깃국을 먹은 게 아닌가 하고 이미 뱃속에 들은 고깃국조차 의심하는 바보짓 말이다. 이렇게 자꾸 생각이 빗나가기 시작하면 영 사람 버리고 마는 거야. 어떡허든 너는 이 사회에 순응*해서 이득을 보는 사람이 돼야지, 괜히 사회의 병폐란 병폐는 도맡아 허풍을 떨면서 앓는 소리를 내는 사람이 될 건 없잖아."

"고모, 아버지가 그런 사람이었나요?"

훈이가 내 말의 중턱을 자르며 푸듯이 말했다. 나는 당황했다. 훈이가 아버지에 대해 뭘 물어본 게 이번이 처음이라 그렇기도 했지만, 내가 오빠에 대해 오랫동안 몰래 추측하고 있던 걸 훈이한테 느닷없이 들키고 만 것 같아 더 그랬다.

나는 아니라고 강하게 부인하고 다시 아까 한 소리를 간곡하게 되풀이했다. 내 말에 감동했는지 귀찮아서 그랬는지 아무튼 훈이는 내가 옮겨 준 대로 이과에 잘 다녔다. 그러나 형편없이 성적은 떨어졌다. 때마침 공대가 붐을 이룰 때라 우수한 지원자가 많이 몰려 훈이는 대학 입시에 낙방했고, 재수는 막무가내 싫다고 해서 삼류 대학 공대 토목과에 들어갔다.

훈이가 대학에 다니는 사 년 동안 내내 대학가는 어수선해서 데모, 휴교, 조기 방학의 악순환의 연속이었다. 데모가 있을 때마다 나는 훈이가 그런 데 휩쓸릴까 봐 애를 태우고 미리미리 타이르고 했다.

"행여 그런 데 끼지 마라. 관심도 갖지 마라. 너는 기술자가 될 사람야. 세상이 어떻게 되든 밥벌이 걱정은 안 해도 될 기술자란 말야. 기술자는 명확한 해답을 얻어낼 수 있는 문제에만 관심을 가지면 되는 거야. 알았지?"

그러고는 혹시 꾐에 빠져서라도 그런 데 끼어들었다간 졸업

후 취직도 못 하고 일생 망치기 십상이라고 공갈*을 쳤고, 너는 꼭 대기업에 취직해서 안정된 생활을 누리고 예쁜 색시 얻어 일요일이면 카메라 메고 동부인*해서 야외로 놀러 나갈 만큼은 재미있게 살아야 한다고 설교를 했다. 훈이는 한 번도 말대꾸하는 법이 없었지만 거칠고 대담한, 그리고 경멸하는 듯한 시선으로 나를 쏘아봤다. 그러면 나는 괜히 부끄러워져서 딴전을 보며 지껄여댔다. 나는 부끄럼을 타면서도 꽤나 줄기차게 그런 말을 훈이에게 했었나 보다. 대학교 졸업반 때 나는 돈의 여유가 좀 생긴 김에 훈이에게 카메라를 하나 사주고 싶어 의향을 물어봤더니 단호하게 거절하며 하는 말이,

"고모, 난 카메라라면 지긋지긋해. 이가 갈려. 생전 그런 거 안 가질 거야."

그럭저럭 무사히 졸업하고 입대했지만 곧 의가사 제대*를 할 수가 있었다. 이제 취직 문제만 남았는데 이것만은 그렇게 쉽지가 않았다. 대기업은커녕 착실한 중소기업의 문턱도 낮지는 않았다. 막상 취직 문제에 부딪치고 보니 남의 떡이 커 보이는 식으로 이공계보다는 인문계 출신의 문호*가 훨씬 넓어 보이는 게 우선 나로서는 적잖이 속상하는 일이었다. 그래도 다행인 건 훈이가 그런 문제에 나를 원망하려는 기색이 조금도 안 보이는 거였다. 말없이 고분고분 취직 시험을 수없이 보고, 보는 족족 떨

어졌다. 어떤 곳에선 아예 서류 심사부터 낙방을 시키는 걸 보면 대학교 성적이 시원치 않았던 것 같다.

어머니와 나는 한 번도 훈이가 대통령이나 장군이나 재벌이나 판검사나 그런 게 되기를 바란 적이 없다. 정직하고 벌어먹을 수 있는 기술 가르쳐 대기업에 붙여, 공일날 카메라 메고 야외에 나갈 만큼의 사람 사는 낙을 누릴 수 있기를 바랐을 뿐이다. 그런데 그나마도 쉽게 되어 주지를 않았다. 취직 시험도 하도 여러 번 치르니, 보러 가기도 보러 가라기도 점점 서로 미안하게 되었다. 이 년 가까이를 이렇게 지겹게 보내던 훈이 어느 날 나에게 해외 취업의 길을 뚫을 수 있을 것 같으니 교제비로 돈을 좀 달라는 당돌한* 요구를 해왔다.

"뭐라고, 해외 취업? 그럼 외국에 나가 살겠단 말이지? 그건 안 된다."

"왜요 고모, 쩨쩨하게 돈이 아까워서? 아니면 고모가 영영 할머니를 떠맡게 될까 봐 겁나서?"

훈이는 두 개의 간략한 질문을 거침없이 당당하게 했다. 마치 이 두 가지 이유 외에 딴 이유란 있을 수도 없다는 말투였다. 나는 뭣에 얻어맞은 듯이 아연했다.*

글쎄 어떻게 설명할 수 있을 것인가. 그 녀석이 꼭 이 땅에서, 내 눈앞에서 잘살아 주었으면 하는 내 간절한 소망의 참뜻을,

지랄같이 무책임한 전쟁이 만들어 놓은 고아인 저 녀석을, 온 정성을 다해 남부럽지 않게 키운 게 결코 내 어머니를 떠맡기고자 함이 아니었음을 어떻게 납득시킬 수 있담.

제가 잘되고 잘사는 것으로, 다만 그것만으로 나는 내가 겪은 더럽고 잔인한 전쟁에 대해 통쾌한 복수를 할 수 있고 그때 받은 깊숙한 상처의 치유를 확인받을 수 있다는 걸 어떻게 저 녀석에게 알릴 수 있을 것인가.

나는 그 녀석을 똑바로 바라보았다. 그 녀석도 나를 똑바로 바라보았다. 시선이 강하게 부딪쳤으나 나는 단절감을 느꼈다. 문득 이 녀석 치다꺼리에 구역질 같은 걸 느꼈으나 가까스로 평정*을 가장했다.

"해외 취업은 당분간 보류하렴. 할머니 때문이든 돈 때문이든 그건 네 마음대로 생각해도 좋다. 그리고 취직 문젠데, 너무 고지식하게 성문만 뚫으려고 했던 것 같아. 방법을 좀 바꾸어서 뒷문으로 통하는 길을 알아봐야겠다. 돈이 좀 들더라도……."

"흥, 돈 때문은 아니다 그 말을 하고 싶은 거죠?"

녀석이 나를 노골적으로* 미워하며 대들었다. 나는 대꾸도 하지 않았다. 어머니는 곁에서 내가 늘그막에 이렇게 천덕꾸러기가 될 줄은 몰랐다면서 훌쩍였다.

취직 운동이란 게 막상 부딪쳐 보니 할 노릇이 아니었다. 우리

를 위해 발벗고 나서 애써 줄 유력한 친척이나 친구가 있는 것
도 아니니, 그저 좀 잘산다는 동창을 찾아가 남편을 통해 부탁
을 좀 하려면 단박* 아니꼽게 나오기가 일쑤였다. 토목과 출신
만 아니더라도 어떻게 해보겠는데 요새 워낙 건설업계가 전반
적인 불황이라 어쩌고 하면서 마치 제가 이 나라 건설업계를 손
아귀에 쥔 듯이 허풍과 엄살을 겸해서 떠는 사람도 있는가 하면
선뜻 이력서나 가져와 보라는 곳도 있긴 있었다. 감지덕지 이력
서 가져가 봤댔자 별게 아니었다. 이력선 시큰둥하게 밀어넣고
는 기다려 보라니 기다릴 수밖에 없지만 가타부타* 무슨 뒷소식
이 있어얄 텐데 그저 감감무소식인 데야 다시 어떻게 빌붙어 볼
도리가 없었다.

　그러다가 겨우 얻어걸린 게 Y건설의 영동고속도로 현장의 측
량기사보 자리였다. 거기 현장 소장으로 가 있는 친구 남편이
서울 집에 다니러 온 김에 해온 연락으로 본인만 좋다면 당장
데리고 가겠다는 거였다. Y건설이라면 국내 건설업계에서는 다
섯 손가락 안에 드는 업체였지만 정식 사원이 아니라 현장 사무
소장 재량*으로 채용하는 임시 직원으로 오라는 거니 우선은 섭
섭할밖에 없었다. 그래도 한 반 년만 현장에서 일 배우고 고생
하면 본사 정식 사원으로 상신*해 주겠다는 단서가 붙긴 붙었
다. 마다할 계제*가 아니었다.

　현장 소장이 가르쳐 준 준비물은 두둑한 침구, 겨울 내복, 라이너가 달린 점퍼, 작업복, 바지, 워커 등이었다. 사월달도 하순으로 접어들어 서울에선 벚꽃놀이가 한창인데 현장은 해발 600미터의 고지대라 아직도 영하의 추위에 눈이 가끔 내린다고 했다. 어머니는 대문간에서 울면서 훈이를 떠나 보내고 나는 마장동의 시외 버스장까지 전송을 나갔다. 생전 처음 집을 떠나 객지 생활로 들어가는 훈이에게 그저 자주 편지하라는 말밖에 할 말이 없었다.

　"자주 편지해. 그리고 아무리 고생이 되더라도 육 개월만 참아다고. 그 동안 무슨 수를 써서든지 정식 사원으로 발령나도록 해줄 테니까. 발령난 다음엔 곧 서울로 오도록 운동하면 될 테고. 문제없어, 다 잘될 거야."

　나는 훈이가 별로 내 말을 귀담아듣지 않는 줄 알면서도 희떠운* 장담을 했다. 훈이를 위로하기 위해서라기보다는 내 불안을 달래기 위해서였다.

　짐작했던 대로 훈이한테서는 안부 편지 한 장이 없었다. 한 달에 서너 번씩 서울 집에 다니러 오는 현장 소장을 통해 훈이한테 별일이 없다는 소식이라도 듣기에 망정이지 그렇지 않으면 꼭 무슨 사고라도 난 것 같아 달려가 보지 않고는 못 배겼을 게다. 어머니는 나만 보면 듣기 싫은 소리를 했다.

이 년이나 놀리고 나서 취직이라고 시켜 준답시고 어떤 삼수갑산으로 귀양을 보냈기에 이렇게 한 번 다니러 오지도 못하느냐고 하기도 했고, 집세만 받아 먹어도 굶지는 않을 텐데 그게 어떤 귀한 자식이라고 객지로 노동벌이를 보냈느냐고도 했다. 대학 문턱에도 못 가본 사람도 아침이면 신사복에 넥타이 매고 출근하던데 헌다 헌 대학 나온 애가 노동벌이가 웬 말인가, 아무리 에미 애비 없고 출세한 친척이 없기로서니 이런 서럽고 억울할 데가 어디 있냐고 통곡을 하는 때도 있었다. 나는 이런 일을 묵묵히 견디었다. 그야 어머니 말대로 훈이가 취직을 안 한대도 뎅그런 집 한 채는 있으니 밥을 굶지는 않겠다. 취직이 단순히 밥벌이만을 의미한다면 훈이는 취직을 안 해도 되겠다. 나는 다만 훈이가 자기가 배운 일을 통해 이 땅과 맺어지고, 이 땅에 정붙이기를 바랐을 뿐이다.

나는 열심히 현장 소장네를 찾아다녔고, 찾아갈 때마다 선물을 잊지 않았다. 어떤 낌새를 눈치보기 위해서였다. 본사에서 특채가 있는 듯한 낌새만 보이면, 좀 어떻게 상신을 하고 중역하고 교제해 달라고 슬쩍 케이크 상자 속에 수표를 넣어 준다는 '와이로' 쓰기를 하겠는데 영 그런 낌새는 보이지 않았다.

한여름이 되도록 훈이는 한 번 다니러 오는 법도 없고, 엽서한 장 보내 주지 않았다. 아무리 무소식이 희소식이라지만 이건

너무한다 싶었다. 훈이가 가 있는 곳은 변변히 봄도 안 거치고 곧장 여름으로 접어들었다기에 여름 옷도 우송해 주었고 편지도 부지런히 써부쳤다. 팔월에는 오빠와 올케의 제사가 며칠 건너로 있어서 이번만은 상경하겠지 싶으면서도 미심쩍어 미리 전보까지 쳤다. 그러나 훈이는 올라오지 않았다. 어머니는 이럴 수는 없다, 아무래도 무슨 일이 있는 거지로 시작해서 여지껏 꾼 온갖 불길스러운 꿈을 놀라운 기억력으로 주워섬기는 것이었다. 내 여직껏 입에 담기조차 사위스러워* 참고 있었다만 지금 생각하니 진작 일러 줄 걸 그랬나 보다는 게 어머니의 긴 사설의 결론이기도 했다.

어머니 꿈대로라면 훈이가 불도저에 깔려 암매장이라도 당한 걸 친구 남편인 현장 소장이 감쪽같이 숨기고 있는 것 같았다. 한번 그런 생각이 들자 걷잡을 수가 없었다. 편지가 없는 건 무소식이 희소식으로 돌린다 치더라도 신긴벽지에서 도대체 공일날을 뭘로 소일*하는 것일까. 다방이나 당구장, 오락실이 그리워서라도 공일마다는 못 오더라도 한 달에 두어 번쯤은 상경해야 배길 텐데 말이다. 대학 사 년과 놀고 있던 이 년 동안을 순전히 그런 데만 맴돌며 살았으니까. 의심이 나기 시작하니 한이 없었다. 도대체 온갖 도시적인 것과 훈이를 떼어놓고 생각하는 것조차 무리였다.

　계집애처럼 앞뒤에 라인이 든 야한 빛깔의 와이셔츠에 줄무늬 합섬* 바지에, 반짝거리는 구두를 신고 대담하고 권태로운 시선으로 아무나 아무거나 마구 잡으며 빙빙 다방에서 당구장으로, 탁구장에서 오락실로 날이 저물면 맥주홀이나 대폿집으로 쏘다니다가 밤늦게 흐느적흐느적 들어와서도 뭐가 미진한지 라디오의 음악 프로를 최대한의 볼륨으로 틀어 온 집안의 정적을 무참히 짓이기던 녀석이 산간 벽지의 도로 공사 현장에 어떤 모습으로 있을까가 좀처럼 상상이 안 되었다. 떠나기 전 남대문 시장에서 사준 염색한 미군 작업복과 워커와 녀석을 아무리 내 상상 속에서 결합을 시켜 보려도 되지를 않았다.

　드디어 나는 현장에 찾아가 보기로 결심했다. 떠나기로 한 날 아침부터 비가 억수로 퍼부었다. 그렇다고 미루기도 싫어서 어떻든 강릉행 버스를 탔다. 훈이가 가 있는 영동고속도로 현장은 강릉 못 미쳐 진부에서 다시 갈아타야 하는 곳에 있었다. 버스가 서울을 떠나 팔당을 지나 양주 양평 땅으로 접어들면서 포장도로는 끝나고 시뻘건 흙탕길로 변했다. 게다가 길 오른쪽은 바로 한강 줄기요, 왼쪽은 당장 무너져 내릴 듯한 절벽이었다. 여름내 비가 잦았어서 그런지 흙탕물이 굽이치는 한강 줄기가 제법 망망한 대하로 보였고, 버스가 달리는 길은 너무도 좁고 고르지 못했다. 당장 노반*이 무너져 내리며 버스가 한강물로 거

꾸로 박힐 것 같아 엉치가 옴찔옴찔했다. 그래도 버스는 줄기찬 빗발 속을 잘도 달렸다.

　문득 나는 만약에 여기서 차 사고로 내가 죽더라도 내가 왜 이 버스를 탔던가가 알려졌으면 좋겠다고 생각했다. 내 고모로서의 지극한 정성이 널리 알려져 신문에 보도되고 그걸 Y건설 사장이 읽게 되고 그러면 훈이를 제꺼덕 발령을 내 본사로 끌어올릴지 알게 뭔가 하는 실로 더럽고 치사한 생각을 했다. 나는 이 더럽고 치사한 공상에 실컷 탐닉*했다. 그러고 나서야 내가 죽은 후의 내 아이들을 생각했다. 아마 서너 달쯤 있다가 계모가 생기겠지. 그렇지만 내 아이들은 아무리 생각해도 계모에게 들볶여서 불행해질 아이들이 아니었다. 도리어 계모를 교묘히 들볶고 골탕먹여 줄 게다. 계모를 지능적으로 불행하게 할 게다. 나는 마치 내가 죽어서 그런 일을 구경하고 있는 것처럼 고소해하기까지 했다. 그러고 보니 나는 내 사식을 조카인 훈이보다 덜 사랑해 키웠는지는 몰라도, 그게 더 잘 키운 건지도 모른다고 생각되었다.

　버스가 강원도 지방으로 접어들자 산을 휘감은 비탈길이 많아 헉헉 숨이 차했지만 그곳은 맑은 날씨여서 훨씬 덜 불안했다. 진부에 닿은 것은 서울을 떠난 지 여섯 시간 만이었다. 거기서 유천리까지 갈 버스를 기다릴 동안 요기*를 하기 위해 국밥집엘

들렀다.

　국밥집은 Y건설의 마크가 붙은 초록색 모자를 쓴 남자들로 붐볐다. 현장이 가까우리라는 예감으로 우선 반가웠고 뭔가 가슴이 두근대기도 했다. 그러나 몇 사람을 붙들고 물어도 김훈이란 측량기사를 안다는 사람이 없었다. 다만 현장 사무소가 있는 유천리까지는 굳이 버스를 기다릴 거 없이 택시를 타도 오백 원이면 간다는 걸 알 수 있었을 뿐이었다.

　진부라는 면소재지는 거리의 끝에서 끝이 한눈에 들어오는 조그만 고장인데 다방도 서너 군데 되고 중국집 불고깃집 등 음식점엔 Y건설의 초록 모자, S토건의 빨강 모자 천지였다. 주위의 고속도로 공사로 활기를 띠고 호경기를 누리고 있는 고장이란 걸 한눈에 알 수 있었다.

　운전사가 내려놓아 준 Y건설 현장 사무소는 엉성한 가건물*이었지만 여러 동이 연이어 있어 규모가 컸고, 넓은 광장에는 지프차, 트럭, 덤프트럭, 불도저 같은 차들이 멎어 있고 파란 모자를 쓴 사람들이 웅성거려 활기에 차 보였다. 다행히 김훈이를 알고 있는 사람을 단박에 만날 수 있었다. 몇십 리 밖 현장에 나가 있지만 곧 돌아올 시간이니 기다려 보라고 했다. 저녁때라 트럭이 현장으로부터 파란 모자에 작업복을 입은 사람들을 가득 실어다간 너른 마당에 쏟아 놓았다. 먼지를 뽀얗게 쓴 사람들

이 앞개울에서 세수 먼저 하곤 곧장 식당이라 쓴 곳으로 들어갔다.

저만치 한여름의 옥수수밭이 짙푸르고, 마을의 집들은 온통 약속이나 한 듯이 주황 아니면 빨간 지붕을 이고 있었다. 나는 이런 독한 원색의 대결에 피로감과 혐오감을 함께 느꼈다. 그러나 첩첩한 산들은 전나무가 무성하고 저 멀리 오대산의 산봉우리들은 웅장했고, 곳곳에 맑은 시냇물이 흐르고 있어 그 소리가 귀에 상쾌했다.

이제나저제나 훈이를 실은 차가 들어오기만을 기다리는데 전연 훈이 같지 않은 젊은이가 나에게 "고모" 하면서 다가왔다. 훈이는 그 동안 몰라보게 살이 빠진 데다가 머리와 눈썹이 뽀얗게 보일 만큼 흙먼지를 뒤집어쓰고 있어 못 알아봤던 것이다. 나는 훈이를 확인하자 반가움과 노여움이 뒤죽박죽된 격정*으로 목이 메었다.

"망할 녀석, 이렇게 잘 있으면서 어쩌면 엽서 한 장이 없니?"

훈이는 아무런 대꾸도 안 하고 앞장서서 개울로 갔다. 세수를 하곤 꽁무니에서 꾀죄죄한 타월을 떼다가 얼굴을 북북 문질렀다. 타월에서 너무 역한 쉰내가 나서 나는 얼굴을 찡그렸다. 훈이가 뜻 모를 웃음을 희미하게 웃었다. 이제야 제 살갗을 드러낸 얼굴은 옹기.그릇처럼 암갈색의 광택이 났고, 드러난 이빨만

이 징그럽도록 선명하게 희었다.

　"어디로 좀 가자꾸나."

　"주임한테 얘기하고─."

　"아직도 퇴근 시간 안 됐니? 일곱 시가 넘었는데."

　"밤일도 있어."

　"뭐 밤에도 측량을 다녀?"

　"밤일은 측량이 아니라 제도(製圖)*야."

　그러고는 터벅터벅 사무실로 들어갔다. 한참만에 나오더니 말 없이 앞장을 섰다.

　"저녁을 어디서 먹는다지? 네 하숙집에 가서 닭이나 한 마리 잡아 달래 먹으면 안 될까?"

　"진부까지 나가서 먹지 뭐."

　"진부에 특별히 음식 잘하는 집이라도 있니?"

　"아뇨, 그냥 진부까지 나가 보고파서."

　할 수 없이 다시 진부로 나왔다. 손바닥만한 진부의 야경에 훈이가 사뭇 휘황*해 하고 흥분까지 하고 있다는 걸 알 수 있었다.

　"너는 이까짓 데도 자주 나와 보지 못한 게로구나. 낮에 보니 너희 회사 사람들이 널렸더라만."

　"그런 사람들은 기술직이 아냐. 관리직이나 그 밖에도 빈들댈 수 있는 직종이야 수두룩하니까."

"그까짓 공사판에도—."

"네, 그까짓 공사판에도요."

녀석이 갑자기 씹어뱉듯이 말했다. 그리곤 말없이 불고깃집으로 들어갔다. 한증막처럼 후텁지근한 속 여기저기서 지글대는 고기 냄새에 나는 구역질을 느꼈다. 그러나 훈이는 땀을 뻘뻘 흘리면서 무섭게 먹어댔다. 식성이 까다롭고 소식이던 훈이로만 알고 있던 나는 무참한 느낌으로 이런 왕성한 식욕을 지켜봤다.

"하숙집 식사가 안 좋은가 보지."

"하숙집에선 잠만 자고 식사는 회사 식당에서 하는걸."

"그래, 그럼 식사는 거저겠네?"

"거저가 뭐야, 봉급에서 꼬박꼬박 제해."

"봉급은 얼마나 받는데?"

실상은 가장 궁금했던 걸 이제서야 자연스럽게 물었다.

"거진 한 삼만 원 되지만 식비 빼고 하숙비 주고 나면 몇천 원 떨어질까 말까야. 가끔 소주 파티에 빠질 수도 없고, 그 재미도 없인 정말 못 참아내겠는걸 뭐. 집에다 돈 부쳐 달란 소리 안 하는 것만도 내 딴엔 큰 안간힘이라구."

"그래 회사 식당 식사가 먹을 만하니?"

"기똥차지, 기똥차. 그거 얻어먹고 폴대 메고 하루 몇십 리씩

산골을 누비는 나도 기똥차구."

말 안 해도 그 지칠 줄 모르는 식욕과 게걸스러운 먹음새만 봐도 알 만했다.

"하여튼 짜식들 사람 부리는 솜씨 또한 기똥차게 악랄하다구. 아침 일곱 시서부터 폴대 메고 헤맬 데 안 헤맬 데 다 헤매다 기진맥진 돌아온 놈에게 그 지독한 저녁을 멕이곤 또 밤일을 시켜가면서도 주임에, 과장에, 소장이 번갈아 가며 연방 공갈*을 친다구. 뭐 우리 공구의 공사 진척이 제일 늦는다나. 하루 공사가 늦으면 어느 만큼 회사에 손해를 끼친다는 기맥힌 계산을 그분들한테 들으면 봉급이 적다든가 식사가 형편없다든가 하는 불평은커녕 회사에 큰 손해를 끼치고 있는 죄인이란 생각이 먼저 들어 기를 못 펴게 되니 더러워서……."

엄청난 양의 불고기를 먹어치운 훈이는 커피도 먹고 싶다고 다방엘 가자고 했다. 다방에서는 Y건설 패거리가 텔레비전을 둘러싼 앞자리에 앉아서 마담에 레지까지 불러다가 잡담을 하고 있었다. 훈이도 그 중 몇과는 인사를 나누었으나 가서 끼지는 않았다. 잔뜩 찡그리고 커피를 홀짝 들이켜더니 오나가나 저 치들 꼴 보기 싫어 기분 잡친다고 빨리 가자고 했다.

훈이의 하숙방은 협소하고* 더러웠다. 벗어만 놓고 빨지 않은 옷가지들이 여기저기 걸레 뭉치처럼 쌓여 가지곤 시척지근하고

도* 고릿한 야릇한 악취를 풍겼다. 그러나 워커를 벗어던진 훈이의 발에서 풍기는 악취에다 대면 아무것도 아니었다. 사람이 빨래 안 하고 청소 안 하면 돼지만도 못한 것 같았다.

"좀 씻고 자렴."

그러나 씻기는커녕 옷도 안 벗은 채 아무렇게나 쓰러지더니 코를 골기 시작했다. 나는 나 누울 곳을 마련하기 위해서도 방을 대강 치워야 했다. 썩은 내 나는 옷가지 사이엔 소주병, 고등어 통조림 먹다 남은 것, 깡 종류의 과자 부스러기 등이 숨어 있어 악취를 더해 주고 있었다. 활자로 된 거라곤 흔한 주간지 하나 없는 황폐한 방구석이 이 녀석의 황폐한 내부를 들여다보는 것 같아 내 마음은 암담했다.*

더위와 악취와 이 생각 저 생각으로 한잠도 못 잔 나는 주인 여자가 일어난 기척을 듣고 따라 일어나 그 동안 신세가 많았다고 치하도 하고 자기 소개도 했다. 주인 여자는 시골 여자답지 않게 냉담하고* 도도하게 "신세진 거 하나도 없습니다" 했다. 같은 말이라도 아 다르고 어 다르다고 이건 겸사*의 말이 아닌, 돈 받고 하숙 치는 관계일 뿐 신세를 주고받는 관계가 아님을 강조하는 말투였다.

나는 더욱 훈이가 안쓰러워지면서 자꾸 마음이 약해지고 있었다. 우선 산더미 같은 빨래를 개울로 날랐다. 비누가 없어 한길

가 잡화상*엘 갔더니 생소한 메이커 제품인 생선 비린내가 역한 비누가 한 장에 백 원씩이나 했다. 비누를 사 가지고 와서도 나는 선뜻 빨랫거리를 물에 담그지를 못했다.

훈이가 나를 따라 서울로 가겠다고 할 것은 뻔하고 그렇게 되면 젖은 빨래는 곤란할 것 같아서였다. 실상 나는 그렇게 되길 바라고 있었다. 이대로 나만 떠날 수는 도저히 없었다.

어느 틈에 칫솔을 문 훈이가 내 곁에 와 서 있었다.

"고모, 왜 그러고 있어. 빨래가 너무 많아 질린 게지. 대강 땟국이나 빼."

"애야, 이놈의 고장 참 고약하더라. 글쎄 이 거지 같은 빨랫비누가 백 원이란다."

"고모도, 소주값이 얼만 줄 알면 더 놀랄걸."

"녀석도 제가 언제적 모주꾼*이라고. 근데 산골 인심이 어째 이 모양이냐."

"관광 붐 때문일 거야. 바로 여기가 오대산 월정사 입구거든. 우리가 뚫는 영동고속도로 인터체인지도 이곳에 생길 테고, 돈맛들이 들 대로 들어서 서울놈 돈 긁어 먹으려고 눈에 핏발이 섰다니까. 글쎄 이 옥수수 고장에서 여지껏 옥수수 한 자루를 못 얻어먹어 봤다면 말 다했지 뭐. 돈 주고 사먹으려면야 먹어 봤겠지만 나도 오기가 있다구, 안 사먹어. 고모, 나 오늘 농땡이

부리고 말 테니까, 월정사 구경시켜 줄래? 주임은 고모 온 거 아
니까 한번 사바사바*해 볼게."

그러곤 꽁무니에 찼던 타월까지 내 빨랫거리에 휙 던져 보태
고는 부리나케 현장 사무소 쪽으로 갔다. 이내 옥수수밭에 가려
서 모습이 안 보였다. 참 옥수수도 많은 고장이었다. 그러나 훈
이가 그거 하나 여직껏 못 얻어먹었다고 생각하니 부아가 부글
부글 치솟는 걸 느꼈다.

나는 개울물을 돌로 막고 빨래를 담갔다. 빨래를 하면서 보니
내복과 이불 호청에는 이까지 들끓고 있었다. 세상에 요즈음은
아무리 구더기 밑살같이 사는 집구석이기로서니 이는 없이 살
건만 이게 웬일일까. 나는 형편없는 식사와 중노동을 악으로 버
틴 훈이를 뜯어먹은 이를 지겹게 눌러 죽이다 못해 한동안 멍하
니 앉아 있었다.

"농땡이 잘 안 되겠는데, 고모."

풀이 죽어 돌아온 훈이의 말이었다.

"그까짓 농땡이칠 거 없다. 같이 가자 서울로. 몸이나 성할 때
일찌거니 집어치는 게 낫겠다."

"그건 싫어."

"왜 싫어?"

훈이의 싫다는 대답을 나는 전연 예기치 못했으므로 당황할밖

에 없었다.

"나는 더 비참해지고 싶어. 그래서 고모나 할머니가 철석같이 믿고 있는 기술이니 정직이니 근면이니 하는 것이 결국엔 어떤 보상이 되어 돌아오나를 똑똑히 확인하고 싶어. 그리고 그걸 고모나 할머니에게 보여주고 싶어."

"그걸 우리에게 보여서 어쩌겠다는 거야? 그걸로 우리에게 복수라도 하겠다 이 말이냐?"

나는 훈이 말에 무서움증 같은 걸 느꼈기 때문에 흥분해서 악을 쓰며 덤벼들었다.

"고모, 그렇게 흥분하지 말아. 나는 다만 고모가 꾸미고, 고모가 애써 된 이 일의 파국*을 통해서 고모와 할머니로부터, 그리고 이 나라로부터 순조롭게 놓여날 수 있기를 바라고 있을 뿐이야. 그렇지만 고모, 오해는 마. 내가 파국을 재촉하고 있다고 생각하지는 마. 나는 내 나름으로 이곳에서의 일에 최선을 다하고 있어. 그러노라면 누가 알아, 일이 고모의 당초 계획대로 잘 풀릴지……. 나도 어느 만큼은 그쪽도 원하고 있어. 파국만을 원하고 있는 게 아냐."

"그래 참, 잘될 수도 있을 거야. 잘될 여지는 아직도 충분히 있고말고."

나는 별안간 잘될 가능성에 강한 집착을 느끼며 태도를 표변

했다.

"그렇지만 고모, 잘되게 하려고 너무 급하게 굴진 마. 와이로로 쓰고 빌붙고 하느라 돈 없애고 자존심 상하고 하지 말란 말야. 여기 와 보니 육 개월만 기다리라는 임시직 신세로 삼사 년을 현장으로만 굴러 다니는 친구가 수두룩해. 임시직에겐 봉급 조금 주고, 일요일도 없이 부려먹고, 책임은 없고, 얼마나 좋아, 회사측으로선 훌륭한 경영 합리화지."

훈이는 버스 정류장까지 나를 배웅했다. 진부까지 나가는 완행 버스는 좀처럼 오지 않았다. 그 동안 나는 뭔가 훈이에게 이야기해야 될 것 같은 심한 압박감을 느꼈다. 나는 내가 여기까지 오는 동안 길이 나빠 얼마나 고생을 하고 시간을 많이 잡아 먹었나를 과장해서 들려주면서 고속도로가 뚫리면 서울서 강릉까지가 얼마나 가까워지고 편안해지겠느냐, 너는 이런 국토 건설 사업에 이바지하고 있는 걸 자랑으로 삼아야 한다고 이야기했다.

녀석이 구역질 같은 소리로 "웃기네" 했다. 때마침 바캉스 시즌이라 자가용이 연이어 강릉으로, 월정사로 달리면서 우리에게 흙먼지를 뒤집어씌웠다. 훈이도 한몫 참여한 영동고속도로가 개통되면 더 많은 자가용과 관광 버스가 그 위에서 쾌속을 즐기겠지. 훈이도 그 생각을 하면서 "웃기네" 했을 생각을 하고

나는 내가 한 말에 심한 부끄러움을 느꼈다.

드디어 버스가 오고 나는 그것을 혼자서 탔다. 나는 훈이에게 몇 번이나 돌아가라고 손짓했으나 훈이는 시골 버스가 떠나기까지의 그 지루한 동안을 워커에 뿌리라도 내린 듯이 꼼짝 않고 서 있었다. 나는 그게 보기 싫어 먼 딴 데를 바라보았다. 논의 벼는 비단폭처럼 선연하게 푸르고, 옥수수밭은 비로드처럼 부드럽게 푸르고, 먼 오대산의 연봉의 기상은 웅장하고, 오대산에서 흘러내린 맑은 물이 도처*에서 내와 개울을 이루고 있다. 아름다운 고장이다. 이 땅 어디메고 아름답지 않은 곳이 있으랴?

그러나 아직도 얼마나 뿌리내리기 힘든 고장인가.

훈이가 젖먹이일 적, 그때 그 지랄 같은 전쟁이 지나가면서 이 나라 온 땅이 불모화해 사람들의 삶이 뿌리를 송두리째 뽑아 던져지는 걸 본 나이기에, 지레 겁을 먹고 훈이를 이 땅에 뿌리내리기 쉬운 가장 무난한 품종으로 키우는 데까지 신경을 써 가며 키웠다. 그런데 그게 빗나가고 만 것을 나는 자인*했다. 뭐가 잘못된 것일까. 나는 가슴이 답답해서 절로 한숨을 쉬었다. 그러나 후회는 아니었다. 훈이를 키우는 일을 지금부터 다시 시작할 수 있다면 이러이러하게 키우리라는 새로운 방도를 전연 알고 있지 못하니, 후회라기보다는 혼란이었다.

무엇이든 쓸 수 있을 것 같은, 이른바 소설가의 눈을 가졌다는 자신에 차 있었음에도 그녀는 수삼 년내 두어 편의 단편소설을 발표했을 뿐이고 처참한 실패보다 오히려 작은 성공을 더 두려워한다는 생각에도 불구하고 그 소설들은 성공이나 실패를 뜻하는 어떤 작은 예시를 드러냄이 없이 사라져 버렸다. 그러나 미련이나 아쉬움은 없었다. 그것은 큰 작품을 쓰기 위한 작은 시도에 불과했을 뿐이니까.

야회

오정희(吳貞姬, 1946~)

서울에서 태어나 서라벌예술대학을 졸업했다. 1968년 「완구점 여인」이 중앙일보 신춘문예에 당선되어 작품 활동을 시작했다. 대표작으로 「저녁의 게임」「중국인 거리」 등이 있다.

야회*

　어두워진다는 느낌이 마루의 벽시계 소리에 귀를 기울이게 한 것인지, 벽시계 소리에 어둠을 감지*한 것인지는 확실치 않았다. 평소 시계 치는 소리를 일일이 헤아려 듣는 버릇이 없었기 때문이었다. 책상을 디딤틀 삼아 올라서서 천반자*를 자르던 명혜는 여섯 번째 종소리가 끝나는 것과 동시에 책상에서 내려와 풀 빗자루를 대야에 넣었다.

　어느새 어둠의 그늘이 집 안에 눅눅히 밀려와 덧문을 열어 놓은 창문께에만 잔양*이 머물러 금빛으로 밝았다.

　두 아이는 마루에서 턱을 쳐들고 앉아 텔레비전을 보고 있었다.

　"불을 켜라."

　순간 오두마니* 앉아 있는 두 아이가 어슴푸레한* 빛 속으로 천천히 사라지는 듯한 느낌에 명혜는 저도 모르게 다급히 소리쳤다. 엄마의 목소리에서 신경질적인 기미를 읽었던가, 힐끗 한 번 쳐다본 윤재가 말없이 일어나 까치발*로 서서 벽의 스위치를 올렸다.

　허리를 두드리고 뻣뻣한 목을 두어 번 돌려 보던 몸짓 그대로 명혜는 신문지, 도배지, 풀이 든 대야 따위로 어수선한 방바닥을 훑어보며 마저 일을 마칠까, 그대로 둘까 잠깐 망설였다. 벽은 그런 대로 도배가 되었지만 천반자는 아직 삼분의 일쯤 남아 있었다. 굳어지는 풀이야 다시 물을 섞어 풀어 쓴다 해도 내

일 새로이 일판을 벌일 것이 번거로웠다.

　김 원장 집에서 정한 시간은 여섯 시 반이었다. 지금부터 서둘러 아이들 옷 갈아입히고 외출 차비를 하자면 일곱 시에 닿기도 힘이 들 것이다. 명혜는 어수선하게 벌인 일을 마치지 못하고 스산해지기* 시작하는 초저녁, 아이들까지 이끌고 나선다는 것이 그닥 내키는 일은 아니었으나 못 간다는 전갈을 하기에도 늦은 시간이라고 생각했다. 퇴근하는 길로 곧장 가겠다던 길모는 벌써 가 있을지도 몰랐고 안주인은 이미 그네 가족의 식사 준비를 마쳤을 것이다. 일껏 청해 놓은 손님의 자리가 비었을 때의 안주인의 낭패*감을 명혜는 잘 알고 있었다. 그러면서도 명혜는 며칠 전 길모가, 김 원장이 저녁 식사를 함께 하자더군, 당신도 꼭 와야 한대, 했을 때 단박, 그 사람이 왜 우릴? 하고 반문*한 것처럼 아직 초대의 의미를 알 수 없었다. 대개의 사람들이 안다면 알고 모른다면 모를, 혈연과 지연과 학연으로 애매히게 얽혀 있는 작은 지방 도시에서 굳이 줄을 찾아 고등학교 선배라는 데 이어 본다 해도 그것이 특별한 관계가 될 수는 없었다. 해마다 연말이면 명혜는 길모의 모교이기도 한 이 도시 유수*의 고등학교 동창회장 직함으로 김 원장의 이름이 적힌 금박의 연하장을 받았을 뿐이었다.

　불을 켜자 도배지의 꽃들이 뭉텅뭉텅 쏟아지듯 눈에 들어왔

다. 좁은 방은 덩이덩이 만개한* 붉은 꽃덩이로 분통같이* 화사했다.

"이게 상여집이야? 무당집이야?"

기겁을 할 길모의 목소리가 들리는 듯했다.—요즘엔 거의 무지(無地)*에 가까울 정도로 무늬가 드러나지 않는 벽지를 씁니다. 고급 주택일수록 그렇지요. 색상이 세련되고 고상하고 무늬 맞출 필요가 없어 일이 쉬운 데다 내구성*과 내습성*이 강하고— 볼품 있고 실용적인 고급 벽지의 견본 책을 펼쳐 보이던 지물포* 주인은 명혜가 구석에서 비닐도 씌우지 않은 채 먼지를 뒤집어쓰고 있던 꽃무늬 벽지를 뒤적거리자 떠름한* 표정을 지었다. 더 고를 생각이 없어진 건 그 도배지에 찍힌, 손바닥 두 배 크기의 꽃자줏빛 꽃을 보자 어쩌면 모란이 뚝, 뚝, 하는 시 구절을 떠올렸기 때문인지도 몰랐다. 어릴 적, 고리짝* 안쪽에 붙이거나 간이 옷궤*로 쓰기 위해 사과 궤짝에 붙이던 것과 비슷한 도배지에서 어떤 향수를 느꼈기 때문이 아닐까 하는 것은 정작 벽과 천장 치수에 맞춰 자르면서 뒤늦게 해본 생각이었다.

정말 꽃들이 뚝 뚝 소리내며 떨어져 내리듯 무늬는 크고 빛은 짙었다. 나는 왜 이렇게 실제적이 못 될까, 명혜는 방 안을 둘러보며 한숨을 쉬었다. 성질이 꼼꼼하고 어수선한 것을 못 참는 길모는 다른 도배지로 바꿔 새로이 도배를 하려 들 게 뻔했다.

발 딛는 곳마다 풀기로 끈적거리고 종이가 묻어났다. 명혜는 방바닥에 널린 물건들을 발에 걸리지만 않게끔 한옆으로 밀어 놓고 목욕탕으로 나와 손을 씻었다. 그리고 세면기에 한쪽 다리를 걸쳐 먼지와 물기와 종이 조각들이 더께*로 엉겨 끈적거리는 발을 닦으며 창 밖을 내다보았다. 빤히 바라다뵈는 나지막한 산의 왼쪽 자락을 뒤덮은 숲은 눅눅한 산그늘에 잠기고 있었다. 마치 상록수와 관목*의 생태를 연구하기 위한 의도로 조림*을 한 듯 왼쪽의 소나무 숲과는 달리 산의 오른쪽 자락은 떨기나무 숲이어서 잎이 지는 계절이면 헐벗은 나무 사이로 산등성이 뒤를 감아 흐르는 강물은 한층 파랗게 보였다. 해질녘이면 강으로부터 소나무 숲으로 길게 선을 그으며 날아가던 흰 새의 모습은 보이지 않았다. 오후 다섯 시와 여섯 시 사이의—그것은 명혜가 인생에 대한 어떤 막연한 느낌을 갖는 시간이기도 했다—한없이 느린 흐름과 불투명한 긴상 속을 흰 새는 아직 햇빛이 흐르는 강으로부터 그늘에 잠기는 숲을 향해 날개를 퍼득이며 천천히 날아가곤 했다.

명혜가 그 새를 발견한 것은 오래 전이었다. 그날 명혜는 부엌 선반에 얹어 놓은 작은 노트에 '오후 다섯 시와 여섯 시 사이, 흰 새는 강에서 숲으로 간다'라고 적어 넣었다. 명혜에게는 흔히 요리책이나 마른 행주 따위를 얹어 놓는 부엌의 선반에 노트와

볼펜을 준비해 두는 버릇이 있었다. 가족들의 식사 준비를 하며 무심히 내다보는 바깥 풍경이, 해가 지고 밤이 되기까지의 외로움과 적막감이 그녀의 내부에 무언가 불러일으키는 힘이 되리라는 기대로. 새는 아마 그보다 더 오래 전부터 강과 숲 사이를 날아다녔음에 틀림없었다. 무심히 내다보는 눈길에 서리처럼 얹히던 흰빛의 잔상(殘像)*을 명혜는 기억할 수 있었다. 그 노트는 그 밖에도 여러 가지 조그만 느낌들로 채워져 있었다. 까마득히 높이 맨 한가닥 줄이 어느 광야보다도 드넓었던 곡예사를 어느 날 갑자기 줄에서 밀어 떨어뜨린 것은 무엇이었을까, 그 여자는 왜 눈에 보이지 않게 서서히 미쳐 갔던가 따위. 그리고 그것을 쓸 당시, 그토록 깊은 암시와 적절한 비유, 높은 상징이라고 여겼을 몇몇은 이제 무슨 동기로 왜 썼는지조차 잊혀진 채 의미 없는 기호로 바래지고 있었다.

옷을 갈아입으려고 안방문을 열던 명혜는 아차 싶었다. 외출복이 든 장롱은 방의 안쪽에 있고 방바닥은 낮에 덧칠한 니스가 마르지 않아 엿물처럼 끈적거렸던 것이다. 진작 외출복부터 꺼내 놓을 것에 생각이 미치지 않았던 게 불찰*이었다. 입고 있는 감색 원피스는 아랫단에 풀자국이 허옇게 남아 있었다. 이렇게까지 하면서 굳이 외출할 필요가 있는가를 자문*하면서도 명혜는 풀자국을 손으로 비벼 털고 물걸레로 문질러 눈가림을 하고

는 집을 나섰다.

길모가 꼼꼼히 그려 준 약도를 짚어 가지 않아도 김 원장의 집은 쉬 찾을 수 있었다. 시청 국장 관사* 맞은편 집이요, 정원이 넓고 이층집 전체가 등나무로 뒤덮여 있어 쉽게 찾을 수 있을 거요. 약도를 그리며 길모는 말했었다. 길모의 설명이 아니더라도 명혜는 그 집을 잘 알고 있었다. 관사촌으로 불리우는, 비교적 고급 주택지로 알려진 그 동네는 도시를 이루는 몇 개의 구릉* 중 가장 늦게까지 밝은 햇빛 속에 남아 있는 언덕에 위치하고 김 원장의 집은 또한 그 집이 갖는 특징 때문에 눈길을 끄는, 이 도시에서 몇 안 되는 집 중의 하나였다. 이태 전 겨울, 얼음판에서 썰매를 타다 발목을 삔 윤재를 업고 용하다는 침술원을 찾아가던 길에 그 집 앞을 지나친 적이 있었다. 길눈이 유난히 어두운 명혜를 위해 동행해 준 이웃집 여자는, 언덕 위에 이르러 너른 뜨락 안쪽 깊숙이 넝그라니* 서 있는 이층집을 가리키며 나지막이 소곤거렸다.

"중앙동에 김외과 병원 있지요? 그 병원 원장 댁이에요."

명혜는 그녀의, 남의 귀를 조심하는 듯 은밀한 목소리의 수상쩍은 여운에 의아해 하며 붉은 벽돌의 이층집을 바라보았다. 폭의 너비가 다른 두 개의 상자를 포개 얹은 듯한 집은 크고 견고해* 보였으나 집을 지은 이의 뜻이나 애정 따위는 아무 곳에도

나타나 있지 않은, 큰 규모의 바라크* 같은 인상을 주었다. 잎을 모조리 떨군 회색빛 등나무 줄기들이 위장망*처럼 빈틈없이 전면(前面)을 얽고 있어 그런 느낌이 든 건지도 몰랐다. 이층의 테라스에도 눈에 젖은 낙엽이 수북이 깔려 있었다.

"가을이나 겨울에는 볼품이 없지만 여름엔 굉장해요. 등꽃 향기도 그렇지만 온 집을 뒤덮는 이파리들이 장관이에요. 그래서 녹색의 장원*이라고 하기도 해요."

명혜는 거칠고 황량한, 아니 거의 추악한 느낌을 주는 철저히 장식 없는 스타일의 낡은 이층집이 등나무 이파리에 가리워 장원으로 변하는 모습을 잠깐 떠올려 보았다.

"벌레가 굉장히 끓겠네."

명혜는 진저리치는 것으로 이웃집 여자의 외경*과 선망*을 묵살했다. 명혜는 칠십 년이 되었다든가 하는 오래된 붉은 벽돌 건물에서 중고등학교 과정을 마쳤다. 박공*이 여럿 있는 서양풍의 교사(校舍)*는 빈틈없이 담쟁이 덩굴에 뒤덮여 있어 한여름에도 창문 열기가 꺼려졌었다. 송충이들이 끊임없이 창틀을 타고 교실로 기어들었기 때문이었다. 멀리서 보면 담쟁이에 뒤덮인 교사는 번들거리는 비늘이 입혀진 거대한 파충류 같았다. 바람이 불어 나뭇잎이 흔들릴 때면 명혜는 아, 거대한 파충류의 동물이 꿈틀대고 있구나, 비늘을 털고 있구나 중얼거리곤 했다.

　택시는 국민학교의 담을 끼고 잘 포장된 완만한 비탈길을 올라가 언덕 막바지에 이르러 멈춰섰다.

　아직 지지 않은 등나무 이파리에 둘린 집의 형체를 확인하고서도 명혜는 벨을 누를 엄두를 못 내고 멈칫거렸다. 초대를 한 주인 부부 중 어느 쪽도 알지 못한다는 것이, 안에서부터 들려오는, 전혀 예기치 않는 왁자지껄한 사람들의 말소리와 밝은 불빛이 순간적으로 되돌아갈까 하는 충동을 불러일으켰다. 차 멎는 소리를 들었던가, 반쯤 열린 대문으로부터 젊은 여자가 나왔다.

　"아유, 어서 오세요."

　손을 하나씩 나누어 꽉 잡고 있는 아이들과 명혜를 재빨리 훑어보는 눈길에 누구시더라, 하는 물음이 있었다.

　"저, 이길모 교수의⋯⋯."

　자신을 말해야 하는 면구스러움*에 명혜의 일굴이 붉어졌다.

　"아, 그러시군요. 와주셔서 고마워요. 제가 이 집 안주인이랍니다. 뵙게 되어서 기뻐요, 애기들도⋯⋯."

　안주인이 스스럼없이 웃으며 윤재와 명희의 뺨을 가볍게 두드렸다. 그녀는 조금 쌀살한 날씨인데도 목이 많이 파인 얇은 천의 드레스를 입고 있었다. 명혜는 장신구로 치장하지 않은 그녀의 희고 매끈한 목이 아름답다고 생각하고 이어 그녀가 아이를

낳은 적이 없는, 김 원장과는 스무 살이나 차이가 지는 젊은 후
취*댁이라는 것을 떠올렸다. 정원은 밖에서 짐작하기보다 훨씬
넓었다. 담을 따라 드문드문 서 있는 수은등 외에도 정원수 가
지에 임시로 가설한 여러 가닥의 전깃줄에 백열등이 빛을 뿜고
있어 은성*하고 따뜻한 느낌을 주었다. 시간이 늦은 탓도 있지
만 사람들은 벌써 꽤 많이 와 있었다. 명혜가 생각했던 조촐한
저녁 식사 자리는 아니었다.

"집 찾는 데 애쓰지 않으셨어요?"

"국장 관사 앞이라니까 두 번 말할 것도 없이 바로 앞에서 내
려주더군요."

"산이 커야 그늘도 크다고, 이럴 때 유명한 사람 덕을 보는군
요."

안주인은 정원 가운데 놓인 커다란 둥근 탁자로 명혜를 안내
했다.

"우리 주인이에요."

생맥주를 뽑고 있던, 머리가 희끗희끗하고 풍신*이 좋은 김
원장은 함빡 웃으며 손을 내밀었다. 부드럽고 따뜻한 손에 스칠
듯 손을 대었다 내리며 명혜는 너그럽고 온화한 인상이라고 생
각했다. 밖에서 차 소리가 나자 안주인은 잠깐, 하는 시늉으로
고개를 끄덕여 보이고는 종종걸음으로 대문을 향했다.

"아유, 어서 오세요, 사모님은 안 오세요? 집 찾는 데 애쓰지 않으셨어요?"

정원에는 가운데의, 흰 보를 씌우고 음식을 차린 큰 탁자 외에도 군데군데 술과 안주, 컵들이 놓인 작은 탁자들이 있었다. 한쪽 구석에 설치된 화덕*에서는 고기가 구워지고 있었다. 포개 얹은 흰 사기 접시와 유리컵들은 정결하게 반짝이고 깊어 가는 어둠으로 불빛은 한층 화려해졌다. 탁자 주위로 모여드는 사람들은 저마다 제 그림자를 잔디 위에 혹은 담벽에 길게 이끌고 있어 실제보다 더 많은 수의 사람들이 움직이는 것 같았다. 유쾌한 웃음 소리, 분주한 몸짓, 떠들썩하게 나누는 인사로 일렁이는 속에 홀로 남겨진 명혜는 어디엔가 섞여 있을 길모를 찾아 두리번거렸다. 한번쯤 본 듯한, 그러나 전혀 초면임이 분명한 얼굴들이 망막*을 스쳐 갔다. 낯선 분위기에 얼떨떨해진 윤재와 명희는 불안스레 명혜의 옷자락을 잡은 채 떨어지지 않았다.

탁자를 등지고 서서, 바바리 코트를 입고 있는 비대한 중년 남자와 이야기하고 있는 길모는 꺼칠하고 낯설어 보였다. 명혜는 집 밖의, 전혀 우연한 장소에서 가족을 볼 때의 슬픔과 순간적으로 외면하고 싶은 감정을 예외없이 맛보며 이마를 찡그렸다. 언젠가 번잡한* 거리에서 뜻하지 않게 길모와 맞닥뜨렸을 때도 명혜는 그가 그녀를 발견하기 전 재빨리 고개를 숙이고 지나쳐

버린 적이 있었다.

빈 컵을 놓으려고 돌아서던 길모는 그제야 명혜를 발견하고, 왔어? 하는 표정으로 어색하게 웃었다. 그리고는 함께 이야기하던 바바리 코트의 남자에게 명혜를 소개했다.

"어이구, 반갑습니다. 사모님이 소설을 쓰신다는 얘기는 들었습니다."

길모와 같은 대학에 재직하고 있다는 정 교수는 입을 함빡 벌리고 아하, 입김을 내뿜듯 소리 없이 웃었다. 그 웃음이 그를 턱없이 호인*으로 보이게 했다.

명혜는 이마에 와닿는 불빛을 피해 슬몃 고개를 돌렸다. 불빛이, 거미줄처럼 가늘게 얽힌 주름살과 화장기 없이 거친 피부를 여지없이 드러내리라는, 그래서 길모가 젊지도 아름답지도 않은 아내를 초라하게 여길 듯한 생각이 들었던 것이다.

"요즘도 소설, 열심히 쓰십니까? 이 교수는 소설가 부인을 두었으니 외조*를 많이 해야 되겠소."

그가 또 아하 웃으며 명혜와 길모에게 동시에 말했다.

"아, 네, 뭐 그저……"

명혜는 맞쥔 손을 비틀며 뜻없는 말을 우물거렸다.

몇 해 전 일간지 소설 현상공모에서 당선 없는 가작을 한 후부터 명혜는 아는 사람 사이에서는 소설가라는 호칭으로 불리워

졌다. 가작 당선자가 만삭의 임부였다는 것은 짧은 기사 속의 작은 화제가 되기도 했다. 당선작의 반액이었지만 명혜에게는 꽤 큰 돈이었던 상금으로 그녀는 길모의 새 양복을 맞추어 사철을 견디는 단벌 옷을 벗기고, 막 태어나려는 윤재를 위해 늘 부럽게 바라보며 지나치던 예쁜 요람을 샀다. 그리고 자신의 몫으로는 목공소에서 튼튼하고 커다란 책상을 샀다. 그것은 즐거운 추억이었다.

그 뒤로 사람들은 으레 그래야 할 것처럼 ─ 이제는 점점 빈도가 드물어지는 것이긴 했으나 ─ 요즘도 소설 쓰세요? 뭘 쓰고 계세요? 하고 물어 왔다. 그때마다 명혜는 그렇다고도 아니라고도, 어쩌면 상대방의 생각대로 해석될 수 있는 여지를 남기며 애매하게 웃거나 말꼬리를 흐렸으나 손에는 찬 땀이 흘렀다. 무엇이든 쓸 수 있을 것 같은, 이른바 소설가의 눈을 가졌다는 자신에 차 있었음에도 그녀는 수삼 년내 누어 편의 단편소설을 발표했을 뿐이고 처참한 실패보다 오히려 작은 성공을 더 두려워한다는 생각에도 불구하고 그 소설들은 성공이나 실패를 뜻하는 어떤 작은 예시를 드러냄이 없이 사라져 버렸다. 그러나 미련이나 아쉬움은 없었다. 그것은 큰 작품을 쓰기 위한 작은 시도에 불과했을 뿐이니까. 자신이 앞으로 써야 할 소설에 대해 생각할 때 인생은 깊은 암시와 은근한 풍자, 높은 상징으로 가

득 차 보였다.

　밤마다 명혜는 늦도록 불을 켜놓고 책상 앞에 앉아 스쳐 간 인상, 자신이 살아온, 그리고 살아갈, 또한 다른 사람들이 살아가는 내력과 얽힘을 더듬고 그것이 그 스스로의 활성*을 얻어 작용하여 생의 은유(隱喩)로서 형상화되기를 바라며 몇 자씩 쓰곤 했다. 그러나 흰 종이 위에서 인생은 보잘것 없는 일상의 연속이고 통속적인 흐름이었다. 흰 종이 위에서는 어떤 것도 유치하고 흔한 이야기가 되어 버렸다. 하지만 명혜는 밤마다 책상 앞에 앉는 일을 포기하지 않았다. 시력은 걷잡을 수 없이 나빠져 스탠드 등의 촉수를 자꾸 높이지 않으면 안 되었다. 아무리 촉수를 높여 바꿔 끼워도 눈은 침침하기만 했다. 그리고 뜨거운 백열등 불빛을 감당하지 못해 자꾸 눈물을 흘렸다.

　"도장 파는 거야? 영락없이 도장쟁이군."

　어느 날 밤 잠에서 깬 길모는 센 불빛에 눈을 뜨지 못하며 말했다. 그 뒤로도 길모는 종종 말했다. 도장 파? 농담을 모르는 길모에게 그 이상의 유머를 바란다는 것은 무리였다. 센 불빛에 눈물을 흘리며 명혜는 그 눈물을 자신의 울음으로 여기게 될까 봐, 그리고 그 울음이 누군가를 감동시키리라는 환상에 빠지게 될까 봐 두려워했다.

　"옛 희랍인*들도 담배 피우는 재미와 소설 읽는 재미만은 몰

랐으리라는 말을 대학 교양학부 시절에 듣고 그럴 듯하게 생각한 기억이 납니다."

눈썹이 짙고 호리호리한 젊은 남자가 파이프에 담배를 재워 꼭꼭 누르며 끼어들었다. 그는 갓 연수가 떨어져 이곳 지청에 발령받았노라고 자기 소개를 했다. 잠깐 길모와 정 교수, 젊은 검사 사이에 인사와 악수가 오갔다.

"원래 소설 같은 거하곤 거리가 멀어 놔서…… 허지만 뵙게 되어 영광입니다."

그는 가죽 담배 쌈지를 조심스럽게 여미어 주머니에 넣어 맛있게 담배를 한모금 빨았다.

"사고 조직이 다른 탓인지 소설보다는 오히려 논픽션 쪽을 읽게 되더군요."

나는 지나치게 솔직하다는 게 결점입니다, 하듯 젊은 검사는 천진하게 웃었다. 자기의 웃음의 효과를 충분히 알고 자신하는 사람의 웃음이었다.

명혜는 작은 노트에 적힌 흰 새의 이야기, 몇만 년 전의 지층 밑에 화석으로 남은 세 쪽이, 깊은 늦가을 밤, 인적 없는 광장에서 문득 부딪쳤던 검은 안경을 쓴 안마사, 그 안마사의 피리 소리 따위를 떠올리며 공연히 이마를 문질렀다.

"부지런히 써서 유명해지고 돈도 버십시오. 그래서 이 교수

보약 좀 먹이시고…… 그런 뜻으로 술 한잔 드리겠습니다."

정 교수가 또 사람 좋은 웃음을 아하 웃으며 맥주를 한 컵 가득 따라 내밀었다. 명혜는 탁자에 매달리는 윤재와 명희에게 주스 잔을 하나씩 들려 주고는 거품을 흘리지 않도록 조심하며 맥주를 마셨다. 예쁘고 포근한 요람을 마련하고 태어날 아기를 기다리는 건 확실히 행복한 일이었다. 그리고 또한 가끔 술을 마신다는 것도 과히 나쁘지 않았다. 길모가 없는 낮에 가끔 마시는 술은 때없이 날카로워지는 신경을 부드럽게 해주고 하찮은 일에서 자주 느끼게 되는 실패감과 거기에 따른 초조감이나 조바심에서 벗어날 수 있게 해주었다. 젊은 검사는 아이들의 주머니에 땅콩이며 건포도를 한줌씩 넣어 주었다. 주머니가 불룩해진 아이들은 명혜의 치맛자락을 놓고 어룽대는* 그림자들 사이로 뛰어다니기 시작했다. 그 동안에도 대문 밖에서는 계속 차소리가 들리고 사람들은 정원으로 들어섰다. 흰 앞치마를 두른 일보는 여자들은 종종걸음을 치며 그치지 않고 음식을 날랐다.

"술과 음식은 얼마든지 있으니 많이 드시고 즐겁게 노세요."

탁자마다 다니며 혹 미비한* 것이 없는가를 살피던 안주인은 친근하게 명혜의 팔을 잡아끌었다.

"사모님, 이쪽으로 오세요. 소개해 드릴 분들이 많이 있어요."

안주인이 데리고 간 곳은 한창 고기가 구워지고 있는 화덕 곁

이었다. 그쪽에도 역시 작은 탁자가 마련되어 있고 잔과 술병이
놓여 있었다. 열 몇 가까이 되어 보이는 여자들이 화덕 주위에
의자에 앉거나 서서 고기를 뒤적이며 익은 고기를 먹고 있었다.

명혜를 위해 까만 벨벳 투피스를 입은 뚱뚱한 여자가 자리를
만들어 주었다. 안주인이 소개하는 대로 명혜는 차례로 고개를
숙여 보였다.

"한치과 원장 사모님, 임 교수 사모님, 공예 연구가 남 여사,
화가 주 여사, 또 사모님, 사모님……."

대학생처럼 보이는 젊은 여자도 있고 오십 줄에 든 중년 여인
도 있었다.

"후래자 삼배(後來者三杯)라는데 우선 술 받으세요. 이건 미세
스 김이 우릴 위해 특별히 내온 거랍니다. 술 못 하시면 맥주를
드릴까? 허지만 이건 포도주니까……."

구력(球歷)* 6년의, 농호인(同好人) 테니스 내회에 주부 딤으
로 출전한 경력도 있어 게임 여사라고 불리운다는 은행 지점장
부인이 몸체가 둥근 양주병을 들어올리며 안주인을 향해 눈을
찡긋했다.

"저는 술 마시면 주사(酒邪)*가 있어서……."

명혜의 말에 그네들 사이에 잠깐 웃음이 일었다.

"폭력만 안 쓰면 괜찮아요."

"고약한 버릇이…… 술만 취하면 울어 버린답니다."

"술 한잔 먹고 우는 건 애교예요."

"모시고 갈 바깥양반들도 계시니 얼마든지 취해 보는 것도 즐거운 일이 아닌가요?"

안주인이 목이 긴 잔에 호박빛 술을 따라 돌렸다. 메마른 입에 향기가 강한 술은 뜨겁고 쓰게 느껴졌다. 그 쓴맛을 지우기 위해 명혜는 남은 술을 단숨에 마셔 버렸다.

"살 빼는 일이 생각보다 쉽지 않더군요. 코트에서 날더러 날으는 삼겹살이라고 한다나요."

"내가 처음 테니스 시작했을 때는 뒤에서 날으는 돼지라고 수군거렸다는데 그것보다 더 지독하군요."

라켓을 들고 뒤뚱거리는 뚱뚱한 여자를 떠올리며 여자들은 킬킬 웃었다. 그네들은 명혜로 인해 잠시 끊어졌던 대화를 계속하고 있었다.

"정원이 훌륭해요. 밤에 이렇게 정원에서 모이니까 색다른 분위기를 느끼게 되는군요."

명혜의 치하에 안주인은 밝게 웃었다.

"꽃이 지기 전에 한다는 게 그만 나뭇잎이 지기 전에 하게 되었어요. 난 해마다 몇 차례씩 이렇게 치르지 않으면 몸살을 한다니까요. 뭐라는 이름의 병인지…… 이번이 아마 올해의 마지

막 파티가 될 것 같아요."

김 원장 집에서의 야회는 관례적인 것인 모양이었다.

안주인은 빈 얼음 그릇에 얼음을 채워 오기 위해 화덕 옆을 떠났다. 정원을 뛰어다니다가 키 작은 장미나무 가시에 얼굴을 긁힌 윤재가 흉하게 찡그리며 울자 김 원장은 손수 톱을 가져와 꽤 굵은 장미나무 밑동을 잘라 버렸다. 어머, 아까워라. 김 원장의 서슴없는 톱질을 지켜 보던 사람들은 큰 소리로 말했다.

"하이든이군요. 난 하이든을 대개 아침에 듣는데 밤에 들어보니 느낌이 좀 다르네요. 꼭 기상 나팔 같잖아요?"

지루하고 시시하다는 표정을 굳이 감추려 하지 않고 한 모금도 마시지 않은 술잔을 손바닥 안에서 빙빙 돌리고만 있던, 얼핏 여대생으로 보이는 젊은 검사 부인이 명혜 옆으로 자리를 옮겼다.

"그러고 보니 좀 그런 느낌이 있군요."

단숨에 마셔 버린 술이 어느새 따뜻이 몸 안으로 퍼지는 것을 느끼며 명혜는 그녀의 가벼운 빈정거림에 간단히 동의했다. 스피커에서 요란히 흘러나오는 것은 트럼펫 협주곡이었다.

"남편을 따라 이곳으로 온 지 석 달밖에는 안 됐어요. 살아온 환경이 다른 탓인지 쉽게 적응이 안 되고 정이 안 들어 걱정이에요."

　명혜는 젊은 검사 부인의, 말할 때마다 치약 광고 모델처럼 예쁘게 벌어지는 입술을 바라보며 화덕의 열기로 미지근해진 술을 잔에 채웠다. 얼음을 가지러 들어간 안주인은 아직 돌아오지 않았다. 술잔을 들고 조금씩, 아주 조금씩 핥듯이 마셔 가며 명혜는 고개를 깊이 끄덕이는 것으로 진한 공감의 뜻을 나타내었다. 벌써 몸 안에 따뜻이 피어 오르는 술기운을 빈다면 무엇에든 동의하지 않을 수 있으랴.

　사윈 재 위에 몇 덩이의 숯을 더 넣자 타다닥, 불꽃놀이처럼 불티가 밝은 소리로 피어 오르고 여자들은 정장한 차림에 불티가 튈까 걱정이 되어 잠시 어깨를 뒤로 젖혔다. 조금씩 취기가 오른 그네들의 얼굴은 불그레 홍조가 돌아 불빛에 아름답고 놀랄 만큼 생기 있게 반짝거렸다. 명혜는 물기가 마르자 또다시 허옇게 풀자국이 드러나는 스커트를 남의 눈에 띄지 않게 밑으로 잡아당겼다. 그러나 집에서는 미처 발견 못 한 팔꿈치께의 허연 얼룩은 누구의 눈에도 완연할 것이었다.

　윤재는 주인이 솜씨껏 모양내어 다듬은 회양목 가지를 잡고 정원석에 기어올라 타잔 노릇을 하고 명회는 뒤뚱거리며 오빠를 따라가다가 넘어져 엄마를 부르며 울었다.

　"아이들이 아직 어리군요."

　"이런 자리인 줄 알았으면 올 생각을 못 했을 거예요."

공예 연구가의 말에 민망해진 명혜가 변명하듯 말했다. 명혜는 아직까지 이것이 무슨 연고, 무슨 이름의 파티인지 짐작이 가지 않았다. 모인 사람들은 연령과 직업이 각각이었고 그나마 서로간에 뚜렷한 친분이 있는 것 같지 않았다.

"그렇지 않아요. 그건 대학 선생더러 관료가 되라는 거죠……."

귀익은 목소리에 명혜는 뒤돌아보았다. 길모가 대학의 자율성에 대해 얘기하고 있었다. 뜻밖의 큰 목소리에 잠깐 주위가 조용해졌다. 길모는 꽤 많이 마신 모양이었다. 취할수록 목소리가 커지는 것이 길모의 술버릇이었다. 길모의 말상대는 놀라 돌아보는 사람들을 향해 아무것도 아니라는 듯 한 손을 가볍게 저어 보이며 열심히 계속해서 귀를 기울이는 시늉을 했다. 그러한 가벼운 손짓이 명혜에게는 이 햇내기야 하는 듯 보였다.

"정작 문제가 되는 것을 문제삼는 일에 모두 두려워하고 있습니다. 핵심……."

길모의 목소리는 트럼펫 협주곡과 사람들의 말소리에 묻혀 들리지 않았다. 큰 소리로 혼자 이야기하고 있다는 데 당황한 길모가 목소리를 낮춘 때문인지도 몰랐다.

"사모님 댁에도 송 교수 부인이 찾아갔나요?"

임 교수 부인이 명혜에게 물었다.

"송 교수 부인이라면?"

"있잖아요, 사회학과의…… 지난 해 봄에 그만둔……."

그녀의 목소리가 조금 낮아졌다.

"우리 집에도 왔었어요. 남이 엄마하고는 고등학교 동창이거든요."

게임 여사가 말했다.

"우리 애하고 같은 학교 자모라는 연관으로 찾아오는데 고등학교 동창을 놓칠 리 있겠어요?"

치과 의사 부인이 알 만하다는 표정으로 고개를 가볍게 내둘렀다.

"우리 애 아빠한테는 연구실로 찾아왔더래요. 알 만한 데는 다 다니나 봐요."

"살자니 할 수 있나요? 딱하더군요."

지난 해 봄, 사회학과 교수가 한 사람 물러났다더니 그 얘긴가, 명혜는 짐작이 갔다. 길모와는 고등학교 선후배 관계라든가. 그러나 고등학교 선후배 관계라는 건 드물거나 특별한 관계는 아니었다.

"그 부인이 왜요?"

"보험 회사 외무원*을 한대요. 아는 처지에 거절할 수는 없고 해서 애들 교육 보험을 하나 들어 주었지요. 조만간 사모님 댁에도 갈 거예요."

"모난 돌이 정 맞는다고……."

"누가 아니래요? 아무래도 처신이 경솔했어요. 소신이 밥 먹여 주나요? 가족들이 무슨 고생이에요?"

"송 교수는 요즘 뭘 한대요?"

"가끔 번역 일거리도 맡아 하고 그런대요. 생활이 말이 아닌가 봐요. 생활이 안 되니 차라리 운전을 배울까 보다 한다지만 천상 책상물림*이 당하기나 해요? 부인이 일 년새 폭삭 늙었더라구요."

"남의 얘기가 아네요. 우리도 밖에서 손 놓으면 당장 밥 먹을 걱정부터 해야 될 처지가 아네요? 요즘 같아서야 어디 대학 선생 노릇도 하겠어요?"

임 교수 부인이 낮게 한숨 쉬며 명혜의 귓가에 소곤거렸다. 그네들 사이에 희생·근절·정책 따위 말들이 낮은 목소리로 오가고 화제는 노후를 위한 백수 보험으로, 또 최근 선선되고 있는 콘도미니엄 시스템으로 이어졌다.

그들의 말소리가 귓바퀴에서 웅웅대다가 술렁술렁 흘러가는 것이, 움직이는 사람들의 모습이 물결처럼 일렁이며 정답게 느껴지는 것이 이미 취기가 위험 수위를 넘고 있다는 신호임을 알면서도 명혜는 또 술을 따라 찔끔찔끔 마셨다. 이 낯설고 마음 놓을 수 없는 분위기에 대한 어쩔 수 없는 긴장이 아무리 술을

마신댔자 더 이상의 취기를 자신에게 허용치 않으리라는, 또한 화덕 주변의 여자들 중 그 누구도 자신이 마시는 술의 양을 눈여겨보지 않으리라는 믿을 수 없는 안도감으로.

고기는 연하고 양념은 알맞았다. 고기 굽는 연기가 운무처럼 부옇게 정원의 하늘에 서리고 참숯은 밝은 불빛으로 사위었다. 명혜는 아이들을 불러 알맞게 익은 고기를 골라 입에 넣어 주었다.

"고기는 역시 숯불구이라야……."

"아녜요, 숯불구이는 벌써 구식이에요. 내년에는 바베큐 시설을 할까 해요. 그러니 꽃필 때 다시 한번 모입시다."

안주인이 겸손하게 반박했다.

들려 주는 대로 음료수를 마신 아이들은 오줌이 마렵다고 보채었다.

"번거롭게 신발 벗고 안에 드나들 것 없이 뒤꼍으로 가세요, 하수도가 있으니까."

안주인이 일러 주는 대로 명혜는 아이들을 데리고 뒤꼍으로 갔다. 담과 벽 사이는 좁고 껌껌했다. 그리고 그 사이를 막고 있는 것은 돌려놓은 커다란 개집이었고 입구가 벽에 막히어 갇힌 개는 인기척에 낮은 위협 소리를 내었다. 쉴새없이 서성이는지 밖으로 늘어진 쇠줄이 처르륵 처르륵 시멘트 바닥에 끌리는 소

리가 차가웠다. 그러나 파티가 끝날 때까지 얌전히 있으라는 주인의 명령에 익숙한 개는 낮게 으르렁거리는 이상의 소란을 떨지 않았다. 명혜는 개집의 입구가 단단히 막혀 있다는 것을 알면서도 느닷없이 허벅지 안쪽의 맨살에 깊이 박히는 이빨의 환상에 진저리치며 아이들을 번쩍 치켜 안고 발소리를 죽였다.

뒤꼍은 껌껌했다. 집의 뒷벽에는 전혀 등나무 그늘이 없었는데도 하나씩 떨어지기 시작하는 마른 이파리들이 좁은 마당에서 바스랑 소리를 내며 굴러다녔다. 한모퉁이 돌아왔을 뿐인데도 정원에서 들려오는 소리는 아련히 멀었다.

오래 참았던 듯 시원스레 오줌을 누고 있는 윤재와 명희를 지키고 섰던 명혜는 자신도 스커트를 걷고 쭈그려 앉았다. 등나무 이파리에 뒤덮여 단단히 은폐되어 있는 전면(前面)과는 달리 집의 뒷벽은 고스란히 드러나 있었다. 그리고 아래층이 도마 소리, 환풍기 돌아가는 소리, 낮은 두런거림 따위로 활기를 띠고 있는 데 비해 이층의 창들은 깜깜히 닫혀 있고 왼쪽 구석 창에만 불빛이 보였다. 누군가 있는 것일까, 아니면 불 끄기를 잊은 빈 방일까. 두서없는 짐작을 해보며 명혜는 정원에서 벌어지는 은성한 파티와는 무관하게 홀로 켜져 있는 불빛에 정다움을 느꼈다.

공기는 맑고 차가웠다. 한결 맑아진 별들은 명혜에게 곧 다가

올 겨울을 말하고 있었다. 겨울이란 명혜에게 있어, 새벽마다 밥을 짓기에 앞서 아랫목에 길모의 구두를 녹이는 일과 천식기 있는 아이들을 업고 걸려 사흘걸이로 병원 걸음을 해야 하는 것을 뜻했다. 아니 그보다 겨울은 새벽 세 시에 바라보는 별의, 그 찌르는 듯한 슬픔이기도 했다. 덧스웨터를 걸치고 밖으로 나와 연탄을 갈며 피어 오르는 독한 가스에 — 충분히 마르지 못하고 저장된 연탄을 갈 때는 늘 독한 가스 냄새가 났다 — 쿨럭쿨럭 기침을 해대며 눈물이 어룽진 눈으로 바라보는, 지는 달과 지는 별은 얼마나 차갑고 아득했던가. 새파랗고 살(煞)*진 별빛이 얼마나 찌르는 듯한 슬픔과 비애로 가슴을 후비었는지. 밤과 새벽 사이를 흐르는 무서운 정적은, 바킹이 헐거운 수도꼭지에서 떨어지는 물방울 소리를 낱낱이 헤아리며, 혹은 한 개비씩 성냥을 그어 불붙는 모양을 지켜 보다 끝내 한 통의 성냥을 다 없애며 보내는 밤의 기원(祈願)에 대한 냉담한 침묵이었다.

명혜는 허청거리는* 것을 감추려는 긴장된 걸음걸이로 빠르게 정원을 가로질러 화덕 곁으로 다가갔다.

"……그게 사실이군요."

명혜가 끼자 공예 연구가가 성급히 말끝을 아무렸다. 갑작스레 끊겨 버린 대화에 이을 화제를 찾지 못해 어색한 침묵이 흘렀다.

"꼭 참호* 같아요. 이층에도 불이 켜져 있던데 밖에서는 조금
도 알아차릴 수가 없잖아요."

새삼스런 활기로, 껌껌한 집을 손짓하며 명혜는 자연스럽게
잔에 술을 따랐다.

"정말 이층에 불이 켜져 있던가요?"

검사 부인이 가려움증을 참지 못하듯 입을 열었다.

"네, 그렇다니까요."

"큰아들이 와 있다는 게 헛말이 아니군요."

"외국에서 돌아왔나요?"

"외국은 무슨 외국, 정신병원이죠. 정신병원과 휴양소와 집을
오락가락 한답니다."

김 원장은 이혼한 전처와의 사이에 세 아들을 두었는데 그 중
맏이는 외국에 가 있고, 밑의 두 아들은 서울에서 대학에 다닌
다는 얘기를 명혜도 들은 적이 있었다.

"집에 온 걸 보면 많이 나아진 모양이죠?"

"아들이 집에 있으면 집 안에 전혀 사람을 들이지 않는다는데
이상한 일이군요. 파티를 열다니……. 신경을 흥분시킬까 봐라
기보다 외부에 알려지길 꺼리는 거죠."

"원인이 뭐래요?"

"대물림 병이라고도 하고 머리를 다쳤다고 하기도 하지만 가

정 문제로 심리적 갈등이 심했다는 얘기도 있어요. 뇌수술도 받았다지요, 아마?"

"거부증이래요. 아무것도 안 먹고, 먹으면 토해 버리고……영양 주사로 산대요."

"그건 어렵지 않겠군요. 이 댁 안주인이 주사 놓는 데야 귀신이었잖우."

치과 의사 부인은, 이 집 안주인이 얼마 전까지 김외과 병원의 간호원이었다는 사실을 은근히 일깨웠다.

"숨기면 뭘 해요. 등잔 밑이 어둡다고, 남들이 감쪽같이 모르리라고 믿고 있는 건 김 원장 내외뿐인걸."

"아, 그래서 그 창문에만 굵은 쇠창살이 쳐져 있었군요. 그리고 보니 무슨 신음 소리 같은 것도 나는 것 같았어요."

"에그머니나, 뛰어나오기도 하는 모양이죠?"

여자들은 낮게 비명을 지르고 눈을 크게 떴다. 명혜는 자신의 거짓말이 나타낸 즉각적인 반응에, 만족스럽게 나머지 한 모금을 훌쩍 마셨다. 김 원장에 대한 후문은 끝이 없었다. 여자들은 이제 거리낌없이, 그러나 더욱 낮아지고 친밀해진 목소리로 보고 듣고 짐작하고 상상하는 바를 나누었다.

"김 원장이 대단한 야심가예요. 국회의원에 출마할 생각이라고 하더군요."

"나이도 그만하겠다, 돈도 많이 모았겠다, 지반도 꽤 굳혔겠다, 왜 그런 생각이 없겠어요."

"남자들의, 권력과 여자에 대한 욕망은 끝이 없다더니 정말 그런가 보죠?"

그리고 김 원장이 맡고 있는 동창회장직, 지역 사회 개발과 민간 봉사를 목적으로 한다는 고급 사교 클럽 회장직에 대해, 삼십 년 넘어 닦아 온 이 지방의 인맥·지맥에 대해 얘기했다. 또한 자주 열리는 파티에 대해 말하고 그렇다면 아들이 와 있음에도 불구하고, 이미 가든 파티에는 적당한 계절이 아닌 지금 뒤늦게나마 요란한 자리를 마련한 것은 명년 봄의 선거를 의식한 게 아니냐는 데 의견이 모아졌다. 그리고 그네들은 갑자기 서로가 초면임을 깨닫고 어리둥절해졌다.

윤재는 연못가의 수석 위에 아슬아슬하게 서서 막대기를 휘둘러 솟아오르는 분수의 물줄기를 자르고 있었다. 못 하게 말려야지, 빠지면 어쩔려구.

명혜는 취기로 몽롱히 풀리는 눈을 뜨고 사열병처럼 꼿꼿한 걸음걸이로 연못을 향했다.

"사모님, 사모님, 이리 오십시오."

둥근 탁자 곁을 지날 때 누군가 명혜를 불렀다.

"제가 한 잔 드리지요. 소설가가 술 한잔도 못 한대서야 됩니

까? 술도 취해 봐야 주정꾼 얘기도 쓰지."

벌써 취기가 많이 오른 듯한 정 교수였다. 괜찮을걸, 나는 술 두어 잔에 얼굴이 붉어지는 체질은 아니거든. 이마에 길모의 시선을 느꼈으나 명혜는, 낮의 취기를 한번도 그에게 들켜 본 적이 없다는 것을 떠올리며 자신 있게 팔을 뻗어 철철 거품 흐르는 잔을 받았다.

"솔직히 말하면, 소설이란 그거 그럴 듯한 거짓말이 아닙니까?"

"그렇다면 사모님께서는 대단한 거짓말쟁이겠군요."

정 교수의 말에 누군가 재빨리 대꾸하자 대단한 재담*이라는 듯 와자자 웃음이 터졌다.

"저는 아직 미숙한 거짓말쟁이라 곧 탄로가 나고 만답니다."

당근과 암의 관계에 대한 최근 의학 보고서에 관한 얘기를 하던 맞은편의 두 남자가 그들을 바라보다가 갑작스레 그쳐 버린 웃음에 뭐, 별일 아니군 하는 낯으로 갓 씻어 내온 당근을 한쪽 집어 어석어석 씹었다.

"모두들 암의 공포증에 걸려 있지만 당장은 먹어야겠습니다."

윤재는 여전히 위태롭게 서서 막대기로 분수의 물줄기를 치고 있었다. 사방으로 흩어져 튀는 물줄기에 주위에 있던 사람들은 얼굴을 찌푸리며 자리를 옮겼다.

연못이라야 그저 조그만 웅덩이지, 빠진다고 익사야 할라구.

명혜는 취기가 주는 엉뚱한 담대함으로 입을 열었다.

"이 시대의 전형적인 인물을 그리려고 해요. 그는 신중성에 있어서는 자벌레와 같고 판단력에 있어서는 적에게 다리를 잘라 주고 달아나는 절족 동물과 같으며 치유력 또한 불가사리와도 같지요. 물론 높은 풍자성과⋯⋯."

"여기를 보세요, 두 분 정답게 포즈를 취하세요. 오올치, 좋습니다."

탁자 건너편에서 김 원장이 사진기를 들이대었다. 펀뜩 플래시가 터지는 순간 명혜는 어깨에 둘려지는 팔을 느끼고 반사적으로 길모를 올려다보았다.

"즉석 사진입니다. 두 분 표정이 아주 다정해요."

김 원장이 껄껄 웃으며 사진을 내밀고 또 다른 한 쌍의 부부를 찾아 사람늘 속으로 섞여 들어갔다.

아직 물기가 마르지 않은 사진 속에서 명혜는 술잔을 높이 든 채 길모를 향해 행복하게 웃고 길모 역시 유쾌한 표정으로 웃고 있었다. 들린 팔꿈치께 풀자국이 사진 속에서도 희미한 얼룩으로 드러났으나 명혜는 이제 그런 따위에 신경쓰지 않았다. 명혜는 성급히 말을 이었다.

"그는 물론 세속적인 성공과 권력을 누리게 되지요⋯⋯."

"전쟁 직후에 그런 인물을 그린 소설이 많이 나왔었지요. 그 것 역시 대학 교양학부 때 얻어들은 귀동냥입니다만. 시대는 변해도 그 각각의 시대를 살아가는 인간들의 모습에는 커다란 공통 분모가 있다는 얘기 아니겠습니까?"

젊은 검사가 진지하게 고개를 끄덕였다. 나는 언제까지나 똑같은 치수의 신발만 짓는 어리석은 구두장이 같아. 아이들은 자꾸 크는데, 맞지 않는 신발은 쓸모가 없지.

명혜는 거품이 가라앉은, 누군가 마시기를 잊은 잔을 들었다. 오후 다섯 시와 여섯 시 사이의 기나긴 흐름 속을 날아가는 흰 새, 줄 위에서 외로움으로 서서히 미쳐 가는 사람의 얘기에서 생의 은유와 의미를 끌어내려는 것은 정말 부질없는 짓일까.

암에 대한, 테니스와 조깅에 대한, 지난 밤의 숙취에 대한, 핵 전쟁과 노스트라다무스에 대한 이야기들이 술렁술렁 귓가로 흘러갔다. 일의 전문성에 비해 형편없이 낮은 급료에 대해 불평하고 알게 되어 반갑다고, 좀더 자주 만나게 되기를 바란다고 말하기도 하고, 그 자리에 없는 누군가를 여지없이 능멸*하기도 했다.

명혜는 컵을 눈 높이까지 들어올리고 미지근해진 맥주를 마셨다. 컵의 유리를 통해 엄마를 찾아 화덕께로 뒤뚱뒤뚱 걸어가는 명희가 조그맣게 보였다.

　명혜는 유리컵에 눈을 댄 채 멍하니 서서 자신의 내부에 괴롭게 끓고 있는 욕망을 형상화시킬 하찮은 실마리를 찾아 헤매인 시간과 길목들을 생각했다. 한나절을 도수장의 뜰에 서서, 이끌려 들어가는 가축들과 함석 지붕 위로 쏟아지는 햇빛을 보았다. 또 기(氣)를 잃은 타락한 백정을 보기도 했다. 일부러 배를 빌어 찾아간 강 가운데의 섬, 선사 시대의 유적지에서 하루를 보내기도 했다. 그러나 발밑에 굴러다니는 어느 돌멩이 하나 옛날로부터 있어 오지 않은 것이 있으랴.

　화덕 쪽에서 갑자기 자지러지는 아이의 울음소리가 들렸다. 명희의 것에 틀림없었다. 명혜는 빈 컵을 내려놓고 취기를 감추기 위해 천천히 걸어갔다. 이럴 때일수록 태연하고 대범한 태도가 초대해 준 주인에 대한 예의로 보여지기를 바라며.

　"화덕에 데었어요. 뜨거운 줄 모르고 손을 댔나 봐요. 애기가 화덕 가까이 오는 줄은 아무도 몰랐어요."

　팔에 안고 있던 명희를 넘겨 주며 안주인이 미안하고 당황한 표정을 지었다. 명희의 키는 화덕 높이에도 못 미쳤다. 화덕의 굽에 가려져 눈에 띄지 않았나 보았다.

　명희의 손가락 안쪽이 벌겋게 부풀어 있었다. 엄마를 보자 명희는 더욱 찌르듯 날카로운 소리로 울어대었다.

　"바셀린을 가져오세요."

"바셀린보다 알콜이 화기를 빼는 데는 나을 거예요."

치과 의사 부인의 말에 검사 부인이 맥주를 한 컵 가져왔다. 명혜는 명희의 팔을 걷어 맥주잔 속에 집어넣었다.

"명희, 괜찮아?"

길모가 다가와 걱정스럽게 이마를 찌푸리며 물었다.

"대단치 않아요. 조금 스쳤을 뿐이에요."

울음은 그쳤지만 놀란 아이는 불가에 있으려 하지 않았다. 한쪽 손을 맥주잔 속에 담근 채 편편한 정원석에 얌전히 앉아 있는 조그만 계집애는 인형처럼 보였다. 분수가에서 놀던 윤재도 시무룩한 낯으로 명희의 곁에 앉아 하품을 해대었다. 잘 시간이 지난 것이다.

안으로부터 일 보는 여자 둘이 상을 맞들고 나왔다. 안주인이 흰 보를 젖히자 사람들은 아하, 탄성을 질렀다. 여러 개의 크고 흰 접시 위에 역시 엄청나게 큰 게가 얹혀 있었던 것이다.

"우리 집의 특별 요리랍니다. 이걸 안 잡수시면 우리 집에 오셨었다는 말씀을 할 수가 없지요."

놀라는 사람들을 향해 안주인이 자랑스럽게 말했다. 그 동안 일 보는 여자들은 탁자마다 게 접시를 나누어 얹었고 김 원장은 빈 잔들을 찾아 새로이 술을 채웠다. 살아 있었을 때 그대로의 모습으로 통째 익혀진 붉은 게는 아스파라거스에 둘러싸여 어

리둥절한 표정으로 겹눈을 길게 뽑고 있었다. 다리가 하나씩 뜯기기 시작하고 게는 순식간에 몸통만 남았다. 그래도 여전히 영문을 모르겠다는 표정이었다. 안주인이 익숙한 솜씨로 등껍질을 벗겨 눈부시게 흰 살과 내장을 드러내 놓았다.

점점 작아지고 추악해진 게의 잔해가 탁자마다 수북이 쌓일 무렵 누군가 축배의 노래를 부르기 시작하고 주인은 전축*을 껐다.

"집에 가야겠어요, 애들 재울 시간이 지났어요."

명혜의 말에 길모는 시계를 보았다.

"아직 열 시가 안 됐군."

"그래요, 당신은 더 계세요. 슬그머니 갈 테니 나중에 대신 인사드려 줘요."

명혜는 명희를 업고 윤재를 앞세워 사람들의 뒤로 돌아 정원을 나왔다.

"택시 잡아 줄게."

길모가 따라나왔다. 대문을 나온 길모는 주머니에 두 손을 찌른 채 안에서와는 달리 성난 사람처럼 말이 없었다. 취기로 가빠진 숨결에 구운 고기 냄새와 술내가 뒤섞여 풍겼다. 노래는 합창으로 바뀌어 있었다. 물레방아 소리 들린다, 매기 내 사랑하는 매기야. 길모가 흘깃 뒤돌아 대문을 바라보았다. 비탈길로

부터 빈 택시가 올라오는 것을 보자 명혜는 길모의 등을 밀었
다.

"차가 오네요. 어서 들어가세요."

앞에 와 멎은 택시 문을 열려다 명혜는 아차, 난감해졌다. 옷
에 주머니가 없는 탓에 지갑을 손에 지니기가 번거로워 길모의
주머니에 넣었던 기억이 비로소 떠올랐던 것이다. 이미 대문 안
으로 사라진 길모를 뒤따라가 지갑을 받아 오는 것은 그닥 어려
운 일이 아니었다.

그러나 명혜는 차가운 밤 공기가 취기를 씻어 주리라는 기대
로 내처 언덕길을 내려가기 시작했다. 몇 잔의 술로 후끈해진
터인데도 밤이 깊어 감에 따라 한결 기온이 내려가는 것을 느낄
수 있었다. 낮과 밤의 일교차가 심한 것이 내륙 도시인 이 지방
의 특색이기도 했다. 춥고 인적 없는 밤거리를 노래라도 부르면
서 걷는 동안 취기는 가시고 한결 맑아질 것이다.

길고 짧은 그림자가 우쭐우쭐 앞서 걸었다. 등에 업힌 명희의
손이 어깨를 움켜쥐고 있어 명혜의 그림자 양 어깨에는 조그만
뿔이 돋아 있었다. 외로운 두 개의 그림자를 밟으며 가끔씩 택
시들이 스쳐 갔다. 차가 지날 때마다 명혜는 비틀비틀 길 옆으
로 비켜 서고, 졸고 있던 명희는 깜짝깜짝 놀라 깨며 가냘픈 신
음 소리를 내었다.

　국민학교의 담은 한없이 길었다. 발밑이 자꾸 흔들려 명혜는
고꾸라질 듯 허뚱허뚱 내딛다가는 자주 주춤거리며 서서 눈을
깜박거렸다. 불 밝힌 정원으로부터 끊이지 않고 노래가 계속되
고 있었다.

　"아빠는 왜 안 오시지?"

　노랫소리를 듣고 있음인지 잔뜩 목을 움츠리고 걷던 윤재가
시무룩하게 물었다.

　"친구분들과 더 말씀하시다 오신대."

　길모는 밤늦어 허옇게 센 머리로 돌아올 것이다. 술 취해 들어
오는 길모의 머리는 늘 허옇게 세어 있고, 명혜는 그것이 골목
가로등의 역광 때문이라는 것을 안 뒤에도 매양 섬뜩섬뜩 놀라
곤 했다. 아아 꿈은 사라지고, 꿈은 사라지고. 그들은 즐겁고 또
즐겁게 잃어버린 청춘과 사라지는 꿈, 취기가 맺어 준 새로운
우의를 노래했다. 노래노 즐거움노 맘새 이어질 듯했다. 밀리서
들리는 노랫소리는 얼마나 정답고 멀리서 보는 불빛은 얼마나
은성하고 그리운 것일까. 명혜는 방금 떠나온 곳이면서도 이미
자신에게는 발들여 놓는 것을 완강히 거부하는, 즐거움과 환락
에 가득 찬 그곳으로 되돌아가고 싶었다. 멀지 않아 불이 꺼지
고 얇은 옷으로 아름답게 성장*한 여자들은 느닷없는 한기에 어
깨를 떨며, 또한 그들은 그들이 먹은 달콤하고 흰 게의 살과 수

북이 뱉아 놓은, 아직도 선명한 주홍빛의 껍질에 분명치 않은
배반감과 부끄러움을 느끼며 부산히 작별의 악수를 나누리라는
것을, 피곤한 안주인은 성마른* 소리로 여자들을 채근하고* 종
내는 단숨에 잘라 버린 장미의 그루터기만 흉하게 남을 즈음 정
원은 곧 갇힌 개의 낮은 그르렁거림, 빈 위장을 훑어내는, 미친
청년의 부질없는 구역질 소리로 가득 차게 될 것을 알면서도 명
혜는 돌아가고 싶었다. 안주인에게는 인사를 하지 않고 슬그머
니 빠져나왔으니 그녀는 필시 아마 뒤꼍에서 아이들 오줌을 뉘
고 온 줄 알겠지. 미련한 짓이야. 기온이 이렇게 내려가고 또 바
람까지 불기 시작하잖아?

　명혜는 되돌아가기 위해 몸을 돌리다가 국민학교의 담벽에 쓰
러지듯 기대어 섰다. 길 맞은편 집들이, 담 위로 비죽비죽 솟아
있는 나뭇가지들이, 구름 속으로 빠르게 숨는 달이 물구나무를
서듯 비잉 한 바퀴 흔들리고 명혜는 한 손으로 업은 아이를 떨
어뜨리지 않도록 필사적으로 받치며 담 밑에 쭈그리고 앉았다.
포식한 고기와 술, 흰 게의 살이 전혀 소화되지 않은 채 위장을
뒤집고 식도를 타고 올라왔다.

　명혜는 입을 벌린 채 하아하아, 가쁘게 숨을 쉬며 언덕 위의
집을 바라보았다. 거물거물 흔들리는 시야 속으로 방금 떠나온
집은 비늘에 빈틈없이 감싸인 거대한 파충류의 동물처럼 우뚝

서 있었다. 몇천만 년 전, 중생대의 깊은 지층에서 솟아오른 찬 피 동물. 조금씩 불기 시작한 바람에 그것은 비늘을 떨며 점차 움직이고 있는 듯 보였다. 명혜는 어서 일어나야겠다고 안간힘을 썼다. 밤이 더 늦기 전에 아이들을 데리고 가야 한다고 생각했다. 그러나 등에 업힌 아이의 천근 같은 무게로 그리고 간단 없이* 비잉빙 내둘리는 어지럼증에 다리를 가눌 수가 없었다. 명혜는 술 취한 아내에게 아이를 업혀 홀로 내보낸 길모를 원망하고 결코 포기할 수 없는 자신의 꿈을 원망하고 취기가 주는 편안함, 안가한* 감상에 젖어 뜻없이 흐르는 눈물을 원망했다.

"아무래도 너무 마셨어. 그러는 게 아닌데. 그래도 할 수 있니? 넌 못 보았을 거야. 얼마나들 권하는지. 난 가끔 아주 쓸쓸하거든. 그런데 여기가 어디쯤이더라. 집으로 가는 길을 기억하겠니?"

명혜는 업힌 아이를 돌려 안고 아예 방바닥에 털썩 주저앉았다. 그리고는 살며시 윤재의 귓볼을 잡아당겼다. 긴장한 윤재의 몸이 뻣뻣하게 끌려들며 공포로 커다랗게 열린 눈이 다가왔다.

"괜찮아, 곧 집에 갈 수 있게 될 거야, 보잘것 없는 사람들의 더러운 모임이야, 조금만 쉬었다가 가자. 이상하지? 난 어릴 때는 어른들은 아무것도 모르는 게 없을 거라고 생각했는데 이렇게 어른이 되었어도 밤이 되면 가끔 집에 가는 길을 잃어버리다

니……."

　명혜는 윤재를 안심시키기 위해 상냥하게 웃었다. 그러나 눈은 윤재의 조그만 어깨 너머 어둠 속에 점차 커다랗게 흔들리며 다가오는 언덕 위의 집을 바라보고 있었다. 명혜는 참을 수 없는 두려움으로 눈을 감았다. 비늘을 털며 다가오는 거대한 동물에 대한 두려움보다 더 확실한, 겁에 질린 어린 아들을 상대로 술주정을 하고 있는 자신을 보는 무서움에서 도망치고자 있는 힘을 다해 눈을 감았다.

가 처음읽는

페미니즘 소설

페미니즘 소설 자세히 읽기

한국 여성소설과 여성들의 삶의 궤적

페미니즘 문학사전

논술 포인트 10

한국 여성소설과 여성들의 삶의 궤적

윤송아

(문학평론가)

1. 머리말

여성소설이란 여성에 의해 쓰여졌으며, 여성의 삶을 중심으로 여성의 새로운 자기 발견이 이루어지는 소설을 말한다. 남성 중심적인 사회에서 여성이 글을 쓴다는 것은, 여성으로서 겪을 수 있는 보편적, 혹은 독특한 경험을 토대로 자기 내면의 여성적 목소리를 복원하는 일이며 이를 통해 온전한 여성적 자아를 재현해내는 일이다. 따라서 여성소설은 여성의 가장 절실하고도 정직한 현실적 체험들을 반영하며, 가부장제 사회 안에서 왜곡되고 억눌려 왔던 여성적 욕망들을 드러내고 재발견하는 작업의 결과물이라 할 수 있다.

순탄치 않았던 한국 근현대사의 흐름 속에서 여성들은 대부분 희생자의 위치에 놓여 왔다. 역사의 주변부로 밀려나 타자로서의 삶을 영위해야 했던 여성들은 그러나 역설적이게도 그 핍진한 역사의 멍에를 손수 짊어져야 했다. 그와 동시에 글쓰기를 통해 고통스러운 삶의 기억들을 재구성하면서 힘겹게 '살아내야만' 했다. 어머니로서, 혹은 아내나 딸, 며느리로서, 여성은 자신의 존재적 의미에 미처 눈뜨기도 전에 가족과 이웃을 위해, 혹은 생존을 위해 궁핍한 현실을 견뎌내야 했다. 그러한 상황 속에서 고통받고 상처받은 여성의 삶들은 마침내 간절하고 도 진실된 여성의 목소리로 재현되기 시작한다.

1920년대부터 1980년대까지 쓰여진 한국 여성소설들은 우리 근현대 사의 가장 긴박한 순간들을 여성의 독특한 시선으로 반영하고 있으며, 동시에 당대 여성들의 삶의 궤적을 면밀하고도 진실하게 묘파해내고 있다. 일제 강점기의 궁핍한 현실이 반영된 소설로는 「추석전야」「소 금」「적빈」 등이 있으며, 가부장적 봉건질서를 드러낸 소설로는 「도장」 「점례」 등이 있다. 또한 전쟁 체험을 다룬 소설로는 「불신시대」「카메라 와 워커」 등이 있고, 산업화 이후 박제화된 일상과 여성의 탈주 욕망을 다룬 소설로는 「야회」 등이 있다. 이 글에서는 이러한 시대적 특성을 바 탕으로 하여 위에서 언급한 각 소설의 특징과 의미들을 자세히 살펴보 도록 하겠다.

2. 궁핍한 현실의 반영과 여성의 삶

일제의 폭압적 강점 아래 근대를 맞이해야 했던 우리 민족에게 당면 한 가장 절실한 삶의 문제는 바로 '빈곤'의 문제였다. 수많은 민중들이 절대적 빈곤의 극한적 상황까지 내몰리면서 자기 의지와는 무관한 고 통스러운 삶을 살아야 했다. 이러한 빈곤의 문제는 다름 아닌 계급의 문제로 환원되며, 대다수의 노동자·농민을 착취하고 억압함으로써 유 지되는 봉건적 질서에 대한 저항의 몸짓으로 확산된다. 1920년대부터 서서히 본격화되기 시작한 사회주의 운동을 중심으로 봉건지주와 매판 자본가에 대항하는 노동자, 농민의 각성을 촉구하는 목소리들이 점점 힘을 얻어 가기 시작했으며, 문학 방면에서도 '조선프롤레타리아예술 가동맹(KAPF)'을 중심으로 이러한 움직임들이 문학적으로 형상화되기 시작한다.

여성소설도 예외는 아니다. 20세기에 들어서면서 여성 교육의 필요 성과 여성 인권 회복을 주장하는 사회적 분위기의 영향 아래 1920년대 에 여성문단의 선구자들로 등장한, 소위 '신여성' 작가들인 김명순, 나 혜석, 김일엽 등이 가부장적 유교 논리에 종속된 봉건적 성역할을 부정 하고, 자유 연애와 여성의 자아 실현에 기반한 근대적 성해방을 주장했 다면, 박화성이나 강경애를 필두로 한 1930년대 여성 작가들은 자신의 문학적 관심사를 식민지 조선의 궁핍한 현실에까지 확장시킴으로써 작 가적 세계관과 문학적 기량을 한층 성숙시켜 나갔다. 리얼리즘 창작방 법론에 입각하여 당시의 절박한 민중의 현실을 설득력 있게 형상화한 이들 여성 작가들은 경제적 억압과 더불어 성억압이라는 이중의 억압 적 현실에 노출되어 있는 빈민 여성들을 중심 인물로 설정함으로써 당 시 여성들의 열악한 상황을 가감없이 재현하고 있으며, 여성들의 삶의 공간을 중심으로 식민지 현실의 가장 극단적인 단면을 보여주고 있다 는 점에서 여성소설로서의 특수성과 현실 반영이라는 소설적 보편성을 동시에 담지하고 있다고 할 수 있다.

이처럼 궁핍한 식민지 현실 속에서 비참한 삶을 영위해 가는 여성들 의 모습을 그린 소설로 우리는 박화성의 「추석전야」와 강경애의 「소 금」, 그리고 백신애의 「적빈」을 꼽아 볼 수 있다.

박화성(1904~1988)은 이광수의 추천으로 『조선문단』에 「추석전야」 를 발표함으로써 작품 활동을 시작했으며, 이후 「하수도 공사」 「홍수전 야」, 『백화』 등의 작품을 통하여 뛰어난 사상성과 형상화 능력을 지닌

역량 있는 작가로서 주목받아 왔다.

그의 데뷔작인 「추석전야」(1925)는 방적공장의 여성 노동자인 영신의 곤궁한 삶의 모습을 통해서 억압받고 착취당하는 빈곤한 여성 가족의 생활상을 적나라하게 드러낸 작품이다. '종일토록 귀가 뜨끈거리는 기계의 소리와 머릿골이 터질 듯이 심한 기름 냄새, 숨이 턱턱 막히는 먼지 속에서 눈을 부비며 땀을 흘리면서 무의식적으로 기계의 종이 되어' 자신을 잊고 공장일에 혹사당하는 여성 노동자의 한 사람인 영신은 삼 년 전 폐병으로 남편을 잃고 나이 칠십이 다 된 늙은 시어머니와 두 남매를 데리고 근근히 생활을 이어 간다. 근무 조건의 열악함과 더불어 공장에서는 여공들에 대한 성희롱과 폭력도 횡행한다. 공교롭게도 추석을 사흘 앞둔 날, 영신은 감독의 횡포를 막다가 기계에 팔을 다치지만, 딸 경아의 밀린 월사금과 땅세를 갚기 위해 공장에 계속 나가는 동시에 밤새워 삯바느질을 한다. 추석 전날 영신은 공장에서 받은 10일급 5원과 바느질삯 1원 10전으로 추석을 지내 볼 요량을 하지만, 영신 가족의 사정은 아랑곳없이 세 달치 땅세 4원 50전을 모두 챙겨 가는 땅주인을 보며 '미움과 원망과 더러움과 분함'에 몸을 떤다.

이처럼 열악하고 불평등한 환경 속에서 여성 노동자로 살아가면서, 기본적인 의식주의 해결마저 요원한 상황에서 가진 자의 횡포마저 감수해야 하는 중층적인 억압 구조 속에 위치한 영신의 모습은 그 당시 착취와 빈곤, 불평등의 이중, 삼중의 고통 속에 방치된 식민지 시대 여성 노동자의 현실을 사실적이고 구체적으로 형상화하는 데 성공하고 있다고 하겠다.

국내 여성 노동자의 삶을 면밀히 재구성해낸 소설이 「추석전야」라면 강경애의 「소금」은 조국의 땅에서마저 발붙이지 못하고 생면부지의 땅

간도로 이주한 한 가족의 몰락 과정을 통해 식민지 현실의 비참함을 그 극단까지 밀어붙인 소설이다.

작가 강경애(1906~1943)는 1931년 「파금」으로 문단에 데뷔한 이래 「지하촌」, 『인간문제』 등의 작품을 통하여 끊임없이 하층민 여성의 궁 핍하고 비참한 삶의 형태들을 탐구한다. 작가 자신 또한 평생을 경제적 궁핍 속에서 살아온 바, 빈곤이라는 문제는 작가 자신의 체험적 인식에 근거한 것이며, 이러한 경제적 불평등과 궁핍의 현실적 상황을 작가는 계급의 문제와 연계하여 사고함으로써 궁극적으로 계급 해방 및 그를 통한 여성 해방의 길로 나아간다. 따라서 강경애 소설에 등장하는 여성 인물은 일제에 의해 주권을 상실한 식민지 민족의 일원으로서 정처없 이 유랑하는 난민의 이미지를 보여줌과 동시에 경제적 불평등과 성적 불평등의 이중적 억압으로 고통받는 피착취자, 피억압자로서의 하층민 의 가장 전형적인 모습을 보여준다.

「소금」(1934)은 고향의 땅을 빼앗기고 간도로 이주한 봉염 어머니가 남편과 아들을 잃고 지주에게 겁탈을 당하고 쫓겨난 후, 결국에는 가난 으로 두 아이마저 잃고 고통당하는 과정을 그린 소설이다. 「소금」에서 작가는 인간의 존엄성마저 훼손시키는 굶주림이라는 절박한 상황을 사 실적으로 제시함으로써 절대적 빈곤의 극단성을 처절하게 형상화하고 있다. 해산 직후 먹을 것이 없어 생파뿌리를 베어 먹고 입가에 흐르는 침마저 목구멍으로 삼키는 봉염 어머니의 행동은 죽음보다 더 무서운 굶주림을 견뎌야 하는 비참한 상황을 재현하고 있으며, 어린 봉희가 엄 마의 젖을 먹지 못해 뜨물동이의 뜨물로 배를 채우는 장면은 처절한 생 존의 몸부림을 한눈에 보여준다. 이처럼 남편과 자식들을 차례로 잃고 삶의 의미를 상실한 채 단지 배고픔의 고통을 이기기 위하여 목숨을 걸고 소금을 밀수입하는 봉염 어머니의 비참한 삶은, 소금이 들지 않은 음식처럼 생의 가장 중요한 요소가 배제된 상황에 비유된다.

> 그는 잠깐 귀를 기울여 밖을 주의한 후에 가만히 손을 넣어 소금자루를 쓸어만졌다. '이것을 팔면 얼만가⋯⋯. 팔 원하고 팔십 전! 그러면 밀린 집세나 마저 물고⋯⋯ 한 달 살까? 이것을 밑천으로 무슨 장사라도 해야지. 무슨 장사?⋯⋯' 하며 그는 무심히 만져지는 소금덩이를 입에 넣으니 어느덧 입 안에는 군물이 시르르 돌며 밥이라도 한술 먹었으면 싶게 입맛이 버쩍 당긴다. 그는 입맛을 다시며 침을 두어 번 삼킬 때 '소금이란 맛을 나게 한다. 아무리 좋은 음식이나 소금이 들지 않으면 맛이 없다. 그렇다!' 하였다. 그때 그는 문득 남편과 아들딸이 생각케 되며 그들이 있으면 이 소금으로 장을 담가서 반찬해 먹으면 얼마나 맛이 있을까! 그러나 그들을 잃은 오늘에 와서 장을 담글 생각인들 할 수가 있으랴! 그저 죽지 못해 먹는 것이다. 그는 한숨을 푹 쉬었다. 생각하니 자신은 소금 들지 않은 음식과 같이 심심한 생활을 한다. 아니 괴로운 생활을 한다. 이렇게 괴로운⋯⋯ 하며 그는 머리를 슬슬 어루만졌다. 머리는 얼마나 이그러지고 부어올랐는지 만질 수도 없이 아프고 쓰렸다. 그는 얼굴을 상자에 대며,
> "봉식아, 살았느냐, 죽있느냐. 이 어미를 찾으렴⋯⋯ 닌 디 살 수 없디!"
>
> —「소금」

이런 비참한 기아의 상태, 인간의 최소한의 생존권과 행복에의 요구마저 훼손된 절대적 빈곤의 상황은 백신애의 「적빈」을 통해 더욱 실감나게 형상화되고 있다. 백신애(1908~1939)는 1929년 조선일보 신춘문예에 「나의 어머니」가 당선되어 문단에 데뷔했으며, 「복선이」「소독부」

「광인수기」「꺼래이」 등의 소설을 통해 가부장제 사회에서 차별당하고 착취당하는 여성의 모습과 빈곤 때문에 인간적 삶을 온전히 영위하지 못하고 기본적인 행복이나 자유마저 박탈당해야 하는 여성들의 삶을 보여준다.

「적빈」(1934)은 매촌댁 늙은이의 두 아들과 두 며느리의 빈궁한 삶의 단면을 그리고 있는데, '그들에게 있어서는 양식이라는 것은 생명줄을 이어 주는 귀하고 중한 약'이며 이들은 '밥을 약과 같이 먹어야 하는' 상황에 직면해 있다. 남의 집의 허드렛일을 해주고 끼니를 때우는 매촌댁 늙은이의 창자는 '간청어 꼬리를 뼈째로 모조리 뭉떵 베어' 먹어도 별탈이 없을 정도로 '무쇠같이 억세고 튼튼'하다. 굶주림이 생활화된 매촌댁에게 음식의 존재는 단순히 한끼 식사의 의미 이상이다. 그에게 음식이란 생존을 가능케 해주고, 삶을 지탱하는 버팀목과 같은 것이다. 심지어 몸속에 남아 있는 힘이 없어질까 봐 먹은 음식을 마음대로 배설조차 하지 못하는 희극적인 상황이 연출되기도 한다.

> 그는 이윽히 걸어가는 사이에 몹시 뒤가 마려워서 잠깐 발을 멈추고 사방을 둘러본 후 속옷을 헤치려다가 무엇에 놀란 듯 재빠르게 걷기 시작했다.
> '사람은 똥 힘으로 사는데······.'
> 하는 것을 생각해내었던 것이다. 이제 집으로 돌아간들 밥 한술 남겨 두었을 리가 없으므로 반드시 내일 아침까지 굶고 자야 할 처지이므로 지금 똥을 누어 버리면 당장에 앞으로 거꾸러지고 말 것 같았던 까닭이었다.
> ─「적빈」

다음날 아침까지의 배고픔을 조금이라도 면하기 위해, '밥 힘'이 없으면, '똥 힘'으로라도 버텨야 한다고 다짐하는 매촌댁의 모습은 극단적인 빈곤의 상황을 여실히 보여준다. 그러나 역설적으로 억척 같은 생존에의 욕구가 결국에는 적극적인 생의 의지와 연결된다는 점에서 이러한 상황 설정은 긍정적 효과를 자아내고 있다고도 하겠다.

이와 같이 「추석전야」 「소금」 「적빈」에서는 극도의 빈한한 상태에 빠져 본능적인 생존의 욕구만으로 간신히 생을 연명하는 여성들이 등장한다. 이 세 편의 소설에는 몇 가지 공통점이 존재한다. 먼저 이 소설들에는 가정의 경제를 일차적으로 책임져야 할 남성의 모습이 부재하다. 주인공 여성들의 남편이나 아버지, 그리고 아들들은 이미 죽거나(「추석전야」 「소금」), 경제적으로 무능하다(「적빈」). 이는 가정과 사회에서 이중으로 착취당하는 여성의 모습을 보여주기 위한 하나의 장치로 해석해 볼 수 있다. 즉, 생계 유지를 위한 생활 방편을 모색해야 함과 동시에 출산과 양육의 과정마저 책임져야 하는 이중적 부담으로 인해 소설 속 여성들의 극한적인 삶은 더욱 부각된다. 또한 각 소설에는 여성 주인공을 억압하거나 착취하는 부정적 남성 인물들이 등장한다. 「추석전야」에서 공장의 여공을 성희롱하는 감독이나, 영신 가족의 비참한 처지는 아랑곳없이 자신의 잇속을 챙기는 땅주인 영감, 「소금」의 봉염이네 땅을 빼앗은 침봉 영감, 봉염 어머니를 겁탈하는 팡둥, 순사 등이 그들이다. 가부장적 봉건 윤리를 대변하는 착취자로서의 남성 인물과 불평등하고 억압적인 기존 사회의 질서를 체험적으로 거부하려는 피착취자로서의 여성 인물이 첨예하게 대척점을 이루면서 이야기의 긴장감을 조성해 나가고 있다고 하겠다.

이처럼 긍정적인 남성 인물이 부재한 상황에서 공통적으로 부각되는 것은 모성의 측면이다. 소설 속에 등장하는 여성들은 기본적으로 어머니의 입장에 놓여 있다. 「추석전야」의 영신은 어려운 형편 중에서도 두 남매를 교육시키기 위해 고단한 노동자의 삶을 지속시켜 나가며, 「소금」에서 봉염 어머니는 봉염과 봉희의 존재 때문에 살아야 한다고 울부짖으며 생활 전선으로 뛰어든다. 「적빈」에서 매촌댁은 해산을 앞둔 두 며느리를 위해 힘든 몸을 이끌고 남의 집에 허드렛일을 가거나 며느리의 해산을 돕는다. 가난을 극복하고 악착같이 생을 연명해야 하는 당위성은 여성 인물 혼자만의 생존의 필요성에서 연유하는 것이 아니라 그녀에게 부과된 자식들의 생명을 책임질 절대적인 요구에 기인한 것이다. 따라서 궁핍한 생활을 타개해 보려는 여성들의 안간힘은 더욱 절박성을 띠며, 이러한 긴박한 삶의 요구들이 좌절될 때, 그 비극성은 절정에 달한다.

3. 가부장적 봉건질서 속에서의 여성의 삶

앞서 살펴본 박화성과 강경애, 백신애의 소설들이 궁핍한 식민지 현실 속에서 억압당하거나 몰락해 가는 여성 인물들의 절박한 삶을 형상화하고 있다면, 다음에 살펴볼 이선희와 최정희의 소설은 왜곡된 가부장적 봉건질서가 한 여성의 삶을 어떻게 희생시키는가를 보여준다.

이선희(1911~?)는 1936년 『신가정』에 「오후 11시」를 발표하면서 본격적인 작품 활동을 시작했으며 해방 직후 남편 박영호(희곡작가)와 함께 월북했다. 작품으로 「매소부」 「창」 등이 있다. 최정희(1906~1990)는 1931년 『삼천리』에 「정당한 스파이」를 발표하면서 작품 활동을 시작했으며, 「흉가」 「지맥」 「인맥」 「천맥」 등 다수의 작품을 발표했다. 당대의 사회적 현실과 사상적인 측면에 주력했던 박화성, 강경애 등과는 달리 이선희, 최정희는 남녀 관계와 가정 생활, 그리고 그 안에서의 여성의 내면 의식의 표출과 자아 발견의 과정을 보여준다. 빈곤과 경제적 불평 등에 기인한 객관적 외부 현실뿐 아니라 여성들의 의식과 삶에 내면화 된 불평등한 성차별의 구조가 여성의 삶에서 어떻게 기능하는가, 즉 가부장적 봉건질서가 어떻게 여성들을 억압하는가를 살펴봄으로써, 우리는 좀더 여성적 현실에 대한 밀도 있는 접근을 시도할 수 있게 된다.

이선희의 「도장」(1937)은 박색인 본처를 버리고 첩살이를 하는 남편의 감언이설에 넘어가 이혼 서류에 도장을 찍는 어리석은 맏동서의 모습을 그리고 있다. 남편에게 모질게 내침을 받고 작은동서집에 얹혀 살면서도 언젠가는 조강지처로서의 자신의 위치를 되찾게 되리라는 기대에 부풀어 있는 맏동서는 가부장적 유교 논리에 근거한 여성관과 여성 차별적 인식을 내재화하고 있는 인물이다. 결혼이라는 제도 안에서 여성은 남성에게 철저하게 복종해야 하며, 자신의 목숨까지도 내놓아야 한다는 순응적이며 희생적인 삶의 태도는 결국 자신의 인생을 무방비 상태로 노출시킴으로써 자기 파멸의 길을 자초한다.

이혼 서류에 도장 찍는 것만은 죽어도 거부하던 맏동서는 남편이 감옥에 가야 한다는 말에 자신이 남편을 위해서 할 수 있는 일이라면 목숨 같은 도장이라도 내놓는 것이 도리라고 여긴다.

옛 이야기에 들으면 중한 죄를 짓고 옥에 갇힌 남편을 위해서 몸을 팔아 속량하는 수도 있고, 대신 목숨을 바쳐 구하는 수도 있지 않은가? 하늘 같은 남편이 감옥에 가게 되면 나는 무슨 면목으로 목구멍에 쌀물을 넘기고 살아 있는단 말인가? 〔…중략…〕 모두 다 내 팔자 소관이다. 남편네가 저 지경이

되고 최씨 집안이 망하는 판에 아무리 무서운 도장이라도 내놓는 수밖에 더
있으랴. 남편 하나 구하려면 본처인 내가 죽으래도 죽고 살래도 살아야지.

— 「도장」

자신이 본처이며, 죽어도 최씨 집안의 귀신이라는 생각, 조강지처의
의무를 절대적인 가치 기준으로 받아들이면서 자신의 삶을 남성의 지
배 논리에 귀착시키는 이러한 성차별적 인식 구조는 결국 자신이 마지
막까지 부여잡았던 본처로서의 자기 존재의 가능성마저 상실하는 결과
를 낳는다.

이선희의 「도장」이 가부장적 성차별 논리에 기반한 봉건적 질서를 내
면화함으로써 역설적으로 자신이 충실하고자 했던 가부장적 사회의 희
생양이 되고 만 여성의 모습을 그리고 있다면, 최정희의 「점례」(1947)
는 봉건적 신분질서에 길들여진 군중들 속에서 소외되고 희생되어 가
는 한 어린 소녀의 모습을 그리고 있다. 시집가는 것이 뭔지도 모르는
열네 살 소녀 점례는 그저 '장터 술집에 가면 배불리 먹는다는 것과 또
(약혼자) 복이가 서울 가서 사온 분홍 숙고사 교직 치마와 적삼을 입고
장난감 같은 거울을 들고 가루분을 작년에 시집간 순이 모양으로 뽀얗
게 발라 볼 생각'에 부푼, 지주 허승구네 소작인의 딸이었을 뿐이다. 그
러나 이런 점례의 소박한 꿈은 지주의 심술궂은 횡포로 말미암아 산산
조각이 나고, 점례도 '장난으로 던진 돌에 맞아 죽은 개구리'마냥 어이
없는 죽음을 당하고 만다.

그리고 보면 허승구의 신경을 날카롭게 하는 조건은 다른 데 있지 않았다.
해방 이후에 변동된 삼분병작제로 해서 자기들에게 닥쳐오는 타격과 또 앞

으로 참 자기 말마따나 세상이 어떻게 될지 모르는 불안스런 마음으로 해서 생기는 신경의 이상이라고 볼 수밖에 없는 것이다. 이로 말미암아 많은 그의 작인들이 유형무형의 희생을 당하게 되는 일이 적지 않았다. 점례의 닭도 말하자면 그럼으로 해서 희생된 것이요, 또한 점례는 닭이 그럼으로 해서 죽음에까지 이르게 되었던 것이다.

점례는 닭의 귀신이 씌어서 죽은 것이 아니었다. 하늘 공중에 꿰매어 달린 하얀 자기의 닭을 끌어내리다가 허승구가 던지는 돌에 맞아서 죽었다.

— 「점례」

그러나 이처럼 어이없는 점례의 죽음을 앞에 놓고도 허승구의 소작인들인 그의 가족과 마을 사람들은 별다른 저항을 하지 않는다. '몇백 년을 지주의 노예로서만 살아 내려오는 사이에 지어진 처량한 습성이요, 슬픈 전통'인 내성화된 비굴함과 복종심으로 인해 그들은 지주인 허승구의 심기를 거슬린 당연한 대가로 점례의 죽음을 받아들인 것이다. 봉건적 신분제가 사라진 해방 이후에도 지주와 소작인이라는 경제적 상하 관계 안에 존재하는 불평등한 신분질서에 길들여진 군중들은 한 어린 여성의 죽음마저도 한낱 구경거리로 치부하면서 방관자적 시선으로 바라볼 뿐이다. 이처럼 최정희의 소설 「점례」는 한 어린 여성이 봉건적 신분질서의 차별적 구조와 이러한 신분질서를 내면화한 마을 주민들의 무관심 속에 희생되고 소외되어 가는 과정을 보여주고 있다.

4. 전쟁의 상흔과 여성의 삶

한국 현대사에 있어서 6·25 전쟁이 가지는 의미는 남다르다. 전쟁으로 인해 수많은 사람들이 삶의 터전을 잃고 헐벗음과 굶주림에 시달려야 했으며, 분단과 이산의 아픔으로 고통받고 상처입은 채 살아가야 했다. 전쟁 이후 만연해진 불신풍조와 가치관의 혼란은 기본적인 인간 관계와 삶의 논리마저 파괴하고 왜곡시켰으며, 이러한 혼돈과 가치 부재의 전후 상황은 소설을 통해서도 여실히 그려지고 있다. 여기에서 언급할 박경리와 박완서의 소설 또한 작가의 직접적인 전쟁 체험을 드러냄으로써 구체성과 진정성을 담보한다는 점에서 더욱 시사적이다. 무엇보다도 그러한 작가적 경험이 여성으로서의 독특한 경험과 맞닿아 있다는 점에서 더욱 주목할 만하다. 우리는 여성으로서 겪었던 작가 고유의 경험들을 소설을 통해 간접 체험함으로써 전쟁의 결과들이 당시 여성들의 삶에 어떠한 영향을 끼쳤는지를 살펴볼 수 있다.

박경리(1926~)는 1955년 단편 「계산」이 『현대문학』에 초회 추천되고 이듬해 단편 「흑흑백백」이 추천 완료되어 본격적인 작품 활동을 시작했으며, 『김약국의 딸들』 『시장과 전장』 『토지』 등의 다수의 작품을 발표했다. 박경리의 초기 작품인 「불신시대」(1957)는 작가의 자서전적 삶이 투영된 소설로서 남편을 전쟁의 폭격으로 잃고 어린 아들마저 부당한 의료 사고로 잃은 채 전후의 황폐하고 타락한 불신의 시대를 견디며 살아가는 한 여성의 모습을 형상화한 작품이다.

9·28 수복 전야에 남편이 폭사한 후 진영은 친정어머니와 아들과 함께 근근히 살아간다. 그러나 아이가 아홉 살 되던 해, 아들 문수마저도 의사의 무모한 뇌수술로 인해 '도수장 속의 망아지처럼' 죽는다. 진영

은 아들의 죽음으로 인한 정신적 상실감과 폐결핵으로 인한 신체적 고통을 감수하며 하루하루를 견디듯 살아간다. 아들의 죽음 앞에서도 '살겠다고 버둥대는 어머니와 자기의 모습'을 '한없이 비루하게' 느끼면서 진영은 아들의 영혼을 위로하기 위해 종교에 의탁하고자 한다. 자신의 곗돈마저 떼어먹은 친척 아주머니를 따라 성당에 가기도 하고 절에서 불공을 올리기도 한다. 그러나 아들의 시식불공을 드리러 간 날, 절에서마저 모든 것이 돈으로 환산되고 평가되는 시대적 풍조 앞에서 진영은 분노를 느낀다.

그릇을 들고 온 젊은 중이 돈을 옆으로 밀어 놓으면서 시무룩하게, "영가 노자가 너무 적군요. 이 세상이나 저 세상이나 그저 돈이 있어야지, 동무하고 쓰고 놀다가 돌아가지 않겠어요?" 진영은 머릿속에 피가 꽉 차오는 것을 느낀다. 돈을 그렇게밖에 준비하지 못한 어머니의 인색함을 심히 저주하는 마음이었던 것이다. 젊은 중은 들고 온 그릇에다 영가 앞에 차린 음식을 조금씩 덜어 놓는다. 나물, 떡, 자반, 과실, 그렇게 차례차례 손이 간다. 마침 먹음직스런 약과에 손이 닿자 별안간 목탁을 치던 중이, "그건 그만두구려!" 바락 소리를 지른다. 젊은 중은 진영을 힐끗 보면서 총총히 바깥 시식돌로 음식을 버리러 나가는 것이었다. 진영은 기가 막혔다. 처음부터 거래임에는 이의가 없었다. 그러나 이쯤 되면 어지간한 감정도 폭발 아니할 수 없었다. 진영은 양 손으로 얼굴을 폭 쌌다. 울음이 터진 것이다.

―「불신시대」

아들의 죽음이 돈 몇 푼의 값어치로 환산되어 냉대를 당하는 상황 속에서 진영은 솟아나는 울분과 슬픔의 감정을 억제하지 못한다. 인간의 생명이나 죽음보다도 물질적 가치가 절대적인 기준이 되고, 타인에 대한 일말의 배려나 동정도 배제한 채, 자신의 잇속만 채우려는 타락한 시대에 진영은 깊은 불신과 절망을 느낀다. 이처럼 타락한 전후의 가치관은 그 시대의 구석구석에 만연해 있다. 주사약의 분량을 속이고, 동네 건달꾼이 의사 행세를 하며, 빈 약병의 거래를 통해 가짜 주사약이 범람하는 병원의 행태들을 보며, 인술을 베풀어야 할 의사마저 상인으로 전락하는 시대적 상황에 진영은 인간에 대한 기본적인 신뢰감마저 상실하게 된다.

이처럼 「불신시대」는 가장 근본적인 인간의 존엄성마저 무시당하며 물질 중심의 가치관만이 난무하는 불신과 혼돈의 시대를 어떻게 견디며 건너가야 하는가를 한 여성의 상처받은 삶의 여정을 통해서 잘 드러내고 있다. 「불신시대」의 진영이 자신에게 '항거할 수 있는 생명'이 남아 있음을 깨달으며, 자기 긍정의 인식을 통하여 불신과 타락의 시대를 극복할 인간 존엄성 회복의 가능성을 시사하고 있다면, 박완서의 소설 「카메라와 워커」(1975)는 전쟁 이후 불모화된 사회가 양산한 시대적 가치관에 부합하는 가장 무난한 삶의 방식을 선택하여, 끊임없이 소시민적 생활을 지향했던 한 여성의 바람이 어떻게 왜곡된 결과를 낳는가를 보여준다.

박완서(1931~)는 1970년 『여성동아』 장편소설 공모에 『나목』이 당선되어 문단에 데뷔했으며, 이후 『부끄러움을 가르칩니다』 『배반의 여름』 『엄마의 말뚝』 등의 작품을 발표했다. 박완서 또한 전쟁으로 인한 개인사적 체험을 바탕으로 한 다수의 작품을 써 왔으며, 「카메라와 워커」도 이 범주에 속한다.

6·25 전쟁으로 양 부모를 잃은 고아 조카를 키우면서, 고모인 나와

나의 어머니는 조카를 이 시대에 가장 무난한 사람의 하나로 키우기 위해 애쓴다. '손자가 좋은 학교 나와서 착실한 직장 가지고 결혼해서 일요일날이면 처자식 데리고 카메라 메고 놀러 나가고 당신은 집을 봐주는 게 평생 소원'인 어머니와 어머니가 그 정도의 행복은 누리게 하고 싶은 나의 바람으로 인해 조카인 훈이는 어머니와 나의 계획대로 자신의 인생을 키워 간다. '전문학교까지 나온 주제에 해방되고도 직장이라곤 가져 본 적이 없'는, 막연히 빨갱이라고 여겼던 죽은 오빠의 삶과 조금만치의 연관도 없기를 바라는 마음에, 조카의 의사와는 상관없이 이과를 선택하게 하고 기술자가 되기를 종용한다. 그러나 순탄하게 풀리리라 여겼던 조카의 삶은 조금씩 어긋나기 시작하고, 결국은 외지고 험한 공사 현장에서 하루 종일 열악한 환경과 노동에 시달리는 계약직 기술자가 된 조카의 모습을 보며 나는 혼란을 경험한다.

훈이가 젖먹이일 적, 그때 그 지랄 같은 전쟁이 지나가면서 이 나라 온 땅이 불모화해 사람들의 삶이 뿌리를 송두리째 뽑아 던져지는 걸 본 나이기에, 지레 겁을 먹고 훈이를 이 땅에 뿌리내리기 쉬운 가장 무난한 품종으로 키우는 데까지 신경을 써 가며 키웠다. 그런데 그게 빗나가고 만 것을 나는 자인했나. 뭐가 잘못된 것일까. 나는 가슴이 딥딥해서 절로 한숨을 쉬었다. 그러나 후회는 아니었다. 훈이를 키우는 일을 지금부터 다시 시작할 수 있다면 이러이러하게 키우리라는 새로운 방도를 전연 알고 있지 못하니, 후회라기보다는 혼란이었다.

— 「카메라와 워커」

조카의 가장 평범하고 일상적인 삶의 영위를 통해 자신이 겪은 '더럽고 잔인한 전쟁에 대해 통쾌한 복수를 할 수 있고 그때 받은 깊숙한 상처의 치유를 확인받을 수 있으리라는 나의 소박한 바람은, 그러나 결국 전쟁을 통해 훼손된 삶의 진정성을 정면에서 맞서 회복하는 방식이 아니라, 적당히 타락한 현실과 타협하고 그 속에서 개인적이며 자족적인 생활을 꾸려 나가는 소시민적 인생관으로 무장하기를 바라는 시대적 분위기와 영합함으로써 결국 막다른 골목에 직면하게 된다. 전쟁의 잔인한 결과로 남편과 아들, 가족들을 잃은 처참한 상황 앞에 놓인 많은 여성들이 자신의 남은 삶을 유지시키기 위해 전전긍긍하며 현실과 타협하고 그 안에 편입되는 것을 생존 전략으로 삼아 왔다. 작가는 이처럼 전쟁 이후에 만연한 가족 이기주의와 물질 중심의 가치관에 기반한 소시민적 삶의 방식에 대한 맹목적인 추구와 이를 부추기는 사회 현실과의 타협이 결국은 전후의 상처와 가난에 기인한 왜곡된 보상 심리의 또 다른 변주임을 소설을 통해 역설적으로 드러내고 있다.

5. 박제화된 일상과 여성의 탈주 욕망

지금까지 여성 작가들에 의해 쓰여진 몇몇 소설들을 통해, 근대 초기 이후 빈곤의 문제에 직면한 여성의 황폐한 삶의 양태에서부터 가부장적 봉건질서에 의해 왜곡되고 소외된 여성의 문제, 그리고 전쟁이라는 폭력의 시기가 지나간 후 가치관의 부재와 혼돈 속에서 방황하는 여성들, 혹은 그러한 현실을 왜곡된 형태로 받아들임으로써 타협과 적응으로 생존의 전략을 삼고자 하는 여성들에 대하여 살펴보았다. 마지막으로 이 글에서는 산업화 시대 이후 일상이라는 공간에서 은폐된 여성적 욕망을 지닌 채 살아가는 여성들이 소설 속에서 어떻게 형상화되고 있는지에 대해 살펴보도록 하겠다.

1968년 「완구점 여인」으로 중앙일보 신춘문예에 당선되어 작품 활동을 시작했으며, 『불의 강』 『유년의 뜰』 『불꽃놀이』 등의 작품집을 상재한 오정희(1947~   )는 여성들이 가장 친숙하게 느끼고 자신들의 일차적인 삶의 자리라고 여기는 일상적인 가정의 공간이 어떻게 여성들을 은밀하게 억압하며 여성들의 일탈에의 욕망을 은폐하는지, 그리고 억압된 여성적 욕망들이 어떤 식으로 표출되는지를 잘 보여주는 작가이다. 오정희의 단편 「야회」(1981)는 대학 교수인 남편과 두 남매를 둔 가정주부 명혜의 일상적 삶과 그와 대비되는 일탈에의 욕망, 광기어린 내면의 표출 등을 보여주는 작품이다.

소설 속에서 작가는 명혜의 주부로서의 일상적인 삶의 단편과 이에 대비되는 명혜 내면의 욕망과 사유들을 번갈아 보여줌으로써 안일한 일상의 이면에 존재하는 여성들의 억압된 심리와 탈출에의 욕망을 드러낸다. 도배와 바닥 니스칠로 하루 해를 다 보내고, 가족들의 식사 준비를 하며, 아픈 아이를 업고 병원을 찾아 뛰어다녀야 하고, 초대받아 간 부부 동반의 파티 자리에서는 대학 교수인 남편의 지위와 입장을 고려해 어느 정도의 예의는 지킨 채 앉아 있어야 하는, 엄마로서, 아내로서, 주부로서의 역할을 부여받은 명혜의 내면은 그러나 반복적인 일상의 중압감에서 벗어나 '한없이 느린 흐름과 불투명한 긴장 속'을 날아가는 '흰 새'처럼 자유롭고 싶은 욕망으로 가득 차 있다. 타인을 위해 존재하는 보조자로서의 여성의 역할에서 벗어나, 자기 내면의 목소리에 귀 기울이며 자아를 재발견하고자 하는 명혜의 내적 욕망은 글쓰기라는 행위를 통해 표출된다.

밤마다 명혜는 늦도록 불을 켜놓고 책상 앞에 앉아 스쳐 간 인상, 자신이 살아온, 그리고 살아갈, 또한 다른 사람들이 살아가는 내력과 얽힘을 더듬고 그것이 그 스스로의 활성을 얻어 작용하여 생의 은유(隱喩)로서 형상화되기를 바라며 몇 자씩 쓰곤 했다. 그러나 흰 종이 위에서 인생은 보잘것 없는 일상의 연속이고 통속적인 흐름이었다. 흰 종이 위에서는 어떤 것도 유치하고 흔한 이야기가 되어 버렸다. 하지만 명혜는 밤마다 책상 앞에 앉는 일을 포기하지 않았다.

—「야회」

'자신의 내부에 괴롭게 끓고 있는 욕망을 형상화시킬 하찮은 실마리를 찾아 헤매인 시간과 길목들'을 보여주고 있는 명혜의 글쓰기 작업은 '통속적인 흐름'으로 자신의 삶을 얽매는 '일상의 연속'으로부터 벗어나려는 치열한 몸부림이며, 마지막 안간힘이다. '정원에서 벌어지는 은성한 파티와는 무관하게 홀로 켜져 있는 불빛'에서 '굵은 쇠창살'에 갇혀 신음하는 자기 내면의 광기어린 탈출에의 욕망을 감지한 명혜는 그 불빛에 정다움을 느끼며 '눈에 보이지 않게 서서히 미쳐' 가는 자신을 목격한다. 그러나 이러한 일탈에의 욕망, 자신의 광기어린 내면을 직시하는 행위는 '참을 수 없는 두려움'을 동반한다. 왜냐하면 그 안에는 자신이 지금껏 유지해 왔던 일상이라는 거대한 체계를 한순간에 무너뜨릴 수 있는 가능성이 잠복해 있기 때문이다. '겁에 질린 어린 아들을 상대로 술주정을 하고 있는 자신을 보는 두려움'을 느끼며 일상의 유지와 탈출에의 욕망의 경계선에서 아슬아슬한 줄타기를 하는 명혜의 모습은 다름 아닌, 자기 내면의 진정한 여성적 자아를 표출하고픈 욕망을 감춘 채, 반복적인 일상의 쳇바퀴 안에서 끊임없이 맴돌고 있는 평범한 여성들의 모습을 대변한다고 할 수 있다.

6. 맺음말

이상으로 한국 여성소설에 나타난 여성들의 삶의 궤적들을 살펴보았다. 빈곤의 문제가 가장 심각한 사회 문제로 대두되었던 일제 강점기의 여성들의 삶을 여성 가장의 입장에서 구체적으로 묘사해낸 박화성의 「추석전야」, 강경애의 「소금」, 백신애의 「적빈」이 극도의 빈곤한 상황 속에서 가까스로 삶을 연명해 나간 소외되고 희생된 여성들의 목소리를 재현해내고 있다면, 이선희의 「도장」과 최정희의 「점례」는 가부장적 봉건질서에 기반한 왜곡된 성윤리와 차별적 신분제도의 피해자로 어이없게 희생된 여성들의 모습을 그리고 있다고 할 수 있다. 또한 한국 현대사의 가장 비극적인 사건인 6·25 전쟁을 거치면서 전후 시기에 급속도로 양산된 불신과 물질 만능의 풍조, 소시민적 가족 이기주의가 팽배해진 시대적 분위기 속에서 가치관의 혼란과 왜곡된 삶의 논리로 인해 정신적 위기에 직면한 여성들의 모습을 우리는 박경리의 「불신시대」와 박완서의 「카메라와 워커」를 통해 살펴볼 수 있었다. 마지막으로 신업화 시대 이후 반복적이며 판에 박은 일상적 생활의 압박 아래에서, 자기 내면에 숨겨진 일탈에의 욕망들을 온전히 분출하지 못한 채, 글쓰기라는 행위를 통해 아슬아슬한 경계에서의 삶을 유지시켜 나가는 여성을 그린 오정희의 「야회」를 통해서 우리는 현재 여성들이 직면한 억압적 현실의 이면을 더듬어 볼 수 있었다.

이처럼 각 시대의 치열한 삶의 현장을 온몸으로 견뎌냈던 여성들의 굴곡진 삶의 면면들은 여성 작가들의 목소리를 통해 재구성되며, 우리는 이렇게 재현된 과거 여성들의 삶에 현재 우리의 모습을 비춰봄으로써 좀더 나은 평등 지향적 미래를 향해 한 걸음 더 내딛을 수 있는 가능성을 발견하게 된다.

주요 어휘 풀이

■「소금」

수목 헌 솜으로 실을 켜서 짠 무명.

백주 대낮.

시국 현재의 국내 및 국제 정세.

농량 농사를 짓는 동안 먹을 양식.

토담 흙으로 쌓아 만든 담.

파수 경계하여 지키는 것. 또는, 그 사람.

조겨 볏과의 한해살이풀 '조'를 찧어 벗겨 낸 껍질.

화전 원시적 농사 방법의 하나. 산이나 들에서 초목에 불을 지르고 그 자리를 파 일 구어 농사를 짓는 밭.

가녘 가장자리나 언저리.

다박솔 '다복솔'의 충청 방언. 가지가 빈틈 없이 옆으로 많이 퍼져 소복하게 된 어린 소나무.

장죽 긴 담뱃대.

참봉 조선 시대에 능(陵)이나 원(園), 종친 부·돈령부 등에 속했던 종9품 벼슬.

짚낟가리 벼·밀·보리·조 등의 이삭을 떨어낸 줄기를 쌓은 더미.

궁핍 몹시 가난하고 궁함.

시렁 방이나 광 등의 벽과 벽 사이에 물건을 얹어 놓을 수 있도록 두 개의 긴 통나무를 가로질러 설치한 구조물. 일종의 선반.

시재 바로 지금 진행되고 있는 시간. =현재(現在).

마적단 만주 지방에서 말을 타고 떼를 지어 다니던 도적.

파종 씨뿌리기.

극상 품질이 가장 좋은 상태. 또는, 그러한 물건. =막상(莫上).

송구하였다 두려워서 마음이 몹시 거북하였다.

무뚝 '무뜩'의 오자. 생각이나 느낌들이 매우 갑자기 드는 모양. '문득'의 준말.

책보 책을 싸는 보자기. 또는, 그것으로 책을 싼 보퉁이. 특히, 지난날 초등학생의 책가방 대용물을 가리킴. =책보자기.

반공일 오전만 일을 하고 오후에는 일을 쉬는 날. 곧, 토요일.

◀ 사회주의 리얼리즘 이념에 근접한 작품으로 평가되는 강경애의 역작 『인간 문제』.

양미간 두 눈썹 사이.

개화 사람의 지혜가 열리고 사상과 문물제도가 진보하는 것.

김매고 논밭에 나는 잡풀을 뽑아 없애고.

눈등 눈언저리의 두두룩한 곳.

비굴하게 (사람이나 그의 행동이) 자기보다 강한 사람이나 세력 앞에서 바른 주장이나 행동을 하지 못하고 지나치게 낮추거나 굽히는 태도로.

마대 거친 삼실로 엉성하게 짠 자루.

언쟁 말다툼.

고학 학비를 자기의 힘으로 벌어 고생하며 배우는 것.

캉 우리 나라의 부뚜막과 거의 흡사한 중국의 가옥구조로, 그 밑에 구들을 놓아 불을 땔 수 있게 하고, 그 위에 자리를 펴고 밤이면 누워 자거나 낮에는 손님 접대를 할 수 있게 되어 있음.

가화 종이나 헝겊 따위로 꽃과 똑같은 형태로 만든 물건. =조화(造花).

체경 몸 전체를 비추어 볼 수 있는 큰 거울.

궐련 잘게 썬 담뱃잎을 얇은 종이에 가늘게 말아 놓은 물건. 오늘날 가장 일반적인 형태의 담배임.

신록 늦봄이나 초여름에 새로 나온 잎의 푸른빛.

논귀 논의 귀퉁이.

깡깡이 '해금(奚琴)'의 속칭.

완연히 어떤 기운이 뚜렷이.

적삼 윗도리에 입는 홑옷. 모양은 저고리와 같음. =단삼(單衫).

석양 해가 저물 무렵.

새초롬해서 시치미를 떼고 새침하거나 얌전한 기색을 꾸며서.

주리치고 그만두고.

가련해 가엾고 불쌍해.

삭수 개월 수.

후환 뒷날의 걱정과 근심.

교외 들이나 논밭이 비교적 많은, 도시의 주변.

뻐기고 틈을 넓게 벌리고.

생색 (주로, '나다', '내다', '쓰다' 등과 함께 쓰여) 도움이나 은혜 등을 베푼 일을 짐짓 남에게 드러내거나 그런 일이 알려지게 됨으로써 서게 되는 체면.

시뻑 대수롭지 않게.

저자 '시장'을 예스럽게 이르는 말.

어스름 날이 저물 무렵이나 동이 트기 전에 햇빛이 거의 비치지 않아 물체가 희미하게 보일 만큼 어두운 상태.

직각 보거나 듣는 즉시 바로 깨닫는 것.

고대 (어떤 일이나 때를) 몹시 기다리는 것.

척척해 젖은 것이 살에 닿아서 차갑고 불유쾌한 느낌이 있어서.

낙수 빗물·눈석임물 또는 고드름이 녹은 물 등이 처마 끝에서 떨어지는 물.

이밥 입쌀로 지은 밥. =흰밥, 쌀밥.

채마 채소.

맞질린다 기본형은 '맞질리다'. 이가 맞부 딪힌다.

참담한 (일이나 상태가) 비참하고 막막한.

비운 비참하거나 불행한, 슬픈 운명.

나스스하였다 기본형은 '나스르르하다'. (가늘고 짧은 보드라운 털이나 풀 따위가) 성기고 가지런했다.

뜨물동이 곡식을 씻어서 부옇게 된 뜨물을 담는 질그릇.

아뜩아뜩하였다 '아뜩하다'의 강한 표현. 정신을 잃어 까무러칠 지경에 이르렀다.

신변 몸의 주변. 또는, 몸.

각일각 시간이 지남에 따라 점점 더.

철천지원수 하늘에 사무치도록 한이 맺히게 한 원수.

입때 어떤 행동이나 일이 이미 끝나거나 이뤄졌어야 함에도 그렇게 되지 않은 상태에 있음을 불만스럽게 여기는 뜻을 나타내는 말. 여태.

물큰 냄새가 한꺼번에 확 풍기는 모양.

고소 쓴웃음.

포단 이불.

이지러짐 한귀퉁이가 떨어지거나 찌그러짐.

염병 '장티푸스'의 속칭. 또는, 전염병.

일신 자기 한 몸.

파리해 기본형은 '파리하다'. (얼굴빛이나 살빛이) 몸이 쇠약하거나 하여 핏기가 없고 해쓱해.

심산 속셈.

겹옷 솜을 두지 않고 거죽과 안을 맞추어 지은 옷.

극력 있는 힘을 다하여. 힘껏.

애수한 가슴에 슬픈 근심이 스며드는.

오한 몸이 오슬오슬 춥고 떨리는 기운.

께느른한 기본형은 '께름하다'. 마음에 거리끼어 언짢은 데가 있는.

해감탕 물속에서 흙과 유기물이 썩어 생기는 냄새나는 찌끼.

곱디뎠다 (발을) 접질리게 디뎠다.

모둘 두 다리를 한데 모을.

용이하게 기본형은 '용이하다'. 퍽 쉽게.

지체 때를 늦추거나 질질 끄는 것.

오롯이 고요하고 쓸쓸하게.

원로 먼길.

관염 관청에서 제조 · 판매하는 소금.

단포 단발 총.

사염 개인이 가진 소금.

■ 「추석전야」

방적 동식물의 섬유를 가공하여 실을 만드는 일.

기적 주의나 경계 등의 신호로서 소리를 내는 장치.

벤또 '도시락'의 일본어.

굴지 여럿 가운데에서 손가락을 꼽아 셀 만큼 뛰어난 것.

면화 아욱과의 한해살이풀. 높이 약 60cm. 가을에 백색 또는 황색의 꽃이 피며, 솜털이 달린 씨가 나옴. 솜털을 모아서 솜을 만들고, 씨에서는 기름을 짬. =목화.

선두 배의 머리. =이물.

◀ 「적빈」에서 영신이 일하던 방적
공장의 여성 노동자들.

건물 생선이나 육류를 말린 것.

주린 기본형은 '주리다'. 먹을 만큼 먹지
못하여 배가 고픈.

풍파 세상살이의 어려움이나 고통. 험한
분쟁이나 분란.

당저 중국에서 나는 모시. 폭이 넓고 톡톡
함. =당모시.

의구히 옛날과 같이 변함없이.

비분 슬프고 분한 것.

재게 빠르게.

북 재봉틀의 부속품의 하나. 밑실을 감은
실톳을 넣어 두는 조그마한 쇠통.

분 억울하거나 원통하거나 하여 화가 나는
상태.

평일행위 늘상 해오던 일.

도척이 '몹시 악한 사람'을 비유하여 이르
는 말.

동이며 기본형은 '동이다'. (끈이나 새끼·실
따위로) 감거나 두르거나 하여 묶으며.

대목 설이나 추석과 같은 명절에 즈음하여
경기가 활발한 시기.

송방 예전에, 서울에 있는 개성 사람의 주
단포목점을 이르던 말.

대님 한복 바지를 입은 상태에서, 가랑이
맨 아래쪽을 발목 부분에서 오므려 접은
뒤에 그 둘레에 돌려 매는 끈.

호사치레 호화롭게 사치하여 꾸미는 물건.

안남미 인도차이나 반도의 안남 지방에서
생산되는 품질이 나쁜 쌀.

월사금 옛날에 다달이 내던 수업료를 이르
던 말.

늘비한 죽 늘어서 있는.

수림 식물이 밀집하여 자라고 있는 군락.

완연한 완전한. 뚜렷한.

빈민굴 가난한 사람들이 사는, 집들이 낡
고 범죄가 많은 지역.

도회 도시.

낙조 지평선이나 수평선 너머로 해가 지고
있는 붉은 빛.

만종 저녁때 절이나 수도원·교회 등에서
치는 종.

기선 증기기관의 힘으로 움직이는 배.

발동선 발동기를 추진기관으로 장치하고 운항하는 선박.

이면 표면에 나타나지 않는 내부의 사정이나 사실.

가세 한 집안의, 경제적 형편이나 사회에서의 지위나 영향력.

북망산 사람이 죽어서 파묻히는 곳을 이르는 말.

약가 약값.

대범히 (성격이나 태도가) 사소한 것에 얽매이지 않고, 너그러히.

생시 살아 있을 때.

고사 두껍고 깔깔하며 윤이 나는 비단.

갑사 얇고 성기게 짠 품질이 좋은 비단.

당목 중국에서 들어온 무명. 고운 무명 실로 폭이 넓고 바닥을 곱게 짠 옷감.

광포 폭이 넓은 삼베.

궁색 돈이 부족하여 살아가는 데 어려움을 겪는 상태에 있다.

천연히 시치미를 뚝 떼어 아무렇지도 않은 듯이.

싸래기 시래기. 무청이나 배추 잎을 말린 것.

명일 명절.

시찰 돌아다니며 실제의 사정을 살피는 것.

당지 일이 일어난 그곳이나 그 땅.

호사 호화롭게 사치하는 것. 또는, 그 사치.

철갑 물건을 담기 위해 철로 만든 작은 상자.

삯 어떤 물건·시설을 이용한 대가(代價).

실과 먹을 수 있는 초목의 열매.

전방 물건을 파는 가게 안의 공간.

박명 운명이 기박한 것.

정적 사방이 아무 움직임이나 소리가 없이 조용한 상태.

시근거려지는 배가 부르거나 분이 치밀어 숨소리가 자꾸 가쁘고 거칠어지는.

눈귀 눈 가장자리의 두두룩한 부분.

궁근다 뒹군다.

부여스럼한 산뜻하고 뚜렷하지 않고 희읍스름한.

배척 거부하여 밀어 내치는 것.

처량한 연민의 정을 느낄 만큼 쓸쓸하고 슬픈.

■ 「도장」

판박은 꼭 같은.

소박데기 남편이 미워해 멀리하는 아내.

동자질 밥짓는 일.

마전질 빨래를 삶거나 빨아서 바래는 일.

노상 한 모양으로 늘.

입귀 입의 양쪽 귀퉁이.

일색 소박은 있어도 박색 소박은 없다 얼굴이 예쁜 여자는 흔히 소박을 당해도, 얼굴이 못생긴 여자는 소박을 널 낭한나는 말로 사람됨이 얼굴에만 매인 것이 아님을 가리키는 말.

찌브는 기우는, 차이가 많이 나는.

하도 무척.

나서 '태어나서'의 준말.

첩석건 첩과 함께.

자저지게 자지러지게. 몹시도 재미나게.

조강지처 '지게미와 쌀겨로 끼니를 이을 때의 아내'라는 뜻으로 몹시 가난하고 천할 때 고생을 함께 겪어 온 아내.

후덕 후한 덕.

허두 글이나 말의 첫머리.

벌쭉하게 속의 것이 드러나 보일 듯 말 듯 하게 입을 벌리며 소리 없이 웃는 모양으로.

딴살림 따로 사는 살림.

교직 두 가지 이상의 실로 섞어 짜는 것. 또는, 그렇게 짠 옷감.

숙고사 삶아 익힌 명주실로 짠 고사. '고사'는 두껍고 깔깔하며 윤이 나는 비단.

속바지 한복에서, 가랑이의 통이 넓고, 홑으로 된 여름용 여자 속옷.

샘 남의 일이나 물건을 탐내거나, 자기보다 나은 처지에 있는 사람이나 적수를 미워하고 속을 태움. 또는 그런 마음.

끄들겠네 기본형은 '꺼두르다'. 마구 움켜쥐고 휘두르겠네.

국으로 제 생긴 그대로. 또는, 자기 주제에 맞게 잠자코.

해냈죠 기본형은 '해내다'. 여지없이 이겨냈죠.

폐백 신부가 혼례를 마치고 시댁에 와서 시부모를 비롯한 여러 시댁 어른들에게 드리는 첫인사. 신부는 미리 친정에서 준비해 온 대추·밤·술·안주·과일 등을 상 위에 올려놓고 큰절을 올림. 요즈음 혼례에서는 식을 마치자마자 그날로 예식장에서 행하는 경우가 많음.

민적 예전에 '호적'을 달리 이르던 말.

빙자 (어떤 일을) 부정적인 일이나 바람직하지 못한 일을 하기 위해, 그럴듯한 이유나 핑계로 내세우거나, 수단으로 이용하는 것.

이러구러 '이러구저러구'의 준말.

머릿장 머리맡에 놓고 쓰는 단층장.

요물 사람을 호려서 정신을 못 차리게 하는 사람이나 동물이나 물건.

징조 앞으로 어떤 일이 일어날 것인지를 미루어 알게 하는 일이나 현상.

때가다 붙잡혀 가다.

가산 집안의 재산.

질그릇 잿물을 덮지 않은, 질흙만으로 구워 만든 그릇. 겉면이 윤기가 없음.

연고 사유. 까닭.

숭악스런 기본형은 '숭악하다'. '흉악하다'의 전남 방언. 성질 따위가 음흉하고 모진.

야료 까닭 없이 트집을 잡고 함부로 떠들어대는 짓.

행랑방 대문의 양쪽이나 문간 옆에 있는 방.

백전노장 '수많은 싸움을 치른 노련한 장수'를 뜻하는 말로, 세상의 온갖 어려운 일을 많이 겪은 노련한 사람을 가리킴.

황망히 (사람의 태도가) 마음이 급하거나 당황하여 허둥거리는 상태에 있는.

신상 한 사람의 신변에 관계된 형편.

변고 재앙이나 사고.

속량 몸값을 받고 종의 신분을 풀어 주어 양민이 되게 하는 것을 뜻하는 말로 여기서는 남편의 죄갚음을 아내가 대신 한다는 뜻으로 쓰임.

페미니즘이란 기존의 남성중심적인 사회에서 '제2의 성', '결함 있는' 남성으로 간주되어 왔던 여성에 대한 제반 문제 의식에 기반하여, 성차별적인 사회 구조를 변화시켜고 여성 해방적인 전망, 궁극적으로는 인간 해방적인 전망을 제시하려는 일련의 움직임을 지칭한다. 곧 페미니즘은 스스로를 억압받고 차별받는다고 느끼는 여성들의 공통된 관심사를 체계적으로 이해하려는 노력이나 남성 특유의 사회적 경험과 지각 방식을 보편적인 것으로 표준화하려는 태도를 근절시키려는 시도를 의미한다. 또한 여성적인 것의 특수성이나 정당한 차이를 정립하고자 하는 것, 여성 억압에 대한 관심에서 출발하여 그 타파를 지향하는 것, 여성을 억압하는 객관적 현실을 올바르게 파악하고 그 해결을 모색하는 것 등의 움직임을 그 내부에 포함하게 된다. 이러한 페미니즘의 입장은 '문학'이라는 장르와 효과적으로 결합될 수 있다. 문학은 인간의 삶에 나타나는 현실적 모순들을 문제삼으면서 사회의 결손이나 빈약함에 대해 보완적이고 수정적인 기능을 지닌다. 따라서 페미니즘 문학은 문학적 형상화를 통해 여성이 처한 현실과 여성들에게 가하는 사회의 폭력을 가시화함으로써 고발과 각성을 유도할 수 있다는 점에서 의의를 지닌다. 기존의 문학 전통에서는 남근(penis)과 펜(pen), 사정(射精)과 언어의 방출을 연결시키면서 남성에게만 글쓰기의 특권을 부여했고, 부재나 침묵, 불가시성(不可視性), 궁핍 등의 부정적 징표만을 여성에게 부여했다. 이처럼 남성 중심적인 전통에 입각해서 여성작가를 차별하는 비평을 '남근비평(phallic criticism)'이라고 한다. 이러한 기존의 문학 전통과 남근비평의 한계를 극복하기 위해 페미니즘 문학은 기존의 문학을 다시 읽고 다시 쓰기를 요청한다. '다시-보기(re-vision)'를 통해 새로운 여성적 시각으로 기존의 문학작품을 재비평거나, 문학 속에 내재한 남성적인 보편성을 강조하는 가부장적 가치관에 '동의하는 독자'가 아닌 '저항하는 독자'가 되도록 요구한다. 이를 통해 페미니즘 문학은 그 동안 남성적 전통 속에서 무시되었던 여성문학의 전통을 재발견하는 것을 목적으로 한다. 이러한 여성문학의 전통은 '여성적 글쓰기'라는 여성 작가들의 글쓰기 행위를 기반으로 형성된다. 여성적 글쓰기란 여성의 삶에 형식을 부여함으로써 주체적이고 독자적인 세계를 창조하며 자신의 삶을 이야기히는 과정에서 자아 정체성을 구성하는 언술 행위를 말한다. 때문에 여성적 글쓰기는 여성 고유의 특성이나 잠재력의 영역을 탐구함과 동시에 지금까지 내려온 이성이나 남근 중심의 사회·문화적 구조를 변화시키는 사고의 출발점이자 변화 가능성을 나타내는 개념이 된다.

가속 한 집안에 딸린 식구.

우둥퉁한 크고 퉁퉁한.

■ 「점례」

옹색스러운 생활이 어려운.

운신 몸을 움직임.

자리걷이 관(棺)이 집 밖으로 나간 뒤에, 관이 있던 자리에 음식을 차려 놓고 죽은 사람의 명복을 비는 일.

야속한 섭섭하게 여겨져 언짢은.

부적 도교(道敎) 등 민간 신앙에서 하는 일로, 악귀와 잡신을 쫓고 재앙을 물리치기 위해 붉은 글씨 모양의 것을 야릇하게 그려 몸에 지니거나 집에 붙이는 종이.

부접 감히 가까이 사귀거나 다가들지 못하다.

부호 재산이 넉넉하고 세력이 있는 사람.

장안 중국의 옛 수도 이름에서 유래한 말로 '서울'을 일컫는 말.

추앙 (어떤 사람을 어떤 존재로) 높이 받들어 우러르는 것.

정혼 혼인하기로 약속하여 정하는 것.

판수 점을 치는 일을 직업으로 삼는 소경. '소경'이란 시각 장애인을 가리키는 말.

부조 잔칫집이나 상가(喪家) 등에 돈이나 물건을 보내는 것.

실심낙담 근심으로 마음이 맥이 빠지는 것.

모다 '모두'의 방언.

죽 옷·그릇 따위의 열 벌을 한 단위로 세는 말.

단속곳 한복에서, 속바지 위에 입는 여자용 속옷. 양 가랑이가 넓고 밑이 막혔으며, 이 위에 치마를 입음.

고쟁이 한복에서, 가랑이의 통이 넓고 홑으로 된, 여름용 여자 속옷. 단속곳과 속속곳 사이에 입음.

광목 무명올로 폭이 넓게 짠 베.

옥양목 생목보다 발이 고운 무명의 옷감. 빛이 썩 희고 얇음. 세는 단위는 통.

생모시 잿물에 삶아 물에 빨아 말리지 않은, 생것 그대로의 모시.

양단 은실이나 색실로 여러 가지 무늬를 놓고 겹으로 두껍게 짠 고급 비단.

호박단 광택이 있는 얇은 평직(平織)의 견직물. 블라우스·스커트 등의 여성복이나 양복 안감 등에 사용함. ＝태피터.

뉴똥 명주실로 짠 옷감의 하나. 빛깔이 곱고 보드라우며 잘 구겨지지 않음.

새틴 견직물의 하나. 광택이 나고 보드라운 수자직의 옷감.

주단 명주와 비단의 총칭.

포목 베와 무명.

습성 (어떤 사람이) 자기도 모르게 반복적으로 나타내는 일정한 행동.

죽지 새의 날개가 몸에 붙은 부분.

즉살 즉석에서 죽이는 것.

어리 싸리 따위의 가는 나뭇가지로 반구형에 가깝게 촘촘히 결어 병아리들을 가두어 둘 수 있게 만든 물건. 흔히, 농가에서 마당에서 기르는 병아리가 멀리 흩어지지 않게 하고 다른 동물의 습격으로부터 병아리를 보호하기 위한 목적으로 사용함.

수직 (건물·물건 등을) 맡아서 지키는 것. 또는 그 사람.

개다리질 방정맞고 채신없게 구는 얄미운 짓을 속되게 이르는 말.

매수 물건을 사들이는 것.

경작권 토지를 경작할 수 있는 권리. '경작'은 (논·밭 따위의 토지를) 심은 곡물이나 채소 등이 잘 자랄 수 있게 갈고 보살피는 것.

변리 빌려 쓴 돈의 이자.

악형 모질고 잔인한 형벌에 처하는 것. 또, 그 형벌.

쪽대문 바깥채나 사랑채에서 안채로 통하는 작은 대문.

쉬 파리의 알.

가긍해서 불쌍하고 가여워서.

곧추뜨고 (눈을) 위로 향하여 뜨고.

희멀끔하다 얼굴빛이 희고 멀끔하다.

잿물 물에 재를 탄 것.

황천길 죽어서 저승으로 가는 길.

지절거린다 수다스럽게 자꾸 지껄인다.

■ 「적빈」

척당 성(姓)이 다른 혈연 관계. 고종(姑從)·이종(姨從)·외종(外從) 등.

허드렛일 중요하지 않은 일.

당돌하게 (어떤 사람이) 윗사람 앞에서 어려워하거나 삼가지 않고 제 주장이나 의견을 주제넘게 내세우는 태도로.

일당백 (혼자서 백 사람을 당한다는 뜻으로) 원래는 매우 용감하거나 능력이 많음을 이르는 말이나 여기서는 매촌댁 아들이 매우 게으르고 나쁜 짓 하는 데 뛰어남을 비유하는 말로 쓰임.

품팔이 품삯을 받고 남의 일을 해주는 것.

대지 세를 받고 빌려 주는 땅.

일간토옥 한 칸밖에 안 되는 작은 토담집.

천대 업신여겨 푸대접하는 것.

셈을 차릴 사물을 분별하는 판단력이 날.

패장 관청이나 일터의 일꾼을 거느리는 사람.

곁방살이 남의 집 곁방을 빌려 사는 살림.

당삭 아이 낳을 달을 맞는 것. =당월.

체머리 머리가 저절로 흔들리는 병적인 상태.

몽당치마 줄어들거나 입는 사람의 키가 크거나 하여 깡총하게 짧아진 치마.

이지러지고 한 귀퉁이가 떨어지거나 찌그러지고.

적선 동냥질에 응하는 행위를 좋게 표현하는 말.

지게문 한옥에서, 바깥에서 방으로 드나드는 문. 한 짝 또는 두 짝으로 되어 있는데, 흔히 돌쩌귀를 달아 여닫게 함.

속심판 명예나 이익에 끌리는 속된 마음.

조약 약을 조제하는 것.

객귀 객지에서 죽은 사람의 혼. 떠돌아다니는 귀신.

체증 체하여 소화가 잘 안 되는 증세. =체병.

툇마루 각 방과 대청에 연결하여 마당 쪽으로 낸 마루.

조당수 좁쌀에 술을 넣어 미음같이 묽게 쑨 전래(傳來)의 음식.

통기 (어떤 사실을) 기별하여 알리는 것.

오정 오시(午時)의 한가운데 시각. 곧, 낮

12시.

태 태아를 싸고 있는 조직. 곧, 태반과 탯줄을 말함.

스리 '소매치기'를 뜻하는 일본어(=すり).

송진 천연수지의 하나. 소나무 등의 침엽수에서 분비되는 끈적끈적한 액체. 독특한 향기가 있으며, 고체화하면 황갈색의 무른 유리 모양이 됨.

가리가리 여러 가닥으로 찢어진 모양.

■「카메라와 워커」

워커 군화.

주변머리 '주변'을 속되게 이르는 말. '주변'이란 이런저런 일에 부닥쳤을 때 형편에 맞게 적절히 처리하는 슬기나 재주.

푸성귀 사람이 가꾼 채소나 저절로 난 나물의 총칭.

멀건 흐릿하게 맑은.

해산 아이를 낳는 일.

옷섶 저고리의 깃 아래쪽에 달린 긴 조각.

참사 참혹하게 죽는 것.

졸지에 예측하거나 대처할 여지도 없이 급작스럽게.

박복 적은 복.

착살맞도록 하는 짓이 얄밉게 잘도록.

수복 잃었던 땅을 되찾는 것.

잔병치레 잔병을 자주 치르는 일. '잔병'은 자주 앓는 자질구레한 병.

천덕꾸러기 천대를 받는 사람.

장정 나이가 젊고 기운이 좋은 남자.

개가 한 번 결혼했던 여자가 다시 다른 곳으로 시집가는 것.

단출한 식구나 구성원이 적어 홀가분한.

정양 몸과 마음을 안정하여 요양함.

옴두꺼비 (등에 옴이 오른 것 같다는 뜻으로) '두꺼비'를 흉보아 이르는 말. 여기서는 보잘것없는 세간을 비유한 말로 쓰임.

주전부리 때를 가리지 않고 군음식을 자꾸 먹는 버릇.

음습한 그늘지고 축축한.

동심 순진하고 꾸밈없는 어린아이의 마음.

위무 위로하고 어루만져 달래는 것.

유희 유치원·초등학교 따위에서 정서 교육과 신체 단련 따위를 위하여 일정한 방법에 따라 재미있게 하는 율동.

용의주도 마음의 준비가 두루 미쳐 빈틈이 없음.

군계일학 '닭의 무리 가운데서 한 마리의 학'이라는 뜻으로 어떤 무리 가운데서 홀로 두드러지게 뛰어난 사람을 이르는 말.

불온한 (사상이나 태도 등이) 통치 권력이나 체제에 맞서거나 어긋나는 성질이 있는.

전전긍긍 매우 두려워하여 벌벌 떨며 조심하거나, 아주 난처하여 어쩔 줄 몰라 쩔쩔맴.

폭사 폭탄의 파열로 죽는 것.

공일 일을 하지 않고 쉬는 날. 곧, 일요일.

중언부언 이미 한 말을 자꾸 되풀이함.

순응 환경이나 경우의 변화에 익숙해지는 것.

공갈 (어떤 사람에게) 겁을 주면서 을러대는 것.

동부인 남편이 부인과 함께 동행하는 것.

의가사 제대 가정 사정에 의한 제대.

문호 외부와 교류하기 위한 통로나 수단. 여기서는 취직 자리를 비유한 말로 쓰임.

당돌한 윗사람 앞에서 어려워하거나 삼가지 않고 제 주장이나 의견을 주제넘게 내세우는 태도가 있는.

아연했다 너무 놀라거나 어이가 없거나 기가 막혀 입을 딱 벌리고 말을 못 했다.

평정 마음이 평안하여 괴로움이나 갈등이나 흔들림 등이 없는 상태.

노골적으로 태도나 표현 등이 감추거나 조심스럽게 나타내어야 할 일이나 내용을 머뭇거리거나 주저함이 없이 숨기지 않고 드러내는 상태로.

단박 '단박에'의 준말. 그 자리에서 바로.

가타부타 옳다느니 그르다느니.

재량 자기의 생각대로 헤아려서 처리하는 것.

상신 윗사람이 관청 등에 일에 대한 의견·사정 등을 말이나 글로 여쭈는 것.

계제 어떤 일을 할 수 있게 된 형편이나 기회.

워커 군화.

희떠운 가진 것 없이 씀씀이가 헤퍼 아니꼽거나 눈꼴사나운.

사위스러워 미신적으로 어쩐지 불길하고 마음에 꺼림칙해.

소일 마음을 붙여 심심하지 않게 시간을 보내는 것.

합섬 '합성섬유'의 준말.

노반 도로나 철도, 선로의 기반이 되는 지반.

탐닉 (어떤 일에) 강한 흥미나 즐거움을 느껴 헤어나기 어려운 상태가 되는 것.

요기 약간의 음식을 먹음으로써 시장기를 면하는 것.

가건물 임시로 지은 건물.

격정 강렬하고 갑작스러워 누르기 어려운 감정.

제도 기계·건축물·공작물 등의 도면을 그려 만드는 것.

휘황 '휘황찬란'의 준말. (불빛이나 반사되는 빛 따위가) 정신을 빼앗을 만큼 눈부시게 빛나는 상태에 있다.

공갈 어떤 사람에게 겁을 주면서 을러대는 것.

협소하고 (공간이 어떤 일을 하기에) 좁고 작고.

시척지근하고도 음식이 쉬어서 비위에 거슬리게 쉰 냄새가 나는 듯하고도.

암담했다 희망이 없이 막막했다.

냉담하고 (어떤 사람이 다른 사람이나 대상에 대해) 관심이나 애정을 보이지 않고 차갑고 시큰둥한 태도가 있고.

겸사 겸손한 말.

잡화상 여러 가지 일상 필수품을 파는 장사. 또는, 그 장수.

모주꾼 술을 늘 대중없이 많이 마시는 사람을 놀림조로 이르는 말.

사바사바 아첨하여 특혜를 받거나 뒷거래를 통해 일을 꾸미는 것.

파국 어떤 일이나 사태가 그르치거나 잘못되어 돌이킬 수 없는 상태가 되는 것.

도처 가는 곳마다의 여러 곳.

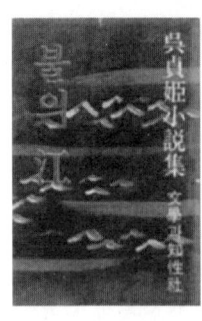

◀ 오정희의 첫번째 창작집
『불의 강』.

자인 스스로 인정하는 것.

■ 「야회」

야회 밤에 가지는 모임. 특히, 서양식의 사교적인 모임.

감지 (어떤 일을) 느끼어 아는 것.

천반자 방이나 마루의 천장을 평평하게 만들어 놓은 시설.

잔양 해가 거의 질 무렵의 볕.

오두마니 맥없이 멀거니 서 있거나 앉아 있는 모양.

어슴푸레한 빛이 조금 어둑한.

까치발 두 발의 뒤꿈치를 들어 키를 돋운 상태.

스산해지기 몹시 어수선하고 쓸쓸해지기.

낭패 〔낭(狼)은 앞다리가 길고 패(狽)는 뒷다리가 길어서 두 짐승은 서로 떨어지면 절룩거리고 넘어진다는 데서〕일이 실패로 돌아가거나 기대에 어긋나 딱하게 되는 것.

반문 상대방의 말을 되받아 묻는 것.

유수 많은 대상 가운데 손가락 안에 들 만큼 뛰어나거나 훌륭한 것.

만개한 꽃이 활짝 핀.

분통같이 (방이) 도배를 새로 하여 아주 깨끗한.

무지 무늬가 없이 전체가 한 빛깔로 됨. 또는, 그런 물건.

내구성 오래 견디는 성질.

내습성 습기에 잘 견디는 성질.

지물포 온갖 종이를 파는 가게.

떠름한 기본형은 '떠름하다'. 마음이 내키지 않거나 달갑지 않은.

고리짝 고리나 대오리로 엮어 옷을 넣도록 만든 상자.

옷궤 옷을 넣도록 나무로 네모나게 만든 그릇.

더께 물건이나 물체에 눌어붙거나 엉겨 붙은 때나 이물질.

관목 일반적으로 사람의 키보다 작고 원줄기와 가지의 구별이 확실하지 않은 나무. 수국·진달래·앵두나무 등.

조림 나무를 심어 숲을 이루는 일.

잔상 눈에 보이던 사물이 없어진 뒤에도 잠시 계속하여 눈에 보이는 듯한 희미한 영상.

불찰 잘 살피지 않아 생긴 잘못.

자문 자신에게 스스로 묻는 것.

관사 관청에서 지은 관리의 집.

구릉 고도가 산보다 낮고 완만하게 경사진 땅. 언덕.

덩그라니 (공간이) 휑뎅그렁하게 넓거나 큰.

견고해 (물체나 건축물 따위가) 굳고 튼튼해.

바라크 '막사'를 뜻하는 프랑스어.

……이제껏 써 온 제 소설의 주인공들은 굳이 의도한 것은 아니더라도 예닐곱 살의 어린아이로부터 죽음을 앞둔 늙은이까지 모두 여성들이고, 저와 함께 나이를 먹어 가고 있습니다. 주인공의 외형적인 활동이나 변모보다 내면의 움직임에 초점을 두고, 저 자신의 그것을 투사시키는 형식을 채용하기 때문일 것입니다. 그것은 또한 순간순간 포착되고, 시간 속에서 흐르고 망각되어지는 편린들을 모아서 보편적인 여성적 생육의 모습을 복원해 보고자 하는 저 자신의 소설적 노력일 수도 있을 것입니다. 제 소설의 주인공들은 대체로 저와 동시대를 살아가는 한국의 평범한 중산층 여성의 정서, 심리, 내면적 모습을 지니고 있습니다.

아이들을 낳고 기르고 남성과도 화해로운 관계를 유지하는 그녀들은 유년기의 정신적 외상으로 억압적이고 폭력적인 현실을 버텨 갑니다. 타인의 존재로 고통받고 과거의 상처로부터 자유롭지 못한 채 희망 없는 기다림과 환상으로 현실을 버텨 가죠. 그녀들에게는 때로 일탈과 초월의 욕망, 타오르는 생에의 열정이 있는가 하면 남루하고 지루한 일상의 권태에 지쳐, 무기력한 신음을 내뱉기도 하고, 자발적인 희생과 헌신, 모성에 사로잡히기도 합니다. 완전하지 않은 생의 슬픔이나 자신을 거부하는 세상, 욕망을 가두는 억압 기제들에 대해 불임이나 불구, 태아 살해라는 모티브로 대항하기도 합니다. 〔…중략…〕 제가 소설 속에서 그려내는 여성들은 일견 자신의 운명과 상황에 대해서 수동적으로 보일 수도 있습니다. 그러나 보이는 것과 보이지 않는 것 가운데 어느 것이 더 가치 있다고 말하기 어려운 것처럼 저는 어느 길 어느 장소에서나 만날 수 있고 지나치고 나면 곧 잊혀질 익명의 그녀들 속의 갈망과 욕망, 고독, 외침들에 시선을 주며 그것들을 쓰고 싶었습니다. 제 소설 속의 여성들은 그녀들의 의식·무의식을 지배하는 자궁을 가진 사람들의 원죄 의식(즉 자궁을 가졌다는 것은 생명과 함께 죽음을 잉태한다는 뜻입니다)을 쓰고 싶고, 그녀들의 삶에 사로잡혀 있으며, 저 역시 그 중의 하나라고 생각합니다. 지금 여기서 영위하는 삶과 이루어질 수 없는, 그렇지만 포기할 수 없는, 꿈과 갈망 사이의 길항(拮抗) 관계 속에서 살아왔습니다. 그녀들은 절망하거나 환상의 여행을 떠나거나 결국은 죽음으로 귀결되는 심연을 묵묵히 응시하며 전율하기도 합니다.

일상에 매몰되거나 세속의 가치와 타협하지 않고, 본질과 근원을 향한 꿈을 포기하지 않는 그녀들의 시선은 필연적으로 자기 정체성 찾기 쪽으로 뻗어 갈 것입니다. 그리고 그것은 자연스럽게 탄생과 죽음의 신비나 비밀을 여는 데까지 이르리라 생각하고 있습니다.

— 오정희의 칼럼, 「일상의 작은 것에서 소설의 광맥을」 중에서

위장망 전투 장비나 시설 등을 위장하는 데 쓰는 그물. 나뭇가지·풀·헝겊 등을 매닮.

장원 중세 시대에 귀족이 사유하던 토지. 여기서는 김 원장의 집이 크고 좋음을 비유해서 쓰인 말.

외경 공경하고 두려워하는 것.

선망 부러워하는 일.

박공 마루머리나 합각머리에 팔(八)자 모양으로 붙인 두꺼운 널.

교사 학교의 건물.

면구스러움 남을 대하여 보기가 부끄러움.

후취 (이미 장가들었던 사람이) 두 번째 장가드는 것. 또는, 그때 맞은 아내. =재취(再娶).

은성 번화하고 성하다.

풍신 드러나 보이는 사람의 겉모양. =풍채(風采).

화덕 숯불을 피워서 쓰게 만든 큰 화로.

망막 안구의 가장 안쪽에 있는 얇은 막. 이곳에 맺힌 물체의 상(像)을 시신경을 통해 대뇌로 보내는 구실을 함.

번잡한 번거롭게 뒤섞여 어수선한.

호인 대인 관계가 원만하고 좋은 사람.

외조 아내가 사회활동을 잘할 수 있도록 남편이 도와주는 것.

활성 물질이 에너지나 빛 등에 의하여 활발해지며, 반응 속도가 빨라지는 성질. 또는, 촉매의 반응 촉진 능력.

희랍인 고대 그리스인.

어룽대는 (점이나 줄이나 형체 등이) 무늬를 이루듯 뚜렷하지 않게 어른거리는.

미비한 덜 갖춰진 상태에 있는.

구력 당구·볼링 등을 한 경력.

주사 술 마신 뒤의 나쁜 버릇.

외무원 외판하는 사원. '외판'은 판매 사원이 상품 또는 그 견본이나 목록을 가지고 직접 고객을 찾아가 파는 일을 말함. =외판원.

책상물림 글만 읽어서 세상 물정에 어두운 사람을 얕잡아 이르는 말.

살 민간 신앙에서, 사람에게 병·재앙·변괴 따위를 일으킨다고 생각되는, 실체를 알 수 없거나 막연히 악한 귀신의 짓이라 여겨지는 해롭고 독한 기운.

허청거리는 걸음이 잘 걸리지 않고 휘청거리는.

참호 야전(野戰)에서 적의 공격에 대비하여 방어선에 따라 구축한 방어 시설. 구덩이를 파서 그 흙으로 앞을 가림.

재담 익살을 부리며 재치 있게 하는 재미있는 말.

능멸 (사람을) 업신여겨 깔보는 것.

전축 레코드에서 받는 바늘의 기계적 진동을 진동 전류로 바꾸어, 이것을 증폭하여 확성기를 통해 원음(原音)을 재생시키는 장치.

성장 잘 차려입은 차림.

성마른 참을성이 없고 성질이 조급한.

채근하고 독촉하고.

간단없이 (어떤 현상이나 일이) 중간에 끊어지지 않고 계속되는 상태로.

안가한 값싸거나 가치가 적은.

1 「소금」에서 '소금'의 상징적 의미가 소설 속에서 어떻게 드러나고 있는지에 대해서 논하시오.

*P*oint 소금이란 음식을 만드는 데 있어서 없어서는 안 되는 재료이다. 아무리 좋은 음식이라도 간이 맞지 않으면 그 음식의 제 맛을 살려낼 수 없다. 따라서 소금이란 가장 중요하고도 필요불가결한 요소를 지칭하는 의미로 확대해석해 볼 수 있다. 「소금」에서 고향땅에서 쫓겨나 간도로 이주해 온 봉염의 가족은 궁핍하고 불안한 생활에 내몰린다. 가족의 식생활을 책임지고 있는 봉염의 어머니는 무엇보다도 소금을 마음대로 살 수 없는 상황에 직면하여 자신의 빈곤한 처지를 더욱 뼈저리게 느끼게 된다. 고향에서는 남아돌아 이를 닦는 데도 소용되던 소금이 간도에서는 한 말에 이 원 이십 전이나 하는 바람에, 봉염의 어머니는 간을 맞춰 음식을 할 엄두도 내지 못한다. 이처럼 인간의 식생활에서 가장 중요한 소금마저 마음대로 얻을 수 없는 상황은 다름 아닌 빈곤한 식민지 시대에 기본적인 의식주마저도 해결하지 못한 채, 자위단의 위협과 강탈에 노출되어 하루하루를 근근이 살아가는 봉염 가족의 비참한 현실상을 상징적으로 보여주는 것이라 할 수 있다. 즉 인간으로서 꼭 보장되어야 할 생존과 존엄에의 권리를 박탈당한 봉염 가족의 모습은 바로 소금 없이 제 맛을 잃은 음식과 다름없다고 하겠다. 남편과 자식들을 모두 잃은 채 극한의 굶주림을 면하기 위해 소금을 밀수입해 온 봉염의 어머니가 순사에게 체포되는 장면은, 마지막 생존에의 욕구마저도 강탈당하고마는 봉염 어머니의 비극적 상황을 여실히 보여주는 것이라 할 수 있다.

2 「소금」에 나타난 봉염 어머니의 삶을 토대로 식민지 시대 빈민 여성의 고난상에 대해 논하시오.

*P*oint 「소금」은 가난한 농민인 봉염의 가족이 고향의 자기 땅마저 지주에게 빼앗기고 결국은 간도라는 먼 타국까지 흘러들어가 살면서 민족적 차별과 경제적 약탈을 겪으며 차츰 몰락해 가는 과정을 봉염 어머니의 입장에서 적나라하게 묘사한 작품이다.

고향에서 부치던 자신들의 밭을 참봉 영감에게 빼앗기고 결국 살 길을 찾아 간도라는 타국으로 이주하게 된 봉염의 가족은 중국 지주의 땅을 부치며 근근이 살아간다. 하지만 보위단과 자위단의 약탈 행위가 빈번한 중에 봉염 아버지가 죽임을 당하고, 아들 봉식마저 집을 나가자 봉염의 어머니는 봉염을 데리고 봉식을 찾아 떠돌게 된다. 그러던 중 중국인 지주 팡둥의 집에서 집안일을 도우며 머물게 되지만 그만 팡둥에게 겁탈을 당해 임신을 하게 되고, 쫓겨난 상황에서 딸 봉희를 낳게 된다. 생계를 잇기 위해 두 아이를 따로 살게 하고 유모로 들어간 봉염 어머니는 그만 열병으로 두 딸마저 잃게 된다. 가족을 모두 잃고 실의에 빠진 봉염 어머니는 굶주림을 견디다 못해 소금을 밀수입하지만, 힘들게 밀수입해 온 소금을 팔기도 전에 순사에게 잡히게 된다. 이처럼 봉염 어머니의 비참한 삶의 과정은, 가난하고 힘 없는 식민지 민중으로서 나라를 잃고 정처없이 떠돌면서 끊임없이 약탈당하고, 여성으로서 성적으로 유린당하며, 굶주림과 헐벗음을 면하기 위해 목숨을 건 행위도 감행해야 하는 식민지 시대 빈민 여성들의 고통스러운 삶의 양상을 극단적으로 보여주고 있다.

3 「추석전야」에서 여성 노동자이면서 동시에 여성 가장으로서 영신이 감수해야 하는 다양한 억압의 양상에 대해서 논하시오.

*P*oint 영신은 방적공장의 여성 노동자이면서 또한 남편 없이 시어머니와 자식들의 생계를 책임져야 하는 여성 가장이다. 여성 노동자의 입장에서 살펴볼 때, 영신은 일제 강점 시기의 열악한 노동 조건에서 장시간의 노동과 보잘것 없는 임금으로 하루하루를 근근이 연명해야 하는 노동자이면서 동시에 공장의 남성 상사들의 성적인 모욕도 감수해야 하는 여성으로서 이중적 억압의 상태에 놓여 있다. 이러한 억압의 양상은 영신이 하루 11시간 동안 공장에서 혹사당하면서도 10일급 5원의 저임금에 시달리고, 공장 감독의 성희롱에 대항하다가 팔을 다치는 장면에서 여실히 드러난다. 또한 여성 가장으로서 영신은 가족의 의식주를 해결해야 함과 동시에 아이들의 교육비, 땅세 등의 비용도 감수해야 한다. 세 달치 밀린 땅세와 딸 경아의 밀린 월사금, 그리고 추석 쇨 비용을 마련하기 위해, 팔을 다쳤음에도 불구하고 공장에 계속 나가며 밤새워 삯바느질을 하는 영신의 모습은 이처럼 빈곤한 여성 가장의 피폐한 상황을 잘 보여주는 예라 할 수 있다.

4 「도장」에서 맏동서의 행위가 가지는 전근대적 성격에 대해 논하시오.

$\mathcal{P}_{oint}$ 「도장」은 박색인 본처를 버리고 첩살이를 하는 남편의 감언이설에 넘어가 이혼 서류에 도장을 찍는 어리석은 맏동서의 모습을 그리고 있는 소설이다. 남편에게 모질게 내침을 받고 작은동서집에 얹혀 살면서도 언젠가는 조강지처로서의 자신의 위치를 되찾게 되리라는 기대에 부풀어 있는 맏동서는 가부장적 유교 논리에 근거한 여성관과 여성차별적 인식을 내재화하고 있는 인물이다. 결혼이라는 제도 안에서 여성은 남성에게 철저하게 복종해야 하며, 자신의 목숨까지도 내놓아야 한다는 순응적이며 희생적인 삶의 태도를 지니고 있는 맏동서는 삼종지도(三從之道), 칠거지악(七去之惡) 등의 전근대적 윤리관에 깊이 침윤된 인물이라 할 수 있다. 죽어도 남편 집안의 귀신이 되어야 한다고 믿는 맏동서의 철저한 남성 종속적 시각은 한걸음 더 나아가 남편의 안위를 위해서라면 아내인 자신의 목숨마저도 내놓아야 한다는 여성차별적 인식으로까지 발전한다. 결국 남편이 감옥에 가는 것을 막기 위해서라면 이혼 서류에 도장을 찍는 것마저도 자신의 팔자소관이라고 여기며 체념하는 맏동서의 행위는 전근대적 봉건 윤리에 젖어 자신의 삶을 방기하는 한 여성의 모습을 풍자적으로 보여주고 있다고 할 수 있다.

5 「점례」에서 점례의 죽음이 가지는 사회적 의미에 대해서 논하시오.

*P*oint　점례는 허승구라는 대지주의 땅을 부치는 한 소작인의 딸로서, 단지 배불리 먹을 수 있다는 이유 하나만으로 열네 살의 어린 나이에 장터 술집에서 부엌일을 보는 복이에게 시집을 가기로 정해진 소녀이다. 그러나 점례는 시집도 가기 전에 하늘 공중에 꿰매어 달린 자기의 닭을 끌어내리다가 허승구가 던진 돌에 맞아 죽는다. 이처럼 어이없는 점례의 죽음을 앞에 놓고 점례의 가족들과 마을 사람들은 점례가 허승구의 심기를 거슬린 당연한 대가로 죽게 되었다고 여긴다. 즉 허승구의 횡포에 저항하거나 부당하다고 생각하기는커녕, 내성화된 비굴함과 습관적인 복종심에 기반하여 점례의 죽음을 숙명으로 받아들인다. 이는 봉건적 신분제도가 사라진 해방 이후에도 변함없이 존속하고 있는 지주와 소작인이라는 경제적 상하 관계와 이를 기반으로 성립된 불평등한 신분질서에 길들여진 군중들의 심리 상태를 잘 보여주는 것이라 할 수 있다. 즉 방관자적 시선으로 점례의 죽음을 소외시키고 외면하는 마을 사람들의 행위는 봉건적인 신분질서가 여전히 용인되고 있는 해방 이후의 사회적 상황을 상징적으로 보여주고 있다고 할 수 있다. 결국 점례의 죽음은 점례 개인의 사적인 죽음의 의미를 넘어서 봉건적인 사회질서에 침윤된 마을 사람들의 무관심과 차별적 신분 의식이 빚어낸 결과물이라 할 수 있다.

6 「적빈」에서 매촌댁 늙은이의 배설을 참는 행위에 드러난 이중적 의미에 대해 논하시오.

Point　　매촌댁은 극단적인 빈곤의 상황 속에서도 두 아들과 며느리들을 건사하며 억척 같은 생의 의지력을 발휘하는 인물이다. 굶주림을 면하기 위해 이 집 저 집을 찾아다니며 허드렛일로 연명하는 매촌댁은 몸뚱이는 곯아 비틀어졌어도 창자만은 무쇠같이 억세고 튼튼하여 배앓이 한 번 해본 적 없는 인물이다. 돼지같이 아무 쓸모도 없으면서 밥만 축내는 큰아들이나 노름꾼이 되어 버린 둘째아들, 그리고 해산을 앞둔 두 며느리를 빌어 먹이기 위해 열심히 동분서주하는 매촌댁의 모습을 통해 「적빈」에서는 극단적인 빈곤의 상황에 직면한 한 늙은이의 생활상을 생동감 있게 그리고 있다. 매촌댁에게 양식이란 생명줄을 이어 주는 약과 같이 중한 것이다. 매촌댁이 뒤가 마려우면서도 먹을 것이 없는 상황에서 뱃속에 남겨진 똥마저 누어 버리면 거꾸러질 것 같은 마음에 배설을 참는 행위는 절실한 생의 위기를 반영한다. '똥 힘'으로라도 굶주림을 면해야 한다는 절박한 위기감은 매촌댁의 극단적인 빈곤의 상황을 여실히 보여주는 것이라 할 수 있다. 그러나 이러한 위기감은 결국 '똥 힘'으로라도 비참한 삶을 이어가겠다는 절대적인 생존에의 욕구, 즉 적극적인 생의 의지의 발현과 연결된다는 점에서 또 다른 의미를 내포한다. 결국 매촌댁 늙은이의 배설을 참는 행위는 극한의 빈곤한 상황과 적극적인 생의 의지를 동시에 보여주는 것이라고 할 수 있다.

7 일제 강점기 빈민 여성들의 삶을 다룬 「추석전야」
「소금」「적빈」에서는 여성 주인공들의 고통을 더욱
부각시키기 위한 공통된 상황 설정이 이루어지고 있
습니다. 이 세 작품에서 여성 인물들에게 공통적으
로 나타나는 특징들과, 이러한 특징들이 소설의 주
제를 어떻게 부각시키고 있는지에 대해 논하시오.

*P*oint 「추석전야」의 영신과 「소금」의 봉염 어머니, 그리고
「적빈」의 매촌댁 늙은이는 몇 가지 공통된 특징을
지닌다. 먼저 이들은 모두 남편이 부재한 상황이다. 영신의 남
편은 병으로 세상을 떠났으며, 봉염 어머니의 남편은 자위단
에게 사살된다. 그리고 매촌댁 늙은이 또한 남편이 없다. 보편
적으로 일차적인 가족 부양의 의무가 남성에게 있다고 했을
때, 이 세 여성 인물에게는 생계를 부양할 가장이 부재한 상황
이다. 이는 곧 여성 인물들 자신이 생계를 책임져야 하는 여성
가장의 위치에 있음을 의미하는 것이다. 따라서 영신은 공장
노동자로, 봉염 어머니는 젖유모와 밀수입자로, 매촌댁 늙은
이는 허드렛일로 연명하게 된다. 이들의 비참한 상황을 더욱
부각시키는 것은 이들이 모두 어머니의 위치에 놓여 있다는
사실이다. 두 남매의 생계와 학비를 책임져야 하는 영신, 어린
두 딸을 부양해야 하는 봉염 어머니, 두 아들과 며느리까지 건
사해야 하는 매촌댁 늙은이는 가족의 생활비를 충당해야 하는
여성 노동자이면서 동시에 자식의 양육과 집안일마저 떠맡아
야 하는 이중적 억압의 상황에 놓이게 된다. 이처럼 가장과 어
머니로서의 역할을 모두 감수해야 하는 이 세 여성 인물들의

상황은 빈곤하고 고통스러운 이들의 삶을 극한으로 밀어붙이는 소설적 장치가 된다.

8 「카메라와 워커」에 나타난 '카메라'와 '워커'의 상징적 의미에 대해서 논하시오.

*P*oint 이 소설에서 카메라와 워커는 서로 대립적인 의미를 가진다. 나는 조카가 착실한 직장에 들어가고 결혼해서 일요일이면 처자식 데리고 카메라 메고 놀러 나갈 만큼의 안정된 삶을 가지기를 원한다. 여기에서 카메라는 가장 무난한 형태의 안정된 생활의 행복을 표상하는 하나의 지표가 된다. 그러나 나는 애써 얻어 보낸 일자리인 고속도로 현장에서 힘든 노동과 보잘것 없는 생활 조건 속에서 찌들어 사는 조카의 모습을 보며 경악한다. 이처럼 열악한 환경 속에서 고달프게 하루하루를 살아가는 조카는 하루 종일 땀과 피곤함에 절어 악취를 풍기는 워커 속의 발과 같은 신세이다. 여기에서 워커는 가장 솔직하게 조카의 현실을 대변해 주는 징표가 된다. 즉, 카메라가 안정된 소시민의 생활을 가장 잘 대변하는 상징물이라면, 워커는 열악한 노동자의 삶을 살아가는 조카의 억척 같은 삶의 단면을 잘 드러낸 상징물이라 할 수 있다. 또한 카메라가 열심히 일하면 모두 다 잘살 수 있다는, 산업화 시기, 우리 사회에 만연했던 안정된 삶에 대한 소시민적 환상을 은연중 드러내고 있다면, 워커는 그러한 이상적 삶과는 대비되는 척박한 현실의 실제적 상황을 잘 보여주고 있다고 할 수 있다.

9

「카메라와 워커」에서 조카를 평범한 가장으로 키우려고 한 나의 노력이 왜 수포로 돌아갔는지에 대해 논하시오.

*P*oint   6 · 25 전쟁으로 인해 양부모를 잃은 고아 조카를 키우면서 고모인 나와 나의 어머니는 조카를 이 시대에 가장 무난한 사람으로 키우기 위해 애쓴다. 조카가 좋은 학교 나와서 착실한 직장을 가지고 결혼해서 일요일이면 처자식 데리고 카메라 메고 놀러가게 하고 싶은 소박한 바람으로 나와 나의 어머니는 조카의 의사와는 무관한 조카의 삶의 계획을 세워 간다. 문과를 원하는 조카를 단지 오빠가 문과를 나왔다는 이유만으로 이과로 돌리게 하고 기술자로 살아가기를 강요한다. 그러나 순탄하게 풀리리라 여겼던 조카의 삶은 조금씩 어긋나기 시작하고, 결국은 외지고 험한 공사 현장에서 하루 종일 열악한 환경과 노동에 시달리는 계약직 기술자가 된 조카의 모습을 보며 나는 혼란을 경험한다. 조카의 가장 평범하고 일상적인 삶의 영위를 통해 자신이 겪은 전쟁에의 상흔을 치유받을 수 있으리라 여겼던 나의 생각은 결국 조카가 적당히 타락한 현실과 다협하고 그 속에서 개인적이며 자족적인 생활을 꾸려 나가는 소시민적 인생관으로 무장하기를 바라는 왜곡된 시대적 분위기의 반영에 지나지 않았던 것이다. 결국 조카의 주체적인 생각은 무시한 채 자신의 현실 타협적인 인생관으로 조카의 삶을 좌지우지하려던 나의 노력은 실패로 돌아갈 수밖에 없는 것이다.

10 「야회」에 나타난 '흰 새'의 상징적 의미에 대해 논하시오.

*P*oint 틀에 박힌 일상적인 삶의 반복 속에서 조금씩 자아를 잃어 가는 전업주부 명혜는 자기 내면에 감추어진 일탈에의 욕망과 끊임없이 대면한다. 명혜는 글쓰기를 통해 이러한 자기 내면의 목소리에 귀기울이고 자기만의 언어로 자신의 욕망을 표현하고자 한다. 오후 다섯 시와 여섯 시 사이, 명혜가 인생에 대한 어떤 막연한 느낌을 갖는 시간에, 한없이 느린 흐름과 불투명한 긴장 속을 날아가는 흰 새는 이러한 명혜의 일상적 삶에서의 탈주 욕망을 상징적으로 표현하는 매개체가 된다. 즉 자유롭게 비상하며, 높은 창공에서 숨쉬는 흰 새의 이미지는, 일상의 틀에서 벗어나 자유롭게 비상하며 지금껏 은폐된 채 외면당해 온 자기 내면의 목소리에 정직하게 귀기울이고자 하는 명혜의 내적 욕망들을 반영하는 것이라 할 수 있다. 그러나 가족의 일상적 생활을 책임지고 있는 당사자로서 이러한 탈출 욕망은 은연중 억압될 수밖에 없다. 따라서 명혜의 탈출 욕망을 대변하는 흰 새는 시계추처럼 명료하고 바쁘게 돌아가는 일상의 시간이 아닌, 어떤 막연한 느낌을 갖는 시간, 한없이 느린 흐름과 불투명한 긴장 속에서만 존재할 수 있게 된다.